MW01131270

EL
RASTREADOR

BLANCA MIOSI

El Rastreador

Primera edición, 2015

© safe creative 1505174112737

Autora: **Blanca Miosi**

©Diseño de portada: ENZOft Ernesto Valdes
©Maquetación: ENZOft Ernesto Valdes

ISBN-13:1514215284
ISBN-10:9781514215289

Impreso en Estados Unidos de América.

El Rastreador

Blanca Miosi

A Henry, siempre.

Y mi especial agradecimiento a mi querido
Amigo Fernando Hidalgo Cutillas,
mi mejor consejero.

Capítulo 1

Si de algo estaba seguro Kevin Stooskopf era de que su olfato lo había situado en el lugar en que se encontraba.

A sus treinta y siete años había tenido una vida que algunos podrían calificar como sumamente interesante, aunque para él había sido normal. No era más que el producto de la crianza y las oportunidades que sus padres le habían proporcionado. Pero en esos momentos no debía pensar como Kevin Stooskopf. Debía pensar, sentir y hablar como Keled Jaume, un guardaespaldas de Aymán al-Zawahirí, el hombre más importante del grupo yihadista al-Qaeda, conocido entre otros alias como Doctor Muerte y El Profesor. Lo de doctor, porque había sido el médico de Osama Bin Laden y su mano derecha hasta que murió a manos del grupo de Navy SEALs en la "Operación Gerónimo" en mayo de 2011.

Justo cuando Kevin Stooskopf había tomado la decisión de llevar una vida tranquila al lado de una sosegada y buena mujer, hogareña, como había anhelado en los últimos tiempos, con la que no tuviera que recordar su pasado ni el motivo por el que en esos momentos se encontraba en ese apartado lugar, el Gobierno de los Estados Unidos, más precisamente la Agencia Central de Inteligencia, CIA, lo había localizado en Junín, en la ceja de selva peruana, cerca de la población de Satipo. Una finca que perteneció a un hacendado alemán, situada en un promontorio rodeado de poco más de tres hectáreas de terreno montañoso, atiborrado de una vegetación tan espesa que había que andar con un machete en mano para abrirse paso, y conservar la pequeña plantación de café que había heredado con la cabaña y algunos peones, en su mayoría campas. El hogar que Kevin preparaba para llevar una vida tranquila, lejos de los peligros a los que se había acostumbrado y a las incomodidades de dormir en cualquier sitio. Pero aquella mañana todos sus planes se vinieron abajo cuando vio subir por el camino hacia su casa a un hombre que reconoció de inmediato; procedía del lugar del que no deseaba saber más. Se plantó en la puerta y lo esperó.

—Buenos días, coronel —saludó el hombre, con una amplia sonrisa.

Kevin observó el sudor que le chorreaba por el rostro como el mismísimo riachuelo que se deslizaba desde monte arriba.

—Buenos días, Day.

—Fue difícil dar contigo… el calor aquí es intenso —agregó, como si hubiera ido allí a hablar del clima.

—Pero no lo suficiente por lo que veo. Lo que sea que me vayas a proponer, no me interesa.

—Todavía no te hemos dicho para qué te solicitan —dijo Charles Day utilizando el plural como suele hacer la gente del gobierno.

—Ya cumplí con mi país, hice más de lo que cualquiera de ustedes hubiera hecho.

—Mira, Kevin, no estoy aquí porque nuestro deseo sea molestarte. Dadas las circunstancias, eres nuestro único recurso. Estoy autorizado para acceder a cualquier petición que hagas, solo rindo cuentas a John Brennan.

—¡Vaya! Subió de rango. ¿A qué se debe tanta magnanimidad? ¿Será por lo ocurrido con los de la operación Lanza de Neptuno? No teman, no estoy dispuesto a escribir ningún libro con todo lo que sé.

—En realidad, eso no tiene nada que ver —respondió Day frunciendo las cejas.

—En serio, dile al director de la Agencia que no has podido localizarme.

—No es posible, Kevin, es un asunto delicado, te necesitamos.

Kevin percibió el cambio de humor de Day. Era un aroma un poco dulzón y ácido, como el de la mandarina.

—Ya arriesgué demasiadas veces el pellejo, Day. Vine a este tranquilo rincón del mundo con la esperanza de no ser encontrado, pero olvidé que con ustedes eso es imposible.

—Lo llevas en la sangre, Kevin, recuérdalo —dijo Day forzando una sonrisa.

—Yo también pensaba así —respondió Kevin. Empezaba a hartarse—. Te sugiero que le digas a tu jefe que no estoy disponible.

—¿Ni por amor a tu patria? Existe un peligro inminente, eres el único capacitado para evitarlo, por favor… Solo déjame explicarte.

—¿Kevin? —Joanna se detuvo y guardó silencio en cuanto lo

vio en el salón acompañado de un extraño.

—Ven, acércate, Joanna, quiero presentarte a un amigo, está de paso por aquí, vino con un grupo al Perú a conocer Machu Picchu —mintió Kevin.

Charles Day le extendió la mano. Admiró a la mujer de piel trigueña y ojos expresivos. Una auténtica hembra, pensó, y tomó nota mental.

—Encantada, tome asiento, traeré limonada; hace mucho calor afuera.

Fue a la cocina después de observar el sudor en las axilas del hombre.

—Stooskopf, comprendo que tengas tu vida, pero créeme, esto es muy importante. Se trata de Daniel Contreras —dijo Day rápidamente en un tono que denotaba sincera angustia.

El nombre lo remeció aunque Day no lo notara. Kevin pudo olfatear su desesperación, parecía estar realmente preocupado. Después se arrepentiría, pero en ese momento la respuesta salió de manera automática.

—Estaré en el pueblo esta tarde. Espérame en la plaza.

Joanna se acercó llevando una bandeja con tres vasos de limonada con hielo. Day bebió el suyo de golpe.

—Muchas gracias, estuvo deliciosa —dijo.

—Los dejo para que conversen…

—Ya me retiro, fue un placer conocerla.

Se despidió y salió. Kevin se quedó mirándolo bajar por el camino hacia el bote hasta que arrancó y se fue.

—¿Qué es eso que llevas en la sangre? —preguntó Joanna.

Kevin intuyó que no era el momento para confesarse. Mucho menos ahora que había decidido dejar de lado su vida pasada, pero había ciertas cosas que ella tendría que saber, no podía ocultarle todo.

—Se refería a mi abuelo, Jacques Stooskopf. Fue espía en la Segunda Guerra Mundial, trabajaba como ingeniero para los nazis e informaba a los franceses.

—¡Nunca me habías dicho que tuviste un héroe en la familia!

Él sonrió. Si ella supiera… pensó.

—Era un afamado constructor naval, estuvo bajo las órdenes del almirante alemán Karl Dönitz, diseñó y construyó una de las estructuras más complejas del régimen nazi, una base de submarinos de proporciones gigantescas en Francia, en el puerto de Lorient. Poco antes del final de la guerra, la Gestapo lo capturó, y después de torturarlo lo ejecutaron. Le otorgaron la Legión de Honor.

—¿El hombre que estuvo aquí tiene algo que ver con todo eso?

—No en realidad, vino porque necesitan mis servicios y yo no deseo ir.

—Si mencionaron a tu abuelo debe ser porque se trata de algo relacionado con tu antiguo trabajo, ¿no? Dijiste que eras un boina verde.

En su afán por simplificar las cosas, Kevin le había dado esa explicación. No pensó que Joanna recordara el detalle.

—Era. Ya no lo soy —dijo pasándole un brazo por los hombros y atrayéndola hacia él.

Aspiró su perfume con los ojos cerrados que una vez más le trajo un vago recuerdo que había quedado en el pasado. Joanna era una mujer atractiva, de carnes prietas y movimientos sensuales. Su cabello castaño oscuro bordeaba un rostro ovalado en el que resaltaban sus ojos de mirada profunda. La miró y se sintió culpable por no poder decirle toda la verdad. Pero estaba visto que siempre sería así, él guardaba demasiada información y había jurado jamás hacer uso de ella a menos que fuera por una «causa justa». Ella esbozó una sonrisa, la misma que lo enamoró. No tuvo más remedio que hacerle el amor en el amplio sofá de la sala, era el efecto que Joanna ejercía en él. Pronto tuvo entre sus labios su olor mezcla de vainilla y hierba recién cortada, en el que se sumergió un buen rato antes de besarla en los labios y decirle cuánto la deseaba.

Más tarde, mientras comían yuca fresca traída por la mujer de uno de los peones que había recibido con la casa, cecina y plátanos fritos, todo preparado por Joanna al más puro estilo satipeño, Kevin supo que tendría que hacerlo. Se trataba de Daniel y, como dijo Day, estaba en su sangre, más que eso, se trataba de un juramento y Kevin era un hombre de palabra. Pero sería la última vez, después ya no le debería nada a Daniel Contreras y eso no tenía por qué saberlo Day. Deseaba vivir en paz, algún día tener niños, llevar una vida familiar como todo el mundo.

—Saldré al pueblo esta tarde. ¿Necesitas algo de allá?

—¿Por qué no vamos juntos? Así veré lo que compres.

Él supo que había llegado el momento que siempre temió.

—Joanna, debo contarte algunas cosas.

—¿Eres casado?

—¡No!

—Entonces lo demás no me interesa.

—Nos conocemos hace cuatro meses, ya deberías saber que no soy casado ni te engañaría con otra. Se trata de un asunto de trabajo que encierra cierto peligro. El hombre que vino desea que regrese a los Estados Unidos para hacerme cargo de un proyecto. Parece que no encontraron a otro, pero no te preocupes, todo saldrá bien.

—¿Peligro?

Era todo lo que Joanna parecía haber asimilado.

—Ya sabes que soy militar. Bueno, lo fui. Miembro del cuerpo de operaciones especiales, nuestras misiones siempre conllevaban algo de peligro, pero nada del otro mundo. Lanzarse en paracaídas siempre tiene su riesgo, pero es el mismo que montarse en un avión para venir a Satipo —dijo Kevin, aludiendo al pésimo vuelo que tuvieron al viajar a ese lugar.

—¿Te harás cargo de una misión especial?

—No. Lo que ellos desean es que entrene a un grupo de voluntarios.

—¿Y cuánto tiempo te quedarás por allá?

—No lo sé aún. Lo sabré esta noche. La paga será muy buena, la necesitamos si queremos hacer que esto funcione —dijo dando una mirada alrededor—. Pero no quiero que te quedes aquí, vuelve a Lima y espérame en el departamento, dejaré dinero en el banco para que no te falte nada.

—No es necesario. Puedo regresar a mi anterior trabajo... —El rostro de Joanna tomó de pronto un cariz oscuro.

—No creo que tarde tanto, pero si temes aburrirte, hazlo. De todos modos dejaré dinero en la cuenta. —Trató de animarla Kevin.

—Lo que no comprendo es por qué tienen que hablar en el pueblo. Si ya estaba aquí, hubiesen conversado en casa.

—Son costumbres muy arraigadas, amor, no te preocupes.

Un par de horas después Joanna lo vio alejarse hacia el bote. Era la única forma de llegar de manera directa, bordeando el río Satipo. Apreció la figura alta y musculosa de Kevin. Él giró y le mandó un beso volado antes de desaparecer río abajo. Había tenido suerte al topárselo tan fácilmente aquel día en el aeropuerto Jorge Chávez en El Callao. Estaba un poco perdido cuando se le acercó para preguntarle si sabía de algún hotel familiar. ¡Y pensar que había gente que no usaba Internet para hacer reservaciones!, se había asombrado ella. Pero era cierto. No fue difícil abordarlo, se expresaba bastante bien en español y ella en inglés, por lo que el idioma no fue una barrera, así que durante el trayecto desde el aeropuerto a Lima ya se habían hecho amigos. Joanna sabía cuándo gustaba a alguien, y él parecía embobado al mirarla. Le ofreció alojamiento en su casa y así empezó todo. La primera parte se había cumplido tal como fue planeada. No sería difícil enamorarse de un hombre como él, pero no podía permitírselo, aunque después de varios meses parecía inevitable. Kevin le gustaba, se odió por reconocerlo, sin embargo se veía obligada a llevar a cabo lo acordado.

Capítulo 2

Trabajar en el Departamento de Estado le daba a Ian Stooskopf la oportunidad de mantener vínculos con organismos clave del Gobierno, entre ellos el Departamento de Seguridad Nacional y entidades como la Administración de Servicios Generales (GSA).

En medio del polvo levantado por las excavadoras que intentaban que su trabajo pasara desapercibido para los habitantes de Washington, en especial para los siempre curiosos reporteros, tan similares a los paparazzi cuando se trataba de cualquier evento relacionado con la Casa Blanca, Ian trataba de prestar atención a uno de los trabajadores que señalaba con la barbilla un acceso tapado con plásticos negros.

—Sería bueno que entrara a revisar si es lo que pidieron —dijo el hombre entregándole un casco con linterna.

Ian levantó el grueso plástico y se animó a entrar por el largo pasadizo seguido por el rechoncho individuo.

—¿Hacia dónde se dirige exactamente el pasillo?

—Tal como lo pidieron, da al Salón Rojo. —Desenrolló un plano y lo señaló con el dedo cubierto por un grueso guante de trabajo.

—Bien —respondió Ian satisfecho—. ¿Qué me dices de los demás? ¿Han hecho alguna pregunta al respecto?

—Aquí nadie pregunta nada. Se limitan a cumplir órdenes y si esto figura en los planos, es lo que se hará. En estos planos naturalmente —añadió el hombre.

—Necesito que la entrada quede perfectamente camuflada en el jardín. Sé que volverán a cubrirlo con las plantas y árboles que se encontraban antes, el trabajo de jardinería lo dejo en tus manos, es tu responsabilidad.

—No hace falta que lo digas. Todo quedará como lo quieren.

Al salir, ya la maquinaria pesada había dejado de trabajar. El polvo se empezaba a asentar y pronto empezaría el turno vespertino. Ian se quitó el casco y se dirigió hacia su coche. Uno que no llamaría la atención de nadie, con unos cuantos años de uso.

Capítulo 3

Los primogénitos siempre cuentan con ciertas ventajas, aunque no de la misma clase que los benjamines de la familia. Del hijo mayor siempre se espera que sea el ejemplo, el que tome las decisiones, el que enfrente el peligro, el que dé la cara y el que defienda al menor. Y eso precisamente fue lo que formó el carácter de Kevin desde pequeño y se acentuó al nacer dos años más tarde su hermano Ian. Tan diferente de él como la noche al día y esto en el sentido literal.

Si no fuera porque sus padres habían sido igual de opuestos, la diferencia entre ambos hermanos hubiera llevado a ciertas suspicacias; Kevin era moreno de ojos profundamente oscuros, enmarcados por pobladas cejas, como los de su madre, mientras que Ian había heredado los ojos azules de su padre, su piel blanca y el pelo castaño, casi rubio. Y allí no acababan las diferencias. Eran distintos absolutamente en todo. A uno le gustaban los retos; al otro la seguridad. Uno era difícil de convencer, mientras el otro tenía una manera bastante acomodaticia de entender las cosas. Y la lista era casi interminable.

Jeff Stooskopf, el padre, conoció a Elvira Malaret, hija de uno de los comerciantes más importantes de Puerto Rico, mientras ejercía funciones en el Servicio de Inmigración y control de Aduanas de los Estados Unidos de ese estado asociado. Fue amor a primera vista. Después de un fugaz noviazgo de cinco meses contrajeron nupcias debido a su inminente traslado al consulado norteamericano de Arabia Saudí. Jeff tuvo especial cuidado en que sus hijos nacieran en los Estados Unidos, pero a los pocos días regresaban a Medio Oriente, que era donde los Stooskopf estaban afincados. Los chicos crecieron hablando árabe como su segunda lengua, además de español e inglés. Asistieron a una elitista escuela y también a una academia privada donde estudiaban los hijos de la sociedad árabe.

La servidumbre que había en las casas procedía de otros países como Irán, Afganistán o Egipto. En casa de los Stooskopf había una cocinera iraní; un niño y una niña de Afganistán para todo servicio, recibidos por Jeff porque le inspiraron lástima. Se los había entregado su madre en una de sus incursiones oficiales a un campamento de desplazados en Pakistán; tenían entre siete y nueve años cuando eso sucedió. Completaba el servicio un chofer, un robusto egipcio bonachón y hablador, que se llevaba bien con todos y traía chismes y habladurías de los alrededores, gracias a lo cual nació en Kevin el afán de enterarse de los secretos de los demás y guardar silencio, que era como el chofer Munarach le hacía prometer antes de contarle todo.

Kevin siempre fue un aventurero. Le gustaba conocer nuevos lugares y personas, apropiarse de costumbres e idiomas; había aprendido a hablar, además del árabe, el farsi que hablan en Irán y el pashtún, la lengua que hablan mayormente en Afganistán y zonas de Pakistán. Pero sus principales maestros de idioma fueron los hermanos afganos recogidos por su padre. Kevin aprendió a hablar pashtún del mismo modo que ellos, con la entonación y algunas incorrecciones idiomáticas propias de los campesinos.

Kevin e Ian recitaban el Corán tras aprenderlo en la academia como si fuera el padrenuestro, y si Kevin vestía la larga yalabiya blanca pasaba tranquilamente como un niño árabe. Ambos eran inteligentes, sin embargo Ian sobresalía —a pesar de ser dos años menor— en sus notas escolares. Kevin era arrojado, poseía un algo que inspiraba confianza, como si pudiera ser capaz de cumplir lo que fuese que se le ocurriera prometer. Y era así. Aquello le ganó un puesto de liderazgo en la escuela y después, más adelante, a lo largo de todas las misiones y trabajos que le encomendaron. Quiso ser militar desde siempre, le fascinaba escuchar las marchas, admiraba la disciplina y parecía tener la mente preparada para recibir y dar órdenes sin hacer preguntas. Ian, en cambio, era un intelectual, y siempre se preguntaba por qué todos parecían preferir a Kevin. Aquello fue tornándose con el tiempo en una obsesión. A sus padres no parecía importarles que fuese un alumno aventajado; el centro de atención siempre era Kevin. Por ese motivo, cuando su hermano dio la noticia de que ingresaría a West Point, respiró aliviado. Lo que menos deseaba era que estudiaran en la misma universidad.

Kevin ingresó a la academia militar después de que a su padre lo trasladaran al Servicio Exterior, directamente a las oficinas del Departamento de Estado al Noroeste de Washington, una zona conocida como de «blancos adinerados», e Ian ingresó a la Facultad de Estudios Internacionales en la Escuela Edmund A. Walsh de la Universidad de Georgetown para seguir los pasos de su padre, a quien deseaba emular más que a nadie en el mundo. A Kevin no le fue difícil ingresar, tenía cartas de recomendación de los senadores por los vínculos políticos de su padre; ser descendiente de un héroe como Jacques Stooskopf —aunque éste hubiera sido francés—, le abrió las puertas sin mayores contratiempos. Al paso de los meses y los años, él les demostró que no se habían equivocado al admitirlo.

Y así como su hermano sobresalía en lo que respecta a la parte física, emocional y de liderazgo, Ian lo hacía desde el punto de vista académico. Ingresó con notas sobresalientes en los exámenes de admisión a Georgetown, la universidad católica más antigua de los Estados Unidos, único punto en el que Ian difería, pues tenía un criterio particular en cuanto a las religiones.

Cada uno tenía sus propias ideas del significado de patriotismo. Para Kevin, ser norteamericano era un motivo de orgullo; consideraba a su país el mejor lugar del mundo y estaba dispuesto a dar la vida por él. Ian, sin embargo, era todo lo opuesto. Para él no existía tal orgullo y, si bien hacía uso de los beneficios que un país como el suyo podía brindarle, le era indiferente. Miraba con desprecio cualquier movimiento que hiciera su nación para inmiscuirse en los problemas geopolíticos del mundo. Tenía ideas extremistas y durante sus años de estudiante en Oriente Medio había hecho amistades con ciertos grupos simpatizantes del fundamentalismo islámico. Después de graduarse en Georgetown, pasó un año y medio en la Universidad de al-Azhar de El Cairo estudiando en la Facultad de Teología Islámica y, al tener un carácter retraído y poco dado a hacerse notar, le era mucho más sencillo adaptarse a las amistades sin sobresalir, una cualidad que atrajo la simpatía de un grupo yihadista que empezaba a formarse por esos años. Le fascinaba su filosofía. Regresar a los orígenes ortodoxos para restaurar la grandeza del islam le parecía una encomiable labor porque odiaba la liberalidad de Occidente, en especial la de sus mujeres. De manera que Ian y Kevin mostraban dos caras opuestas hasta en su comportamiento con las chicas. Ambos eran bien parecidos, pero Kevin tenía un atractivo innato.

Sus profesiones y los caminos que tomaron de adultos los alejaron cada vez más, y únicamente se veían en ocasión de alguna Navidad o en el Día de Acción de Gracias hasta que su madre falleció de cáncer. Entonces las visitas a la casa paterna se hicieron cada vez más espaciadas, sobre todo de parte de Ian. Cuando Kevin decidió retirarse del ejército, fue una de las pocas veces que se comunicó con Ian para aprovechar sus contactos con la cancillería peruana; de esa manera consiguió su residencia en el Perú sin mayores contratiempos.

Algo que Ian no podía comprender era cómo siendo su hermano tan independiente había escogido la carrera militar, en la que la subordinación que exigía una cadena de mando no daba pie a la desobediencia. Según su manera de ver, Kevin no había nacido para obedecer. Y tenía razón. La obediencia era lo que menos le gustaba, pero contaba con una fuerza de voluntad que sobrepasaba cualquier acto de rebeldía. Sabía qué eran las reglas y su espíritu disciplinado y leal le ayudaba a sobrellevarlas. Se convirtió en un oficial brillante, admirado por sus colegas y superiores, y una vez graduado en West Point se alistó en las Fuerzas Especiales hasta llegar a formar parte del Grupo de Desarrollo de Guerra Naval Especial de los Estados Unidos, comúnmente conocido por su antiguo nombre: Sexto Equipo SEAL (SEAL Team Six), el equipo élite cuyos miembros son seleccionados y tienen un entrenamiento superior.

Su conocimiento del idioma árabe y en especial del pashtún lo hizo elegible para incursionar en Afganistán y Pakistán, en donde encabezó varias misiones exitosas para detectar y combatir células terroristas. Fue su grupo el que a través de infiltrados en las filas de al-Qaeda dio con la persona que los llevaría a detectar el sitio donde podría estar ubicado Osama Bin Laden en Abbottabad, Pakistán, a quien los Navy SEAL dieron muerte. Fueron años en los que el peligro puso a prueba su sangre fría cuando se ofreció como voluntario para un equipo de desactivadores de bombas. Años que también le sirvieron de aprendizaje. Llegó a diferenciar los turbantes que usaban los wazari de los paquistaníes, de los afridi, y también los gorros de piel invernales de los uzbekos, así como de los chitra. Recitaba el Corán de memoria y sabía vestir con propiedad el salwar kamiz; pantalones amplios y blusones largos, así como a pensar en los diferentes modismos del árabe, un idioma lleno de metáforas y florituras. Y cuando creía haber dejado todo aquello atrás, vio subir hacia la colina de su casa a Charles Day.

Ahora iba río abajo camino a reunirse con él. Suponía que la misión sería espinosa si se habían tomado el trabajo de ubicarlo. ¿Qué le diría a Joanna? No podría contarle nada que pudiera ponerla en peligro, ella era una mujer amable, cariñosa, poco dada a enfrentar dificultades, por lo que había podido deducir desde que estaban juntos. Eso era nuevo para él, antes jamás tuvo que preocuparse por ocultar algo a nadie en especial. Su vida había sido un laberinto de relaciones pasajeras, no hubo mujer que lo impactase... excepto una. Pero a fuerza de voluntad se la había arrancado del corazón y había procurado enfrascarse en los trabajos que debía llevar a cabo, sin dejar espacio para nada más.

Capítulo 4

El río Satipo es caudaloso y en época de lluvias sus aguas se desbordan. Antes, para llegar adonde él vivía, había que atravesar el mismo río tres veces porque serpenteaba, pero la época del guaro había quedado atrás. Ya no había necesidad de atravesar el río metido en una jaula elevada sobre unos parales de madera para luego halar una soga y llegar al otro lado. Ya existían dos puentes lo suficientemente robustos como para soportar la crecida del río. Y él iba en bote, con un motor fuera de borda de cuarenta caballos de fuerza, suficientes para volver de regreso río arriba.

Dejó la pequeña lancha en el atracadero y se dirigió a la plaza de Satipo. Empezaba a atardecer, el viento fresco amenazaba lluvia. Kevin podía olerla. Vio a Charles Day cobijado bajo un frondoso árbol, sentado en uno de los enormes bancos de cemento en forma de U que bordean el centro de la Plaza de Armas de Satipo, frente a una fuente que se conserva absolutamente seca excepto cuando llueve.

—Gracias por venir —dijo Day.

—Por un momento dudé en hacerlo.

—Tenemos un problema —Day fue directo al grano—. Captamos una conversación telefónica de Daniel Contreras en Pakistán. Estamos seguros de que hablaba con gente de al-Qaeda. Encaja con sus averiguaciones en las que tiene clara sospecha de un atentado contra el presidente.

—¿Cómo saben que es contra el presidente?

—Por datos que nos hizo llegar con anterioridad.

—¿Cuándo se supone que será el atentado?

—Por la información que hemos estado recibiendo no parece ser inminente, pero sí hay planes concretos.

—Tal vez no sea sino un aviso mal comprendido. ¿En qué

idioma está?

—En árabe.

—Me gustaría escucharlo.

Day accionó su celular y lo puso al oído de Kevin.

"Ahmed, conozco a la persona apropiada para lo que quiere el jefe". "¿Quién es?". "Osfur Abyad". "Tiene facilidad para entrar al nido. Dile a El profesor que me comunicaré con él".

—Está claro que se refiere a Zawahiri. No se refiere a cualquier profesor, dice: El Profesor.

—Es lo que dijeron los traductores.

—Y la traducción de "Osfur Abyad" es Paloma Blanca.

—Sí. ¿Lo que dijo tendrá algún significado especial? —inquirió Day.

—El árabe tiene muchas connotaciones, depende de una serie de variantes que a una persona poco informada confundirían. Cambia si una persona lo habla rápido o muy lento, y también según el dialecto. Podría ser cualquier cosa, una paloma es un pájaro, tal vez sea un aviador, o alguien que está en el aire… como también podría ser una persona de edad, canosa, o podría referirse al color de la piel. ¿Es muy difícil deducirlo por dos palabras. No puede referirse al presidente Obama, puesto que él es de raza negra. Tiene que ser otra cosa. ¿Cómo sabe que será un atentado contra el presidente?

—Según otra conversación captada por Contreras, infiltrado en un campo de refugiados de Pakistán, un grupo formado por reclutadores de al-Qaeda hablaba una noche acerca de un gran evento. Mencionaron a "Osfur Abyad" como el salvador de su causa. "Lo mejor que podría haberles sucedido para dar una lección a los gringos en su propia casa", según sus palabras.

—¿Y Contreras no podría seguir la pista? Ya que está allá, sería mucho más fácil.

—Estaba. Lo descubrieron. Tenemos un vídeo que los de al-Qaeda se encargaron de subir a YouTube —dijo Day, cabizbajo—. No lo mataron, lo tienen prisionero. Al menos eso creo.

Hacía tiempo Kevin no prestaba atención a las noticias, mucho menos a las que procedían de Asia Central. Se había enfocado en olvidar esa parte de su vida. La noticia lo impactó aunque no se reflejó en su rostro.

—Imposible... Debió cometer algún error. Lo más probable es que lo hayan sorprendido mientras hablaba por teléfono para hacernos llegar ese mensaje, suena demasiado obvio, ninguno de al-Qaeda hubiera dado tantos nombres por teléfono. Estoy seguro de que lo hizo a propósito. Lo que necesitamos, además de descubrir quién es Paloma Blanca, es liberar a Contreras y saber de qué se trata todo esto.

Day no pudo ocultar la admiración que le producía Kevin Stosskopf. Lo conocía y sabía de sus hazañas. Su manera de moverse y su forma de expresarse tenían el sello inconfundible de alguien que exudaba seguridad. Comprendía por qué sus hombres le habían sido tan incondicionales. Y, si no se equivocaba en su apreciación, acababa de involucrarse.

—Entonces… doy por hecho que aceptas —dijo tratando de reprimir la ansiedad.

—Day, tú sabes que no podría negarme. Pero debo poner mis condiciones.

—Las que sean, nuestro presupuesto es ilimitado.

—Me refería a la seguridad. Mi intención es volver con vida. Tuvo que haber una fuga de información para que atrapasen a Daniel, no pudo ser de otra forma, lo conozco. ¿Cuál es el plan que tienen?

—Dados tus conocimientos de la cultura y el idioma árabe, pienso que serías la persona idónea para infiltrarse en el cuerpo de seguridad de al-Qaeda.

—Es una locura. Nadie que no sea uno de ellos puede hacerlo. Lo primero que harán será investigar mi pasado y un hijo de un diplomático norteamericano con mis antecedentes no pasaría la primera revisión. Lo que me pides es una autoinmolación. Lo que los yihadistas exigen a sus fanáticos.

—Todo está planeado, Kevin. Irás preso a Belmarsh. Una cárcel en el Reino Unido equivalente a Guantánamo. Normalmente los que son encarcelados en ese sitio mantienen un bajo perfil, es de máxima seguridad, pero filtraremos la noticia y algunos periódicos nos lo agradecerán: se hará pública la detención de «Keled Jaume»: tú. Un norteamericano desarraigado convertido al islam que fundó una secta formada por cientos de jóvenes y adolescentes, a quienes convencía por Internet de viajar a Siria e Irak para casarse con yihadistas y propagar la especie. De hecho ya hay muchas mujeres que lo están haciendo, algo imposible de entender, algunas de ellas son estudiantes universitarias de nivel económico bastante alto.

—¿Por qué necesitan divulgar la noticia? Ya es suficiente con que desee pasar inadvertido.

—Es necesario para que los de al-Qaeda estén enterados, de alguna forma llegará a sus oídos y no será directamente a través del gobierno.

—¿No tendré problemas de extradición?

—No, en Belmarsh hay un programa para terroristas extranjeros.

—Lo que no me convence es lo de la secta terrorista para persuadir a mujeres…

—Pierde cuidado, Kevin, el escenario está montado desde hace un tiempo, habrá muchas mujeres testificando lo mismo. Lo que necesitamos es un pretexto para ingresarte a Belmarsh.

—¿Cuánto tiempo estaré preso?

—El suficiente para crear tus antecedentes. Serás puesto en libertad porque las pruebas que se presentarán solo serán circunstanciales, entonces viajarás a la zona desde donde Daniel Contreras habló por última vez: Peshawar. A partir de allí necesitarás hacer uso de tu ingenio para infiltrarte entre su gente y de alguna manera obtener noticias de Osfur Abyad.

Al escuchar el nombre de la ciudad el corazón de Kevin se detuvo por una fracción de segundo, pero de inmediato su atención se centró en la información que suministraba Day.

—¿Qué pasará si se nos adelantan?

—Es un riesgo que tendremos que correr si deseamos hacer las cosas bien. Te presentarás en el MI6 en donde te adjudicarán un especialista en antiterrorismo. Irán a la base militar de Aldershot. Debes estar en forma, requieres de adiestramiento, por lo que pasarás por el SAS (Fuerzas Especiales Británicas). Hay muchos campos en los que los ingleses nos llevan la delantera en la lucha contra el terrorismo, en el Reino Unido se encuentra gran cantidad de yihadistas, porque el ingreso les era más fácil que para los Estados Unidos, de manera que ellos han desarrollado procedimientos específicos para detectarlos. Los de la Agencia trabajamos ahora estrechamente con ellos, así que encontrarás a muchos de los nuestros por allá.

—¿Cómo estaré en contacto con ustedes?

—A través del Sentinel. Los drones como los Predators nos siguen siendo muy útiles, pero son detectables por los radares. Te tendremos localizado apenas nos des las coordenadas, el satélite nos guiará y tendrás que encontrar un momento para mirar al cielo sin despertar sospechas. Ya sabes el procedimiento. No deseamos utilizar teléfonos, al-Qaeda tiene especialistas en telefonía, redes y unos cuantos hackers de los mejores.

De manera involuntaria Kevin miró al cielo. Sabía que el riesgo sería enorme pero si lo buscaban a él era porque ningún otro podría hacerlo. Aquello no lo hacía sentirse superior, era consciente del peligro de la misión y de que era necesario. Por otro lado, Daniel

Contreras era su amigo… a pesar de todo.

—Necesito que las personas que estén enteradas de esto sean solo las estrictamente necesarias —subrayó.

—De acuerdo. Es el motivo por el que vine solo. Como dije, solo John Brennan sabe que estoy aquí.

—Claro, y la persona que les dio mi dirección. Y los que veré en el Reino Unido y la gente de la prisión, sin contar con los más de ciento ochenta que se ocupan del Sentinel.

—No. Averiguamos tu dirección a través de tu hermano Ian. Pero él creyó que era para hacerte llegar la correspondencia con el anuncio de un incremento en tus ingresos como militar retirado. Los que te adiestrarán en Inglaterra solo saben lo necesario: que probablemente estarás destinado a una de las tantas misiones que podrían surgir en cualquier momento, y los de la prisión no sabrán nada, allá tendrás que cuidarte por tu cuenta. Los del equipo del Sentinel no estarán enterados del motivo de tu misión. La orden será ubicarte como persona A1.

—Espero que así sea. El principal riesgo ocurre cuando alguien habla de más. Y algunos lo podrían hacer de manera involuntaria.

—Lo sabemos. No es la primera vez que trabajamos juntos, Kevin, sabes que puedes confiar en mí.

Kevin asintió. Confiaba en Day. Pero muchos huevos en un mismo cesto podrían romperse, ya había ocurrido. Por otro lado la estricta confidencialidad era un arma de doble filo, llegado el caso, estaría absolutamente solo.

—Me parece que en lugar de ir a buscar a quien desee matar al presidente, yo debería estar protegiéndolo en la Casa Blanca. Su cuerpo de seguridad es tan ineficiente que el asesino bien podría estar viviendo allí y no lo sabrían —sugirió.

Day esbozó una mueca. Sabía que se refería al último incidente. El guardia de seguridad de una empresa se había montado en el mismo ascensor con Obama y su guardaespaldas. El hombre no había sido identificado y para colmo estaba armado.

—Tienes razón. Esperemos que eso cambie cuando sea asignado definitivamente el nuevo jefe del Servicio Secreto. Kevin, estoy autorizado a hacerte una transferencia de un millón de dólares por servicios prestados.

—¿Mi vida vale un millón? —preguntó Kevin.

—Bueno, podría ser un poco más… —titubeó Day—. Sabemos que el riesgo es grande. En realidad el señor Brennan dijo que podríamos llegar a dos millones de dólares.

Kevin estaba asombrado. Ninguna vida era cuantificable. No había pensado replicar ni pedir más, pero Day lo había puesto en bandeja, así que se limitó a responder:

—¿Cuándo salgo?

—Mañana por la tarde. —Sacó un sobre de uno de los bolsillos de su chaleco de dril y se lo extendió—: Aquí tienes el pasaje para el vuelo a Londres, tu nuevo pasaporte, algo de efectivo y una tarjeta de débito de una cuenta, todo a nombre de Mike Stone para que no figure tu verdadero nombre en los registros de salida del país. El pasaporte tiene el sello de entrada al Perú. En Londres te entregarán tus documentos, todos «legales», te llamarás Keled Jaume: nombre que adoptaste al convertirte al islam.

Kevin abrió el sobre y se fijó en el billete de avión.

—Business Class…

—Queremos que llegues descansado. El avión hará escala en París, pero solo será de una hora y treinta y cinco minutos. No hay vuelos directos a Londres desde Lima, en total son quince horas.

—Como retirado me tratan mejor, esto me empieza a gustar —dijo Kevin con una sonrisa—. Antes hubiera viajado en un incómodo Hércules.

Day prosiguió sin hacer comentarios.

—Tu historia es la siguiente:

"Naciste en 1973 en Nangarhar. Afganistán. Tenías cuatro años cuando sin razón aparente un escuadrón de aviones soviéticos bombardeó el distrito de Haska Mena. Toda tu familia falleció en el acto excepto una abuela que estaba en la mezquita, que también fue destrozada por las bombas. Huyeron hacia Achin pero tu abuela estaba malherida y murió en el camino. Fuiste encontrado por una patrulla del cuerpo de las Naciones Unidas y llevado al campamento que ellos tenían en Pakistán, de donde te adoptó una pareja norteamericana de edad madura con quienes viajaste a los estados Unidos. Tus padres adoptivos murieron en un accidente cuando ya eras adulto, su tumba se encuentra en el cementerio Madison Square en el condado de Loup, Nebraska. Se supone que quisiste regresar a tus orígenes, y de hecho estuviste en Afganistán ayudando al cuerpo de paz de la ONU, pero simpatizabas enormemente con al-Qaeda Porque pensabas que eran los únicos que podrían poner orden en tu país. Te convertiste al islam y fue hace unos cuatro años cuando empezaste a reclutar mujeres para enviarlas a Siria, Irak y Afganistán. Lo haces a través de Internet".

Day le dio una relación de nombres de escuelas primarias y secundarias en donde se suponía había estudiado, así como algunos detalles más acerca del condado de Loup.

Kevin repitió casi toda la información, incluyendo fechas y ciudades.

—Descuida, tendrás tiempo para aprendértelo en Inglaterra. Todos los detalles te esperan en Londres en un sobre lacrado, los cuales una vez memorizados, deberás destruir. También te proveerán del pasaporte como Keled Jaume, como te dije. ¿Confías en tu pareja?

La pregunta lo agarró fuera de base. ¿Confiaría su vida a Joanna?

—Hasta cierto punto. He aprendido que no se puede confiar al ciento por ciento en nadie.

—Perdona la pregunta, pero ¿cómo se conocieron?

—Buscaba información acerca de un hotel familiar en el aeropuerto y de pronto me topé con ella. Fue todo muy casual.

—¿Le has dicho a qué te dedicabas?

—Sabe lo necesario, Joanna es una persona confiable. Tengo confianza en mi olfato —dijo Kevin tocándose la punta de la nariz.

—No deseo interferir de ninguna manera en tu relación, pero por la seguridad de ella te pediría que me dieras su nombre completo.

—Joanna Martínez Fernandini.

—Magnífico. Te deseo mucha suerte, coronel. Espero verte a tu regreso. Me olvidaba: al llegar al aeropuerto de Heathrow te esperará un helicóptero. Un soldado se identificará y te guiará. Hasta pronto, Stooskopf. Y gracias.

Capítulo 5

Después de los sucesos del 11 de septiembre de 2001 en Manhattan, la lucha contra el terrorismo cambió ostensiblemente. Era como si el mundo hubiera abierto los ojos ante el significado del terrorismo; si la nación más poderosa de la tierra había sido atacada de manera tan impune, ¿qué se podía esperar para las demás? Occidente empezaba a despertar. Ya no se trataba más de la llamada Guerra Fría, la amenaza existía y se había hecho patente sin aviso. Estados Unidos y Gran Bretaña encabezaron la lista de países que formaron una coalición para la lucha antiterrorista, de manera que americanos e ingleses trabajaban en conjunto asistiendo a la red de países que se sumaron al esfuerzo. Y como el área álgida se encontraba entre Afganistán y Pakistán, las empresas telefónicas de esos países acordaron prestar el apoyo logístico necesario comunicando a la CCT (Central de Inteligencia Contra el Terrorismo) las llamadas recibidas y emitidas. Así, la Central de Inteligencia de Asia Central se situó en Islamabad, la capital de Pakistán, lugar donde personal adiestrado monitoreaba día y noche cualquier llamada de los números que figuraban en una lista negra. Un software las filtraba y si algunos de los números sospechosos hacía contacto con otro, de inmediato era intervenido y grabado. El técnico de guardia debía dar aviso a su superior, ubicaban la dirección de donde procedía e iban al sitio. Pero todo dependía de muchos factores: de que el superior fuese lo suficientemente acucioso para obtener la ruta de la llamada, de que estuvieran en ese momento todos los del equipo y los vehículos disponibles, y de que el susodicho superior tuviese los arrestos suficientes para dejar lo que estuviera haciendo en ese momento para ir a por los supuestos terroristas. Algunas veces se les escapaban o eran llamadas falsas, pero en oportunidades habían atrapado a peces gordos.

Para un pakistaní con cierta aspiración, pertenecer a la

policía era beneficioso; la mayoría lo hacía por tener una fuente de ingresos, más que por motivos patrióticos o de índole parecida en una zona donde es muy difícil definir nacionalidades. Tanto afganos como pakistaníes están mezclados por una serie de parentescos, además del idioma pashtún, que se habla en gran parte de ambos territorios. Y si alguno sabía más de una lengua de las cientos de tribus que habitan aquellas tierras, además de un pasable inglés, era buen candidato para trabajar en las instalaciones subterráneas situadas en Islamabad, junto a un número importante de norteamericanos y británicos.

Desde que los dos hijos de los Farah fueran llevados a Riad en calidad de servidumbre por Jeff Stooskopf, Kevin no había descansado hasta convencerlo de llevar también a sus padres. Cuando el chofer egipcio Munarach fue enviado con un permiso expresamente a por ellos, para el padre ya era demasiado tarde. Un grupo tribal había acabado con su vida días antes por negarse a cooperar. El chofer regresó solo con la madre y los tres sirvieron en casa de los Stooskopf durante los años que estuvieron en Riad. Tenían una deuda de agradecimiento con Jeff Stooskopf, especialmente con Kevin, el instigador para que todo aquello fuese posible. Y el odio que se albergó en el corazón de Shamal contra los talibanes por la muerte de su padre fue el factor principal para que se decidiera más adelante a presentarse a la Central de Inteligencia contra el Terrorismo: la CCT.

Cuando se hizo efectivo su traslado a los Estados Unidos, Jeff Stooskopf se aseguró de que la señora Farah y sus hijos Nasrim y Shamal fueran ubicados solo temporalmente en casa del funcionario entrante, pues había previsto abrir una tienda de artículos artesanales en Pakistán en donde ella pudiera trabajar, ya que era difícil que Arabia Saudí les otorgase la documentación como residentes. Shamal siguió manteniendo correspondencia con Kevin, a quien consideraba, más que el hijo del patrón, un amigo, pese a las diferencias sociales que la señora Stooskopf se había empeñado en enfatizar. Kevin, casi de la misma edad que Shamal, había sido el hermano que le hubiera gustado tener y jamás olvidaría sus correrías con él vestido con una shilaba haciéndose pasar por uno más de ellos. Nasrim, la menor, también guardaba cariño por Kevin, aunque su trato había sido más distante. En la sociedad árabe no estaba bien visto que niños de ambos sexos socializaran, motivo por el cual Nasrim siempre había permanecido alejada de los chicos de la casa, quienes apenas notaban su existencia, que se veía reducida a las zonas de servicio. Su madre ayudaba a la cocinera iraní y Nasrim aprendió esos oficios desde pequeña. Ian, en cambio, raramente participaba en los juegos con su hermano Kevin y

Shamal. Prefería leer o hacer cualquier otra actividad en solitario; sin embargo, fue en esa época cuando se alojó en su corazón la profunda aversión que sentía por su hermano Kevin.

Cuatro meses después de que los Stooskopf se fueran definitivamente a los Estados Unidos, los Farah quedaron establecidos en Peshawar. Nasrim ayudaba a su madre en la tienda y Shamal, después de terminar los estudios secundarios, eligió entrar a la policía. Debido a su conocimiento del idioma inglés, pashtún, dari, un poco de español y sus buenos antecedentes, como haber terminado la secundaria con buenas notas y haber servido en casa de un diplomático norteamericano, al instalarse la CCT en la capital se presentó y fue seleccionado para trabajar como traductor. Ascendió a supervisor y fue así como estuvo de turno la noche en que el operador norteamericano vio parpadear la luz roja. A pesar de la brevedad de la llamada, el sondeo la localizó en un lugar de la antigua Peshawar.

Las llamadas de teléfonos celulares se rastrean siguiendo dos tecnologías: la satelital y la de las torres celulares. Los nuevos teléfonos móviles equipados con GPS tardan en ser ubicados el mismo tiempo que una señal de radio desde el satélite, es decir, al momento. Y se pueden localizar a la inversa. La llamada provenía de un celular con GPS.

Si hay algo en lo que la CCT tiene sumo cuidado es que los operarios tengan sus funciones estrictamente delimitadas. Unos ven parpadear la luz, otros graban las llamadas y otros son los que las traducen. La fuga de información en Pakistán en los organismos de seguridad había hecho que se tomaran medidas extremas. Un superior que estuviera de turno una noche podría no haberse enterado de lo que escuchó otro en alguna otra noche. Pero indefectiblemente todas las llamadas iban a parar al Cuartel General de Comunicaciones Británico en Cheltenham en Inglaterra. Casi instantáneamente las recibían en Fort Meade, Maryland, y en la NSA, (Agencia de Seguridad Nacional Norteamericana). Allí era donde las piezas del rompecabezas empezaban a armarse. El informe final lo recibía John Brennan. Y como en ese momento no había otro que pudiera entender lo que hablaban en la grabación, fue directamente Shamal el encargado de traducirla: «Ahmed, conozco a la persona apropiada para lo que quiere el jefe». «¿Quién es?». «Osfur Abyad. Tiene facilidad para entrar al nido. Dile a El Profesor que me comunicaré con él».

Shamal supo de inmediato que se trataba de al-Alzawahirí. Y que el mensaje podría ser de importancia, lo que le parecía extraño era que se hubiera colado entre las llamadas. Los terroristas se cuidaban de dar nombres y datos por teléfono. También pensó que podría ser que lo hubieran hecho a propósito, mientras elaboraban sus verdaderos planes. Sin embargo, sabía lo que se esperaba de él en la CCT: estar pendiente de que el operario de turno le informara cada vez que una luz roja se encendiera y que el traductor hiciera su trabajo. En este caso había sido él a falta de uno. Enviaría de inmediato la información a Cheltenham, estaba seguro de que era importante. ¿Qué habría hecho Kevin en ese caso?, pensó. Cada vez que debía tomar una decisión era la pregunta que le venía a la mente. Sus últimos correos no decían mucho, y lo comprendía, Kevin había sido miembro de las fuerzas especiales, no podía hablar de su trabajo ni de las operaciones que el gobierno le encomendaba. Shamal añoraba su compañía. A pesar de los años transcurridos, el cariño por él nunca dejó de ser el mismo, y más, como solo la distancia hace que en ocasiones el ser humano idealice al que está lejos.

En Islamabad eran las 5:34 de la mañana. Vio los relojes alineados frente a él indicando la hora en diferentes partes del mundo y se fijó en que allá era la 1:34. Envió un reporte con la grabación de la llamada. Había cumplido su parte. Lo que no imaginó Shamal fue el revuelo que causaría su informe. Justamente el Cuartel General de Comunicaciones Británico en Cheltenham, había tenido noticias de un tal Osfur Abyad en uno de los campos de refugiados de Pakistán en donde se movían células terroristas, algunas de ellas formadas por grupos de al-Qaeda para reclutar carne de cañón a sus filas, que no eran otra cosa que futuros yihadistas suicidas. Habían mencionado a «Paloma Blanca» como «el salvador de su causa». Era uno de ellos. Lo mejor que podría haberles sucedido para «dar una lección a los gringos en su propia casa». Solo tenían que averiguar el nombre del involucrado; sospechaban que se trababa de alguien que se movía dentro de los Estados Unidos, probablemente cercano al gobierno, pero era imposible detectarlo.

Shamal tampoco imaginó que aquella llamada interceptada llegaría a oídos de su recordado amigo Kevin. Fue a tomar café, todavía restaba poco más de una hora para que acabase su guardia. Le provocaba fumar un cigarrillo pero estaba prohibido hacerlo en esos sótanos laberínticos. El capitán Wagner, quien le precedía en el cargo, también se sirvió una taza y como cosa inusual le preguntó su opinión.

—Creo que contiene dos claves, capitán. "Paloma Blanca" y "El Profesor". No sé quién sea esa paloma, pero El Profesor sí estoy seguro de que es el jefe de al-Qaeda. Es así como muchos lo siguen llamando —explicó Shamal.

—El asunto es que los de al-Qaeda en estos momentos tienen un bajo perfil —razonó Wagner—. Tal vez deseen simplemente llamar la atención para restar importancia al ISIS.

—Sí —respondió Shamal—. Pero también es posible que estén planeando algo verdaderamente importante, aprovechándose del revuelo que están ocasionando los del Estado Islámico.

—Tienes razón... —admitió pensativo Wagner—. Son muy poderosos ahora. Por eso debemos cuidarnos de al-Qaeda. Son capaces de cualquier cosa con tal de obtener notoriedad. Lástima que los nuestros no pudieron encontrar nada en Peshawar, esa gente se está moviendo muy rápido, hasta pienso que fue una llamada falsa.

Capítulo 6

Apenas recibieron el informe grabado esa madrugada en Fort Mead fue transmitido a John Brennan, el director de la Agencia Central de Inteligencia. La operación Nido de Cuco, como se llamaba la de Daniel contreras, parecía que había tenido éxito y Brennan esperaba ansioso la próxima comunicación del agente. Pero esta nunca llegó. Poco después se enteró a través de las redes sociales que habían capturado a un miembro de las fuerzas especiales. Cuando vio a Daniel Contreras en la pantalla del televisor supo que las cosas estaban muy mal. No lo ejecutaron como sí lo hubieran hecho los del ISIS, pero lo retendrían probablemente para cobrar recompensa o para que sirviera como intercambio de prisioneros. O tal vez para algo peor.

Tendría que encontrar a otro tan bueno o mejor que aquel, pero esta vez sería absolutamente confidencial. No se lo comunicó a su directora adjunta, habló directamente con Charles Day. Brennan lo conocía desde antes de ser nombrado director de la CIA; siempre había demostrado ser un hombre de buen criterio, confiable y extremadamente discreto.

—Buenos días, Charly. Tengo noticias, necesito verte de inmediato. Voy camino al despacho.

—Buenos días, jefe. Voy en seguida.

Era lo que más apreciaba de Charles Day. Jamás hablaba de más ni hacía preguntas innecesarias.

Sentado en la parte de atrás del coche blindado camino a Langley, Brennan trazaba el plan. Se saltaría al Servicio Nacional Clandestino, sería una operación conocida solo por las personas necesarias, no quería correr el mismo riesgo que con el agente anterior. Era demasiado complicado, pero tendrían que echar mano de los retirados, no había mejor agente encubierto que alguno que no estuviera oficialmente en el cuerpo.

Al llegar a las cercanías de la imponente estructura de la CIA, Brennan comparó el edificio con una colmena. La infinidad de ventanas idénticas se alineaban a lo largo de los muros de los edificios paralelos. Un buen lugar, pensó. Situado en una ciudad dormitorio cerca de Washington y protegido de las miradas indiscretas por un cinturón arbolado; el mundo no podría imaginar todo lo que se cocinaba tras sus puertas. Bueno, tal vez algunos sí. Pensó en cuántos Julian Assange más habría por ahí tratando de airear cosas que no importaban a nadie.

Llegaron casi simultáneamente. Day cerró la puerta del despacho tras de sí y, como siempre, esperó a que Brennan le ofreciera asiento.

—Siéntate por favor. Tenemos un problema, Charly —dijo Brennan, alargándole una carpeta de un par de dedos de grosor.

Day la abrió y fue pasando las páginas. Se detuvo en la parte final.

—Creo que sé quién podría ser nuestro hombre.

—¿Es seguro? —preguntó Brennan, aunque sabía que era una pregunta absurda.

—Kevin Stooskopf. Habla árabe a la perfección además de otras lenguas del área. Fue agente encubierto en varias ocasiones y siempre con éxito. Él y Daniel Contreras eran inseparables. El único inconveniente es que se retiró del cuerpo hace meses y no sé si querrá aceptar el trabajo.

El candidato no podría ser mejor, tal como había pensado Brennan: un miembro en retiro y amigo del agente secuestrado. Inclinó el cuerpo sobre el escritorio.

—¿Sabes dónde encontrarlo? Necesito su expediente cuanto antes.

—No. Se mudó. Es lo último que sé de él. Pero tiene un hermano que trabaja para la Secretaría de Estado, puedo preguntarle.

—¿Crees que despertará sospechas si le preguntas? Lo menos que deseo es involucrar a la familia en esto.

—Podría decirle que necesitamos su nueva dirección para enviarle una notificación porque se le aumentó el sueldo de retiro. Es lo que se me ocurre.

—¿Cómo cobra? ¿Acaso no tienen la dirección adonde se le envía su cheque mensual? —Desde que los pagos se hacían en línea algunas cosas se habían complicado, pensó Brennan.

—No. Y odia el correo electrónico. Ve conspiraciones en

todos lados.

—Llévate esto —indicó el documento confidencial—. Estúdialo y haz un informe incluyendo todo lo que debo saber del tal Kevin Stooskopf. Escríbelo a máquina, supongo que debes tener una. No se te ocurra utilizar el ordenador. Lo necesito para mañana temprano.

—Así lo haré, señor. Pierda cuidado.

De ninguna manera Brennan se había tranquilizado. Lo que había descubierto el agente Daniel Contreras era bastante importante como para no prestarle la debida atención. No quería pasar por otro 11 de septiembre. Lo peor de todo era la posición actual de Estados Unidos. Tenía a medio mundo en contra, y el gobierno siempre actuaba después de que ocurrieran los hechos. ¿Por qué no tomaron en cuenta al Estado Islámico? No podían prever que negarse a participar en la guerra civil Siria desencadenase en un problema tan grave. Ahora el ISIS era demasiado poderoso, tenían dinero del petróleo y del gas de Siria, y la ayuda financiera de miembros del Golfo Pérsico, incluyendo a algunos prominentes de Kuwait. Apoyar a los islamistas se había convertido en un importante gesto político. Los de al-Qaeda estaban —supuestamente— en clara desventaja, lo cual los volvía más peligrosos. El principal interés de ISIS por el momento era crear un califato transfronterizo entre los ríos Éufrates y Tigris; habían avanzado casi hasta las puertas de Bagdad, y Obama había tenido que enviar a mil quinientos asesores al terreno. La diferencia era que ahora enfrentaban a un enemigo más líquido: miles y miles de jóvenes de todo el planeta que supuestamente creían encontrar un camino en esa lucha contra el mal que el extremismo islámico deseaba imponer; una ley coránica de hacía mil trescientos años, y el mal de la falta de trabajo y oportunidades era encarnado por las tropas estadounidenses. Sin embargo, nunca podría adivinar el plan que Abu Bakr al- Baghdadi tenía en mente. El de al-Qaeda era destruir Occidente, algo que en su situación actual era inverosímil, aunque podían atentar contra su líder más poderoso. De hecho era lo que el agente había dado a entender. El asunto era averiguar quién era el traidor. Si trabajaba en Washington podría ser cualquiera de las miles de personas que tenían acceso a la Casa Blanca. Inclusive alguno de sus guardaespaldas, caviló Brennan.

Day por su parte fue directo a su oficina situada cuatro pisos abajo del mismo edificio y lo primero que hizo fue encargar a la secretaria un termo de café negro y no ser interrumpido, excepto por el director de la CIA. Calculaba que pasaría allí la noche. Estudió con minuciosidad el informe que tenía en sus manos y procedió a ubicar a

Kevin Stooskpof.

—Por favor, comuníquese con este número, pregunte por Ian Stooskpof. Dígale que llama del Departamento de Recursos Humanos de la Armada para saber la ubicación de su hermano Kevin y así poder enviarle por correo los bonos extras y el aumento salarial que le corresponden —ordenó a su secretaria.

Poco después tenía la dirección: Satipo. Arrugó la frente. En la selva del Perú. Parecía que Kevin Stooskopf tenía serias intenciones de desaparecer de escena. Tal vez sería difícil convencerlo.

Trabajó durante toda la noche salvo para dormir un par de horas antes de continuar. Cuando Brennan decía «para mañana temprano» era justamente eso. La vieja IBM eléctrica le parecía lenta en comparación con la computadora. Lo obligaba a escribir despacio para no cometer errores que en un ordenador podrían subsanarse con facilidad, pero eran las normas. Después tendría que deshacerse del cartucho. Por suerte tenía buen aprovisionamiento de ellos. Recopiló toda la información de los trabajos anteriores de Kevin Stooskopf. ¡Es muy bueno!, reconoció. No era dado a hacer amistades, pero siempre fue correcto en su trato. Esperaba poder convencerlo, tendría que ofrecerle buenos incentivos, aunque con Kevin nunca se sabía. Por otro lado no tenía una idea muy clara del plan que Brennan tenía en mente. Faltaba una hora para las siete de la mañana. El tiempo justo para darse un baño y cambiarse de ropa. Por suerte tenía todo lo necesario en la oficina. Había aprendido a ser precavido.

Capítulo 7

Lima es la ciudad más grande e importante del Perú; donde se concentran todos los poderes administrativos del Estado y en la que vive la mayor parte de la población. Su geografía plana hizo factible su expansión y hoy en día no se refiere únicamente a su infraestructura, también al crecimiento económico. Pero hay un punto que los peruanos no han podido borrar de la memoria colectiva de las autoridades portuarias internacionales: el tráfico de drogas. Es el mayor productor del mundo de hojas de coca, más que Bolivia o Colombia; también existen laboratorios clandestinos en algunos lugares de su vasta geografía, y el dinero que genera este negocio salpica de una forma u otra a personas de cualquier clase social, incluyendo a gente del gobierno.

Joanna había sucumbido a la tentación pese a provenir de una familia acomodada. Hizo muchos viajes a diferentes países llevando consigo cocaína camuflada entre el equipaje en complicidad con las autoridades aduaneras, pequeños paquetes que lograba vender directamente al distribuidor de la zona, y en otros casos algún encargo que debía entregar a determinada persona. Se había ganado la confianza de los narcos y era bien vista entre ellos, hasta que fue detenida en el aeropuerto de Los Ángeles. Su vuelo en la cabina de primera clase había resultado muy agradable en compañía de Robert Taylor, un norteamericano que acababa de conocer, un poco arrogante, aunque bastante atractivo. Excepcionalmente, su equipaje fue sometido a una exhaustiva revisión. En el momento en que la llevaban detenida se cruzó con el hombre con quien había coincidido en primera clase y no se le ocurrió nada mejor que decir:

—Señores, ustedes se equivocan. No tengo nada que ver con lo que han encontrado en mi equipaje, alguien debió de introducirlo allí. —Sacó una tarjeta de su bolso y la leyó—. Si no me creen pregúntenle a Robert Taylor.

Y señaló en dirección a Ian.

—Usted… ¿qué sucede? —preguntó Ian mirando de hito en hito a los dos funcionarios de la DEA que la acompañaban.

—Está detenida por tráfico de drogas.

—No es verdad. Todo es un error —ratificó Joanna con firmeza.

Ian la miró y decidió seguirlos. En el camino hizo una llamada al Servicio de Seguridad Diplomática y luego de hablar con el oficial a cargo de la DEA en el aeropuerto, Joanna estaba libre. La invitó a subir al taxi que había llamado y una vez dentro la observó sin pestañear. Una mirada que a ella le trasmitió señales oscuras. Permanecieron en silencio hasta que Joana supuso que debía agradecerle.

—Gracias… Haré lo que tú quieras.

—Justo pensaba en eso.

La sonrisa que exhibió ella no pareció impresionarlo.

—Haré lo que quieras —repitió Joanna—. ¿Qué les dijiste?

—Que eres una agente encubierta. Tengo ciertos contactos.

—¿Yo, una agente encubierta? ¡No me hagas reír!

—No acostumbro mentir. Cuando dije que eres una agente encubierta y viajabas conmigo, era cierto.

—No comprendo.

—Eso no importa. Ya hablaremos, no aquí.

El taxi los dejó frente a un discreto edificio. De inmediato llegó un valet con un portaequipajes y los acompañó hasta el décimo piso.

—Ponte cómoda, Joanna; ¿deseas tomar algo?

—Una copa de vino no me caería mal —dijo ella.

Él la sirvió y se quedó observándola.

—¿No me acompañas?

—No bebo alcohol.

—¿Eres un religioso?

—¿Desde hace cuánto te dedicas a eso? —preguntó él sin hacerle caso.

—No mucho. Estoy empezando.

—Joanna, te aconsejo ser sincera conmigo. Puedo investigarte y te aseguro que sabré más de ti que tu propia madre.

—Hace seis años.

—¿Sabías que por tráfico de estupefacientes podrías pasar en la cárcel los próximos diez? Eres demasiado joven y hermosa para perder tantos años.

—Lo sé.

—¿Y aun así te arriesgas a hacerlo?

—Pensaba dejarlo, estoy juntando plata para montar un gran restaurante, se puede hacer mucho dinero.

—No por ahora. Déjame explicarte lo que necesito que hagas a cambio del favor.

—¿Qué quisiste decir con que tú no mentías?

—Exactamente eso: que eres mi agente encubierta.

—¿Pretendes que espíe a los que me venden la droga? ¡Me matarían! Lo que me pides es peor que ir a la cárcel.

—Solo escucha: quiero que sigas mis instrucciones y me informes de todo lo que haga cierta persona. No tiene nada que ver con tus amigos traficantes.

Joanna terminó la copa de una sola vez. Hubiera preferido que el tipo quisiera acostarse con ella en lugar de pedir tal extravagancia.

—¿A quién debo vigilar? ¿A tu mujer?

Ian la miró. ¿Con quién creía que hablaba esa imbécil?

—Es un hombre. Él viajará al Perú dentro de dos días, te daré la hora de llegada y el número de vuelo. No conoce a nadie allá, piensa radicarse en tu país. Tu deber será entablar contacto con él y si es posible hacerte su amiga. A él siempre le han gustado las mujeres hermosas, no tendrás problemas. —Fue hacia un armario y sacó una foto—. Su nombre es Kevin Stooskopf, no está nada mal, ¿eh?

Joanna miró al hombre de la foto y estuvo de acuerdo. Nada mal, pensó.

—¿Por qué quieres que lo espíe?

—Eso no te incumbe. Solo cumple con lo que te digo, es importante que lo hagas. Cualquier llamada, cualquier persona que lo visite, cualquier viaje que vaya a hacer... Tú me informarás a un número que te daré. Es privado y nadie lo tendrá excepto tú. Te daré un móvil con cobertura satelital que te permitirá llamarme donde sea que te encuentres. Debes tener mucho cuidado de no extraviarlo y, por supuesto, de mantenerlo oculto. ¿Has comprendido?

—Veo que no tengo salida.

—Mira, Joanna, no te quejes. Tienes más de lo que esperabas, también recibirás tu paga, tal vez puedas tener ese restaurante antes de lo que piensas.

—No será fácil… ¿Y si no le gusto? ¿Y si tiene pareja?

—No tiene pareja y seguro que le gustarás. Y, si no, harás

todo lo posible para que así sea, ¿comprendes? Puedes quedarte aquí hasta que partas mañana. Ahora dime: ¿A quién entregarías esa droga?

—No te lo puedo decir, Robert.

—Claro que sí, Joanna, fue con esa condición que te dejaron libre. Tienes que darme la ubicación de esa gente. Ellos ya no serán un estorbo para ti una vez que la DEA los atrape y los ponga tras las rejas. Si te niegas irás presa y me cuidaré de que sean muchos más que diez años. Te lo aseguro.

Joanna no podía creer lo que le estaba sucediendo. El hombre que tenía delante se había convertido de un momento a otro en su peor pesadilla. Le dijo lo que quería saber y se persignó. Solo Dios sabía lo que podría sucederle. Mientras, Ian tomaba nota minuciosamente.

—Tienes que prometerme que tendré asegurada mi residencia aquí. Me arriesgo a perder la vida cuando se enteren de que soy una soplona, no puedo regresar a Lima.

—No te preocupes, haremos correr la voz de que no quisiste colaborar… tan fácilmente.

Joanna dio un suspiro de resignación. Sabía que algún día tenía que sucederle, pero no de esa manera. El tipo era un demonio.

—No podré hacer el trabajo que quieres. No puedo regresar a Lima, Robert, siempre quedará alguno que podrá ubicarme, ¿es que no lo entiendes?

—Yo me ocuparé de que estés en un lugar seguro con la persona apropiada, deja ya de preocuparte por esas minucias.

—¿Cómo?, ¿con quién? Sé que me estás engañando, mejor hubiera sido quedarme en el aeropuerto con los de la DEA. De hecho, me voy —dijo sujetando su valija rodante.

—Joanna, soy de la DEA y no te estoy proponiendo un trato. No tienes opción. Créeme, estarás segura y a salvo. Solo debes hacer lo que te dije. Una vez hayas cumplido con el trabajo, yo mismo me haré cargo de que tengas la ciudadanía norteamericana. Ahora te aconsejo ponerte cómoda. Pasaremos una noche agradable —dijo Ian invitándola a entrar en el dormitorio. Salió, cerró la puerta y se dirigió a su despacho. Antes aseguró la entrada principal y guardó la llave en su chaqueta.

Ya en su escritorio hizo la reservación del vuelo para Joanna, llamó a su oficina en Washington y avisó que regresaría al día siguiente. Él vivía allá, pero su lugar de operaciones era ese apartamento en Los Ángeles. Allí todos lo conocían como Robert Taylor. Le divertía usar el nombre de un famoso actor de los viejos tiempos, apenas conocido en el siglo XXI. Su madre sentía una admiración rayana en la locura por ese artista, según decía, porque se parecía a su padre. Había sido un asunto de Alá que Joanna se cruzara ese día en su camino. ¿Qué otra cosa podría ser? La mujer ideal para lo que él quería. Su hermano estaría bien acompañado. Y si había alguien de quien tenía que cuidarse era justamente de él. Aunque se había retirado del Cuerpo de Operaciones Especiales, estaba seguro de que en algún momento sería solicitado y, si no se equivocaba, hasta se ofrecería voluntario cuando se enterase dentro de un tiempo de que su querido amigo Daniel Contreras era prisionero de al-Qaeda. Lo tenía todo planeado. No debía dejar ningún cabo suelto si deseaba que las cosas salieran perfectas.

Se comunicó con la DEA y tal como había prometido les dio la dirección, nombres y todos los datos de la red de traficantes que Joanna le había proporcionado, tanto los de Lima como los de Los Ángeles y Miami. Era lo bueno de trabajar para el Servicio Exterior, sus contactos con los servicios de inteligencia lo ayudaban en su tarea.

Se dio un baño para realizar la azalá de la puesta de sol sobre una alfombrilla que extendió en su oficina. Tenía mucho que agradecer ese día. Después fue al encuentro de Joanna.

Capítulo 8

Una vez en el aeropuerto Jorge Chávez, Joanna quiso despedirse de Kevin en la sección internacional, y fue tanta su insistencia que él aceptó.

—Pensé que irías a Estados Unidos —dijo mirando el tablero de los vuelos de salida.

—Primero iré a Londres, hay nuevas tácticas que debo aprender en un curso rápido. Luego volveré a América y entrenaré a la gente —explicó Kevin caminando a grandes zancadas en dirección al hall central para realizar el proceso de pre-embarque, mientras Joanna corría detrás de él. Tenía el tiempo justo. La última llamada de su vuelo se anunciaba por los altavoces.

—Te extrañaré —dijo Joanna—. Toma, por favor, llámame a este número, es privado. Nadie más lo tiene. Por favor, no dejes de hacerlo, por favor…

—También yo te extrañaré, amor, espérame.

La besó en los labios, la miró unos segundos con intensidad y dio vuelta agitando la nota antes de guardarla en un bolsillo mientras Joanna murmuraba: «Lo haré». Ella lo vio perderse tras la mampara de separación y buscó de mala gana en su bolso el móvil satelital.

—¿Tienes noticias? —preguntó Ian.

—Kevin acaba de partir para Londres. El hombre que lo fue a ver ayer ya tenía comprado el pasaje. Dijo que debía ir por un curso rápido de aprendizaje y regresar a Estados Unidos para entrenar a un grupo.

—¿Cómo se llamaba el que fue a verlo?

—No lo sé, ya te lo dije ayer. No mencionaron ningún nombre.

Ian guardó silencio. Si lo hubiesen hecho, seguro habrían dado un nombre falso, pensó.

—¿A qué hora llegará a Londres? ¿Sabes qué vuelo es?

—Vuelo 1080. Llegará a Heathrow a las 18:20 mañana.

—Está bien. ¿Te dijo si mantendría contacto?

—Parece que no hablaremos en todo el tiempo que esté fuera.

—¿Cuánto tiempo?

—No me dio un tiempo determinado.

—¿Algo más que debas decirme? ¿Cómo era el hombre que fue a verlo?

—Bajo y delgado. Vestía un chaleco de cazador. Ojos marrones, pelo castaño…

—Te voy a pasar varias fotos y me dirás si reconoces a alguno —sugirió Ian con impaciencia.

—Está bien.

Joanna llegó hasta el café Washca, se sentó y pidió agua mineral. Minutos después sintió el zumbido del teléfono. Vio una a una las fotos y reconoció a Charles Day. Era el cuarto.

—Es el número siete —dijo.

—Joanna, no me hagas perder el tiempo y señala de una maldita vez quién fue a verlo. Ese no puede ser. Es mi secretario.

A ella casi se le detuvo el corazón. Nunca lo hubiera imaginado.

—Pues será mejor que empieces a investigarlo y le preguntes dónde estuvo ayer, porque yo lo vi aquí.

Ian se quedó unos momentos en silencio, la respuesta lo confundió brevemente.

—Mira bien las fotos, Joanna, tómate tu tiempo.

—Espera. Las agrandaré. Es el cinco. Estoy segura —dijo al cabo de unos momentos. Esperaba que no notase el temblor en su voz.

—¿Estás segura?

—Sí. Es un poco parecido al otro, ten en cuenta que solo lo vi un momento, casi todo el tiempo estuvieron en la puerta, además traía una vincha en la frente.

—¿Qué es una vincha?

—Una badana, una cinta de tela como las que usan algunos tenistas. Satipo es muy caliente, seguro la usaba para recoger el sudor.

—¿Me estás diciendo la verdad? Sabes que de todos modos me enteraré si me estás mintiendo.

—¿Por qué habría de mentirte? No soy una demente, Robert.

—Bien, Joanna. Tu trabajo ha terminado. Espera una llamada mía. Ah… Te haré una transferencia a tu cuenta.

—¿Podré entrar a tu país?

—Eso dependerá de ti. Si no vuelves a las andadas veré que lo permitan.

—Te lo prometo, Robert, ya no volveré a hacerlo. Lo juro.

—Veremos. El tiempo dirá.

—Ese no fue el trato, Robert. Dijiste que podría quedarme en los Estados Unidos, aquí estoy en peligro, ¿acaso crees que no se corrió la voz? Lo más seguro es que me estén buscando. Mientras estuve con Kevin me sentí protegida, ahora él no está. Tienes que hacer algo, por favor, utiliza tus contactos.

—Te haré una transferencia, Joanna —dijo Ian con fastidio.

—Pero habías prometido darme la ciudadanía, yo colaboré con ustedes, no pueden negarme la entrada.

—Me comunicaré contigo. —Y colgó.

—¡Maldito! —dijo ella mirando el móvil.

Arrastró su equipaje a lo largo del hall central. Debía esconderse en algún lugar, no podía regresar a Lima. La imagen de Robert la había acompañado durante esos meses y no precisamente para confortarla. La única noche que estuvo con él pudo conocer la clase de hombre que era. Frío, calculador y extraño. Muy extraño. Más que los narcos. Y el maldito le había jugado sucio. Que se pudra, se dijo. Veamos qué hace con el número cinco.

Joanna, como la mayoría de las mujeres sabía cuándo un hombre sólo quería aprovecharse, y esa sensación la tuvo cuando conoció a Robert. Lo contrario ocurrió con Kevin. Desde que lo vio, aunque no pudo precisar por qué, supo que era un buen hombre. Admiraba su seguridad, su manera de enfrentar y solucionar los problemas y su forma de tratarla. No había querido aceptarlo, pero se había enamorado. No porque él representara una especie de tabla de salvación o la solución a sus problemas, sino porque durante su convivencia había surgido en ella un sentimiento que iba más allá de la atracción física. No sabía a ciencia cierta si era un delincuente y por eso a Robert Taylor le interesaba. No le importaba, estaba dispuesta a arriesgarse por él si fuese necesario. Se recriminaba por no haberle dicho la verdad a Kevin, pero si le hubiese contado… Tampoco él puso mucha confianza en ella. Presentía que había cosas importantes que le ocultaba. Tenía la sospecha de que se ausentaba por una razón oscura, pero aceptaría lo que fuera viniendo de él. ¿Qué hacer? ¿Adónde ir? No podía regresar a la casa de Satipo porque Robert sabría dónde encontrarla, y cuando se enterase de que había mentido la buscaría y quién sabe qué haría con ella. Recorrió las taquillas de las aerolíneas y encontró un vuelo directo a Venezuela. Buen sitio para quedarse, sobre todo para quien lleva dólares.

En las dos horas que faltaban para su vuelo trató de organizarse. Verificó el estado de su cuenta corriente y vio con sorpresa que el desgraciado de Robert había cumplido su palabra al pagar por sus servicios. Cuatro mil dólares transferidos justo hacía unos minutos. Habría supuesto que así se quedaría tranquila, pensó. De inmediato hizo una transferencia al Scotiabank de Costa Rica. Si algo había aprendido de los chicos traficantes era a resguardar su dinero. A esas alturas ya Robert Taylor sabría que el hombre de la foto no era quien ella había visto en Satipo. Le pareció extraño que le hubiera pagado, pero ¿pensaría él que con esa cantidad se podía abrir un restaurante? Sacó una buena cantidad de dólares de uno de los cajeros automáticos del aeropuerto y fue a registrarse en su vuelo.

Conservaría el celular cargado por si algún día llamaba Kevin —los narcos le habían enseñado que siempre era bueno tener un teléfono desechable a nombre de otra persona—, y se deshizo del satelital de Ian. La próxima vez que hablase con Kevin le contaría todo.

Capítulo 9

Mientras acomodaba el pequeño saco de campaña que contenía estrictamente lo necesario en el compartimento superior, Kevin recordó a Joanna. Le produjo un sentimiento de culpa haber partido de manera tan intempestiva, pero llevaba incrustado en su cerebro el arraigo al deber. Durante el tiempo que pasó a su lado siempre tuvo la sensación de que ella huía de algo. Y como él también guardaba secretos, no se había atrevido a preguntarle los suyos. Sus últimas palabras fueron casi una súplica. ¿Qué le estaría sucediendo? Rebuscó en sus bolsillos y encontró la nota con el número del celular. Si algo había aprendido era a no guardar apuntes; lo memorizó y transformó el pequeño papel en una bola casi microscópica. Fue al baño y la arrojó por el reservado. El vuelo era largo, quince horas. Sabía que apenas pusiera pie en tierra tendría pocas oportunidades de descansar. Cerró los ojos y solo despertó cuando llegaron a París. Debía esperar una hora y media en el Charles de Gaulle y cambiar de avión.

Todavía estaba entumecido cuando escuchó la voz del capitán dándoles la bienvenida a Heathrow. Apenas cruzó la aduana se le acercó un soldado.

—Por favor, acompáñeme. Me ordenaron llevarlo a Vauxhall Cross.

Kevin asintió y caminó a su lado. Fueron por un largo pasillo cuyo extremo daba a la pista en la que esperaba un helicóptero Squirrell HT1.

Vauxhall Cross era la sede del MI6, el Servicio Secreto de Inteligencia británico, también conocido como «Legoland», porque su construcción se asemeja a las que se hacen con las piezas del juego danés. Le preocupaba el cariz que tomaba el asunto. Day le había asegurado que los que estaban enterados de la misión eran muy pocos.

Al llegar, el soldado lo condujo directamente a la oficina de John Sawers, el jefe del Servicio Secreto.

—Gracias, espere fuera por favor —dijo Sawers al soldado.

Obviamente no era su despacho. Era un cuarto con una mesa alargada, un par de sillas y la vista del Támesis en todo el frente.

Kevin permaneció de pie en posición de firmes.

—Por favor, tome asiento.

—Gracias, señor.

—En esta parte del mundo soy el único que conoce la misión Rastreador. A partir de hoy tendrá a su disposición a un experto en Asia Central que conoce a miembros de al-Qaeda; es afgano. Creo que puede serle de mucha utilidad. Tiene fotos de las personas que podrían cruzarse en su camino una vez esté allá, sé que usted participó en varios operativos, pero esta vez su trabajo será mucho más delicado. El señor Halabid también será quien escoja la ropa y todo lo que habrá de llevar, hasta el último detalle. No queremos que por un descuido corra usted peligro. Permanecerán una semana en Aldershot. Después será sometido a pruebas físicas en Brecon Beacons; nunca está de más ponerse en forma, su estancia allí será de otra semana antes de ser internado en la prisión Belmarsh. Le recomiendo no afeitarse desde ahora, su barba ha de crecer lo suficiente antes de partir a la misión. Ahora irá con el señor Halabid a Aldershot, le han preparado una estancia apartada para que puedan practicar sin ser interrumpidos.

—Por todo lo que me dice, el señor Halabid está enterado de que iré a esa zona —adujo Kevin, molesto.

—Él sabe que irá, pero no sabe para qué, qué buscará ni cuál será el motivo de su investigación. Tampoco sabe cómo se llama la operación. Ni siquiera conoce su nombre, para él usted se llama Mike Stone. El señor Halabid es de confianza, está casado y tiene dos niños. Pierda cuidado, que las personas involucradas saben lo que tienen que hacer, cómo y solo hasta donde se les ha informado, de otra manera no podría llevarse a cabo la operación.

—Ya veo —dijo Kevin, no muy convencido.

—En este sobre sellado está toda la información que debe memorizar.

John Sawers dejó pasar unos segundos para ver si Kevin agregaba algo más, pero no parecía tener intenciones de abrir la boca. Dejó de tamborilear con los dedos en la mesa y se puso de pie.

—Mientras esté en la base, en caso necesario puede comunicarme conmigo en este teléfono. Le deseo mucha suerte.

—Gracias, señor —respondió Kevin guardando el sobre y la

nota en el bolsillo de su cazadora.

Halabid era un hombre de unos cuarenta y tantos años, delgado, de mediana estatura, iba vestido con ropa occidental, el cabello lacio y castaño peinado hacia atrás, brillante. Lo llamativo en su rostro era el color de sus ojos. Una mezcla de verde y dorado con chispas azules. Sonrió al ver a Kevin y lo invitó a seguirlo. Fueron hacia la rampa donde los aguardaba el helicóptero.

—Ustedes los americanos tienen nuestro mismo horario de comidas, ¿eh, Mike? —preguntó Halabid.

—Sí, por suerte.

—Almorzaremos allá. Es un buen lugar.

El pequeño helicóptero de entrenamiento no tardó más de trece minutos en llegar a la ciudad militar de Aldershot, un complejo situado a sesenta kilómetros al suroeste de Londres. Un área de guarnición de quinientas hectáreas, y otras dos mil quinientas para entrenamiento militar. Dejaron sus respectivos macutos en una apartada barraca de madera que ocuparían solo ellos dos. Tenían para su uso una camioneta Land Rover. Halabid se puso al volante y se dirigió al comedor, que empezaba a llenarse. Luego de escoger un par de sándwiches y dos envases de ensalada, acarrearon el almuerzo con sendos vasos de té frío hacia la barraca. Kevin procuró no abrir la boca, lo que menos deseaba era que supieran que era norteamericano.

Puso la comida en un escritorio y Kevin se sentó frente a él.

—Y bien, Mike, con la experiencia que tienes en Asia Central más lo que yo pueda aportar, tendrás mucho para enseñar a tus muchachos —dijo en pashtún.

—Estuve en un par de operaciones hace unos años, supongo que debe de haber cambiado mucho toda esa zona, caras, nombres nuevos... Y tú ¿dónde estuviste? —preguntó Kevin en un pashtún de acento campesino, tal como lo había aprendido de Shamal.

—Entre Afganistán y Pakistán. La frontera es conocida como la tierra de nadie, eso ya lo sabes, pero donde realmente hay posibilidades de infiltrarse es en Chaman. Pertenece a Baluchistán del Este. Supongo que sabes de qué hablo.

A Kevin le extrañó que hablara de infiltraciones.

—Claro, el pueblo baluche se reparte entre Irán, Pakistán y Afganistán, son los que hablan pashtún.

—Exacto. Cuando los británicos se retiraron en 1947, los baluches declararon su independencia antes de que lo hiciera Pakistán. Sin embargo, la parte Este del territorio fue anexionada por Islamabad, y el resto por otros países vecinos. Desde entonces existe una insurrección que se mantiene hasta hoy. Los baluches ocupan un territorio del tamaño de Francia que esconde grandes reservas de petróleo, gas, uranio y oro. Tienen mil kilómetros de costa, inclusive costa de aguas profundas a las puertas del Golfo Pérsico —explicó Halabid en árabe.

—Creo que sé a lo que te refieres, es la lucha por la independencia baluche.

—Es mucho más que eso —dijo Halabid, satisfecho por la pronunciación árabe de Kevin—. Se han convertido en un verdadero problema. Te explico: la provincia de Baluchistán está siendo inundada por criminales soltados de las cárceles pakistaníes que se unen a los talibanes para combatir contra ellos con total impunidad. Y el gobierno los incentiva. Desde el año 2000 hay más de diecinueve mil baluches desaparecidos y nadie hace nada, así que imagina cómo hierve esa zona. Claro que estos tampoco son unos santos, secuestran autobuses que pasan por su territorio y matan a sus ocupantes, es un lugar donde se cometen toda clase de atrocidades.

—¿Dónde está la zona conflictiva?

Halabid apartó los envases de comida que había sobre el escritorio y extendió un mapa que sacó de un maletín.

—Aquí. —Señaló con el índice un punto en Pakistán cercano a la frontera con Afganistán—. Y aquí está Quetta, la capital de la provincia de Baluchistán. Hay un aeropuerto internacional. Pakistán tiene un extenso sistema vial, casi todas sus vías principales están asfaltadas y señalizadas aunque hay muchas carreteras adyacentes en pésimo estado. Chaman se encuentra a unos ciento treinta kilómetros de Quetta. Es el sitio donde empieza la tierra de nadie.

—Ya veo, justo en la frontera.

—Exacto. Y todo esto es territorio baluche, casi la mitad sur de Pakistán. Pero donde conviene que te ubiques es en Chaman, un lugar donde también opera al-Qaeda, y en estos momentos están sufriendo un grave revés porque muchos de sus militantes se han pasado a las filas del ISIS. Necesitan gente. Pero ahora el dinero lo tienen otros, desde la muerte de Bin Laden todo ha cambiado.

—¿No crees que el cabecilla de al-Qaeda debe encontrarse en la frontera con India? Ahora parece que sus ataques van dirigidos hacia allá.

—Es pura estrategia. El vídeo en donde anuncia sus intenciones de ocupar territorio indio fue grabado en la frontera con Afganistán, no con India.

—Tiene sentido. Trata de llamar la atención hacia un objetivo mientras el verdadero es otro.

—Así es.

—¿Sabes qué es lo que haremos allá? —preguntó Kevin directamente.

—Prefiero no saberlo —respondió Halabid con una sonrisa—, sigo vivo porque mis operaciones siempre fueron secretas. —Terminó de comer el último trozo de sándwich y echó mano a un sobre del que extrajo unas fotos—. ¿A quiénes de estas personas reconoces?

Kevin señaló a dos: al-Zawahirí y al-Baghdadi, y explicó:

—A ambos los he visto, al primero en vídeos, pero podría reconocerlo en persona. A este —dijo, señalando al segundo— porque está en Internet. Enseñó estudios islámicos en Bagdad hasta que lo apresaron; lo liberaron de Camp Bucca en el 2007 y resulta que ahora es el jefe de eso que llaman Estado Islámico.

Kevin evitó señalar a un par más. No podía enseñar todas sus cartas.

—Por suerte no conoces al resto. Así ellos tampoco te conocen a ti. Observa las fotos y los nombres debajo de cada una. Memoriza sus rostros y después te preguntaré.

No era la primera vez que Kevin se enfrentaba ese tipo de prueba, dentro de sus habilidades estaba su memoria fotográfica, el problema en este caso residía en que las fotos en su mayoría eran de hombres barbados con turbantes, a simple vista se parecían todos, sin embargo después de dos intentos pudo identificarlos con sus nombres y apellidos.

—¿Los conoces tú?, es decir, ¿los has visto en persona?

—¿Por qué lo preguntas? —indagó Halabid.

—Porque tal vez tengan algún defecto que llame la atención, algún tic, algo... tú me entiendes —dijo Kevin, al tiempo que un aroma ligeramente agrio llegaba a sus fosas nasales.

—Conozco a algunos. He formado parte del Movimiento Islámico de Uzbekistán, el MIU; me enrolé porque deseaba derrocar a Islom Karimov, el presidente ilegítimo.

—¿Conociste a Bin Laden?

—Fue nuestro principal patrocinador. Lo vi en un par de ocasiones, cuando acompañé a Juma Namangani, nuestro líder para aquella época.

Kevin permaneció en silencio un buen rato. Algo no estaba bien. ¿Por qué un terrorista tenía que ser su «asesor»? El olor agrio se hizo más penetrante. Halabid olía a miedo.

—Lo que no comprendo es por qué un afgano como tú querría

derrocar a un presidente de otro país.

—Mi mujer es uzbeka. Nosotros vivíamos allá, nuestros dos hijos nacieron en Uzbekistán, mi negocio fue embargado por el gobierno, nos quedamos en la ruina. Tenía motivos. Después comprendí que unirme al terrorismo no era la mejor elección. Cuando sucedió el atentado del 11 de septiembre, abandoné las filas del MIU y me entregué a las tropas británicas que ocuparon Afganistán en 2002, en un territorio donde nos movíamos con los talibanes. Los británicos me ayudaron a sacar a mi familia de Uzbekistán y desde entonces trabajo para ellos. ¿Acaso no has oído hablar de los hackers que son contratados por las empresas del gobierno? —agregó al ver que Kevin movía la cabeza de un lado a otro.

—¿Y de qué tienes miedo?

—Nunca dejaré de tenerlo. Salir a la calle me produce miedo, nunca sé si me encontraré con algún conocido del Movimiento. Aquí abundan los yihadistas disfrazados de occidentales. Hubiera preferido ir a los Estados Unidos, pero fue imposible. Ustedes no aceptan a ex-terroristas. Pasé ocho meses en Belmarsh sometido a interrogatorios, antes de que me otorgaran la libertad y aun ahora no sé si me tienen confianza —dijo con pesadumbre Halabid.

—Es comprensible, ¿no crees? —Kevin evitó mencionar que él también estaría en la prisión de Belmarsh.

—Claro, lo entiendo, pero he demostrado con creces que soy confiable, les he dado toda clase de información.

—Supongo que se hace difícil pensar que alguien que en algún momento fue un extremista haya cambiado de bando.

—Nunca fui un extremista. Me alisté con el MIU por algo concreto, sacar del poder a Karimov cuyas leyes me privaron de mis bienes.

—¿Crees que con los talibanes te hubiera ido mejor?

—Sí, desde el punto de vista práctico. Claro que las costumbres religiosas serían drásticas, cuando lo entendí supe que estaba en el bando equivocado. Especialmente, por mi mujer. Siempre me gustó la liberalidad de Occidente, me siento bien aquí, ella se ha adaptado y los niños también, deseo el mejor futuro para ellos.

Si existía algo que Kevin no comprendería jamás era la deslealtad, no solo por el hecho de ser un militar, sino por haber ejercido la lealtad durante toda su vida. Era lo que le desagradaba de Halabid. Para Kevin estaba bien cambiar de bando o de ideas, pero no ser un delator. Sin embargo percibía la incomodidad de su interlocutor y no deseaba perjudicar la relación.

—Supongo que todos somos susceptibles de cometer errores —concluyó—. Lo bueno es que te diste cuenta a tiempo.

—Claro —respondió con vivacidad Halabid—. Me indicaron que te enseñase lo referente a algunas costumbres de esa zona —dijo mirando el mapa.

—Por favor.

—La religión es una parte crucial. Tendrás que recitar el Corán de memoria en árabe.

—Lo sé hacer.

Kevin recitó la azalá de una sola parrafada haciendo las inflexiones acostumbradas en los versos correspondientes: la qiyam primero de pie con las manos sobre el pecho; la muñeca derecha sobre la izquierda. Seguida por la quiraa. Después la ruku con movimientos de profunda inclinación, con la espalda recta y las manos sobre las rodillas; la itidal, en posición vertical con las palmas hacia delante a la altura de los oídos. Después la suyiid, postrado sobre las rodillas con la frente en el suelo seguido por la yulus, sentado sobre los talones con las manos sobre los muslos, para terminar con la suyud semejante a la primera.

Halabid lo miró asombrado. La pronunciación y los movimientos eran perfectos, si hubiera estado vestido con el shalwar kameez y un turbante o siquiera una taqiyah en la cabeza, hubiera jurado que se trataba de un musulmán.

—Antes de los rezos ya sabes que debes hacer las abluciones, si no hay agua, al menos con arena.

—Lo sé: debo lavarme las manos, antebrazos, boca, nariz, cara, pasar agua sobre las orejas, la nuca, los cabellos, y los pies. En ese orden.

Años siguiendo el mismo ritual cinco veces al día en la escuela de Riad habían dejado huella. Una sonrisa afloró a los labios de Kevin al ver la expresión de Halabid, pero no estaba dispuesto a explicarle nada.

—Comer con las manos, no lo olvides. Y no soplar la comida. El lado derecho simboliza la suerte y el izquierdo la desgracia, por eso debes usar siempre la mano derecha para comer y para dar la mano. Se entra en la mezquita con el pie derecho, se comienza a calzarse por el pie derecho, se duerme sobre el lado derecho... Y la izquierda se usa para limpiar, descalzarse, quitarse la ropa. Estás circuncidado, espero —agregó de manera imprevista Halabid.

—Sí. Fui circuncidado de pequeño.

A esas alturas, al afgano Halabid ya no lo impresionaba nada.

Para Jeff Stooskopf, el padre de Kevin, más que una costumbre religiosa significó una buena medida sanitaria, de manera que hizo circuncidar a sus dos hijos y a él mismo.

Kevin memorizaba todo y, consciente de que sus movimientos debían parecer naturales, a partir de ese momento los pondría en práctica. No importaba si Halabid sospechaba que su misión podría ser la de un infiltrado. Tendría que hablar con John Sawers para que mantuvieran vigilado a Halabid desde ya.

Cuando finalizó la semana, Kevin ya pensaba en árabe. En la apartada y solitaria barraca que les habían asignado, vestía la ropa que el afgano había escogido para él, usada pero limpia, y trató de acostumbrarse a llevar unos calzoncillos en lugar de los cómodos bóxers. En la vida diaria en Pakistán la gente suele usar ropa occidental, sobre todo los hombres, los jeans son muy apreciados, pero en la zona donde Kevin tendría que tratar de introducirse era mejor usar ropas modestas, no totalmente islámicas, pero un toque como un pakul o un gorro pequeño podría servir para identificarlo como musulmán, había explicado Halabid.

Durante las noches, memorizaba cada detalle de la nueva personalidad que había adquirido, el nombre de sus parientes, dónde había pasado su infancia... Toda la información que lo ayudaría a permanecer con vida.

La relación con Halabid se hizo familiar, como sucede cuando se cohabita con otra persona, no obstante los años de experiencia le habían enseñado a Kevin a no fiarse de nadie. Una de las veces que el afgano fue por la comida se comunicó con John Sawers desde una de las cabinas telefónicas que había en el campo.

—Señor Sawers, le habla Mike Stone.

—Dígame, Stone —dijo Sawers tras unos segundos de silencio.

—Solicito que Halabid sea custodiado durante mi permanencia «allá».

—Pierda cuidado, él siempre lo está, sus teléfonos están intervenidos.

—Me refería a algo más drástico, ¿no podrían monitorear sus movimientos?

—Por supuesto. Tomaré en cuenta su petición, lo comprendo. Espero que usted no le haya dicho...

—No hace falta, estoy seguro de que él lo sabe, créame —interrumpió Kevin.

—Tomaré las precauciones necesarias. Hoy es su último día

ahí, mañana estará en Brecon Beacons.

En esa semana había aprendido más que durante el tiempo que viajó a Pakistán y Afganistán. Excepto cuando de chiquillo andaba con Shamal. Y pensar que las costumbres que a su madre le habían parecido execrables pronto serían de importancia vital. Tuvo suerte de que Shamal proviniera de familia campesina, justo el tipo de comportamiento y acento que utilizaría.

Miró por enésima vez las fotos. Había gente de al-Qaeda y de otros movimientos, los había memorizado a todos.

—Nuestra última cena —dijo Halabid con su sonrisa que formaba unos pliegues al lado derecho de su mejilla, mirándolo con sus ojos de color extraño.

Comieron en silencio, como si de pronto se les hubieran acabado todas las palabras. Un silencio que se fue haciendo denso a medida que transcurría la cena, solo roto por el sonido del roce de las bolsas de papel o de la lata de té frío al apoyarse sobre la pequeña mesa.

—Deben estar por llegar. Mañana tendré un día difícil —dijo Kevin.

—Sí.

—¿Cuánto sabes, Halabid?

—A leguas se nota que encabezarás una operación de los servicios especiales. Una en la que te tocará hacerte pasar por un yihadista. Es fácil deducirlo.

—Tienes razón, supongo que no puedo decirte más de lo que supones, pero sabes que es por tu propia seguridad.

—¿Nunca tienes miedo?

—¿Miedo? ¿A qué?

—A que te descubran… a que te apresen y quién sabe qué torturas puedan hacerte.

—Estoy preparado para lo que tenga que enfrentar. Tengo miedo al fracaso por las consecuencias que traería. ¿Acaso tú no tenías miedo cuando te enrolaste en las filas de al-Qaeda?

—No fue en al-Qaeda, y no lo hice por fanatismo religioso, lo hice por una causa justa.

—Todos piensan que sus causas son justas. La tuya era vengarte por haber perdido tus bienes.

—Es verdad. Cada individuo tiene sus propias causas justas. ¿Cuál es la tuya?

—Yo no hago esto por una causa propia.

—Comprendo, eres un héroe, yo jamás podré serlo —dijo Halabid con respeto.

—No soy un héroe, hasta ahora soy solo un hombre que está dispuesto hacer algo peligroso. Solo eso. Veamos qué me depara el futuro.

—Tu tiempo es este momento. Recuerda, amigo: todo momento se convierte en pasado. Y el pasado en memoria. No dejes que eso ocurra contigo, eres joven para formar parte de los recuerdos.

—¿En qué verso del Corán está escrito eso?

—No es un verso coránico. Está escrito en mi corazón —dijo el afgano tocándose el pecho.

Kevin siempre había admirado la delicadeza con la que los hombres de aquellas tierras lejanas manejaban la poesía, tan alejada en algunos aspectos de su manera de percibir la vida diaria, el trato a sus mujeres y a la familia. Una escala de valores tan dispareja como la que Halabid mostraba en sus sentimientos.

Quemó en una vasija los papeles que le habían servido de Biblia durante esas noches. Ya no los necesitaba, había aprendido de memoria quién era Keled Jaume. Salió al patio y sopló las cenizas que se esparcieron con el viento caliente de esa noche de verano. El sonido abrupto del motor de un helicóptero irrumpió en Aldershot. Halabid al volante del Land Rover lo condujo hacia la pista.

Capítulo 10

El helicóptero AgustaWestland esperaba para llevarlo a Brecon Beacons, en Gales.

—Hasta aquí llego yo —dijo Halabid dándole la mano y una palmada en el hombro—. Fi amaniAllah, amigo.

—Jazak Allah Khair. Espero que algún día volvamos a vernos, Halabid.

Subió al helicóptero y desde arriba vio al afgano de pie en la oscuridad con el brazo alzado. Había visto a muchos, la mayoría gente buena y humilde, dedicada a vivir su vida en un territorio surcado de guerras. Sin querer se sintió conmovido. Algo en él estaba cambiando, antes no hubiera prestado atención a esos detalles.

En la pista de Brecon Beacons aguardaba un soldado, se presentó y lo invitó a seguirlo. Una vez en el despacho del teniente, los dejó solos.

—Se presenta el sargento Mike Stone, a sus órdenes —dijo Kevin.

—Así que usted es el americano que entrenará con nosotros esta semana. Espero que esté en forma. Dicen que los del SEAL son casi tan buenos como nosotros.

—DEVGRU, señor. Grupo de Desarrollo de Guerra Naval Especial de los Estados Unidos. Ha cambiado de nombre.

—Y acaba de salir del hospital militar... —El oficial ojeó la ficha que tenía sobre la mesa—. Lo han enviado aquí porque necesita entrenamiento.

—Eso supongo.

—¿Tiene alguna marca especial en el cuerpo? ¿Tatuajes? ¿Piercings? ¿Está circuncidado?

—No tengo marcas, ni tatuajes, nunca he usado piercings y

sí, estoy circuncidado.

—Nos ahorró el trabajo. Hubiéramos tenido que borrar los tatuajes y circuncidarlo. Son las órdenes que recibí. De todos modos debemos cerciorarnos —agregó.

—¿Aquí mismo?

—En la enfermería. Acompáñeme. Allá tienen su uniforme y el equipo que necesitará.

Mientras Kevin se quitaba la ropa, el teniente seguía hablando. Lo pesaron, lo midieron, le tomaron la presión y revisaron su cuerpo por si había alguna marca, probablemente también verificaban si tenía signos de agujas hipodérmicas. Si hubiese sido así tendría que haber una buena explicación; el consumo de drogas era inadmisible. Escuchaba la voz del teniente mientras su mente estaba lejos. Recordaba la primera vez que fue sometido a entrenamiento cuando se presentó en las Fuerzas Especiales. Jamás pensó que tendría que pasar de nuevo por esa experiencia, esta vez con más años y con los británicos, ni más ni menos.

—Vístase, lo espero afuera —dijo el teniente.

Dio vuelta y se marchó. Kevin se vistió con el uniforme y salió por donde había visto irse al oficial.

Se sentaron frente a frente en el escritorio.

—Mañana hará la primera prueba —continuó el teniente—. Un ejercicio en el que probaremos su resistencia física, no es necesario que lo culmine si no se siente capaz. Veinticinco kilómetros con treinta kilogramos de equipo y un fusil, en ascenso y descenso. El promedio a la edad de veintitrés años es de 11.9 kilómetros por hora, durante dos horas y diez minutos. Pasado mañana, la de musculatura; después la de aptitud mental y por último, entrenamiento para interrogatorios.

—Ya pasé por eso.

—Un repaso no vendrá mal. Son las órdenes —se justificó el hombre—. Saldremos temprano, después del desayuno.

Kevin se preguntaba por qué demonios no lo habrían reentrenado en su país. Probablemente por razones de seguridad. Muchos en el escuadrón lo conocían. Habían planeado todo meticulosamente. ¿Quién sería el infiltrado en Estados Unidos? ¿Acaso un norteamericano podría traicionar de esa manera a su país hasta el punto de sacrificar su vida? Porque estaba claro que después de matar al presidente no tendría escapatoria. O tal vez sí. Todo dependería del método utilizado.

Le asignaron una barraca aparte y se quedó dormido apenas tocó la cama.

Un grupo de unos cien muchachos empezaba a formarse cuando llegó al patio. No faltó alguno que sonrió al ver que no era tan joven como ellos. El teniente repitió una vez más las instrucciones en voz alta, se le sumaron dos supervisores e iniciaron la caminata.

En el centro del sur de Gales existen unas montañas que se han convertido en un mito para todos aquellos que deseen formar parte de las Fuerzas Especiales de cualquier ejército: Brecon Beacons. No son tan altas como sus vecinas del norte, en Snowdonia, pero conservan el carácter mítico que rodea todo lo relacionado con las leyendas que salieron de sus colinas; personajes que formaron parte de la historia. Una de las pruebas que todo aspirante debe necesariamente completar es The Fan Dance, un recorrido sobre las montañas Pen y Fan ida y vuelta. En apariencia un ejercicio no demasiado exigente, pero las condiciones del terreno y cargar poco más de la tercera parte del peso de un individuo en equipo lo hacen bastante peligroso. Algunos habían muerto en el intento; el año anterior, tres soldados, uno de ellos reservista.

En Gales se hacen dos pruebas de admisión al año: en invierno y en verano. A Kevin le tocó la de verano. Empezaron la empinada cuesta trotando hasta llegar al puesto de control de Torpantau, en el que los inspectores con una flema británica rayana en la indiferencia se limitaron a anotar el tiempo que había hecho y agregaron más peso a la mochila. Dio vuelta y regresó sobre sus pasos para hacer el camino a la inversa. La mochila había adquirido un peso casi inaguantable y cada paso amenazaba con hacerle perder el equilibrio como a algunos que había visto rodar peligrosamente por esa montaña escarpada. Se alegró de haber tenido el sembradío de café en los montes de Satipo. Todas las mañanas salía de madrugada con un machete, por si se topaba con alguna serpiente, y trotaba cuesta arriba por las trochas entre los arbustos de café, un camino sinuoso e irregular, parecido al que tenía por delante, excepto que aquel era prácticamente una jungla con una temperatura cercana a los treinta y cuatro grados centígrados, de manera que esa caminata en realidad no significaba gran cosa para él, salvo por el peso de la carga. Tomó el último trago de su botella de agua. Había dejado por la ruta a chicos más jóvenes que estaban visiblemente extenuados. Llegó a culminar la prueba con el tiempo correcto junto a algunos otros. Todos tenían un aspecto desastroso, lo único que Kevin deseaba era agua, darse un baño frío y descansar. Los demás tendrían que continuar las caminatas al día siguiente, pero él, según avisó el teniente, se quedaría en el gimnasio.

Ochenta flexiones y otros tantos abdominales fue todo lo

que necesitó para convencer al oficial de que estaba en buena forma. Kevin no tenía la complexión de un levantador de pesas, era más bien delgado, pero con músculos duros como la roca, repartidos de manera proporcionada en una estructura ósea envidiable de un metro ochenta y ocho de estatura. Su vientre plano probó los más duros golpes que el sparring pudo asestarle sin que Kevin pareciera inmutarse. Al día siguiente se presentó a la prueba de psicología.

—No sé en qué situaciones podrá encontrarse, sargento, pero debería pensar en la posibilidad de ser capturado. ¿Está preparado para ser víctima de torturas?

—«No puedo responder a esa pregunta». —Esa respuesta era la única permitida durante los interrogatorios. Después, esbozando una sonrisa, agregó—: Pasé el programa de confinamiento y el de Waterboarding.

El teniente lo miró con respeto.

—Ojalá no necesite comprobar si son eficaces. Es usted uno de los hombres mejor preparados que ha pasado por la base. A lo largo de los años he comprendido que la mayor fuerza con la que contamos está aquí —comentó poniendo el dedo en la sien—. Y usted parece tenerla. Le deseo suerte en su misión, cualquiera que sea.

Fue su última noche en la base.

Capítulo 11

Despertó de madrugada al sentir un golpe en la puerta.

—Es la hora. Levántese, vístase y coja sus cosas, Mike —ordenó el teniente al entrar.

Kevin se puso la ropa civil que el otro le entregó, tomó la bolsa con sus enseres y ambos salieron del barracón. En la explanada frente a él, dos hombres esperaban junto a un pequeño helicóptero con los motores en marcha. Sin mediar palabra, uno de ellos arrojó el bolso de lona dentro de la nave, mientras el otro esposó a Kevin con las manos a la espalda. Los tres subieron al aparato, que se alzó inmediatamente. Una hora después, en una zona de seguridad del aeropuerto de Gatwick, Keled Jaume era entregado a la división antiterrorista de la policía metropolitana londinense.

Esa misma mañana fue internado en Belmarsh. Sus pertenencias, requisadas, y él, sometido a un minucioso registro corporal, una vez más, desnudo. Su celda era pequeña, solo había una cama de cemento que sobresalía del muro, un sanitario y un lavabo. Le dijeron que al día siguiente lo llevarían a la corte para imputarle el cargo de terrorista. Y así fue. Al parecer el jefe del servicio secreto había hecho una buena labor. Empezaron a llamarlo Keled Jaume, no Mike Stone, y al ser islamista pudo pasar algunas horas fuera de su celda.

Lo que apreció después fue que muchos de los presos se convertían al islam para obtener ciertos beneficios, lo cual les permitía hacer sus plegarias, una mejor comida y especialmente los viernes podían pasar el día fuera de la celda porque el gobierno británico accedía a que siguieran sus ritos religiosos reunidos. Mike Stone, ahora convertido en Keled Jaume, pasaba como un perfecto musulmán. Su barba había crecido y su engañosa apariencia delgada debajo de sus ropas holgadas le daba un aspecto ascético. Hablaba árabe y pashtún como la mayoría, pero procuraba ser parco. No deseaba cometer errores, sabía que las mentiras se descubrían con facilidad, aunque él mentalmente estuviera preparado para asumir una personalidad que no era la suya. Aquellos meses en Belmarsh le procurarían la confianza necesaria para infiltrarse en al-Qaeda.

—Assalam alaikum.

—Alaikum assalam —respondió Kevin de manera automática al hombre de barba gris que se le había acercado.

—Así que eres Keled Jaume.

—El mismo. Dios lo ha querido así.

—¿Cuánto tiempo te cayó?

—Todavía no lo sé. Creo que no estaré mucho tiempo aquí porque no hice nada malo.

El hombre de la barba gris rió.

—Todos los que vienen dicen lo mismo. Soy Manzur —le extendió la mano.

—¿Cuánto tiempo llevas aquí? —preguntó Kevin.

—Ya perdí la cuenta. Así que piensas salir dentro de poco, ¿eh?

—Es lo que me ha dicho mi abogado. No he matado a nadie, no hice mal a nadie, no veo por qué me trajeron.

—Me han dicho que conseguías maridos a las chicas inglesas.

—No solo a las inglesas. También las mujeres de otros países estaban interesadas en irse a Pakistán, Afganistán, Siria… especialmente a Arabia Saudí. Pensaban casarse con millonarios árabes, pero mi misión principal era convertirlas al islam y conseguirles maridos para que tuvieran hijos y así expandir el islamismo.

—¿Piensas seguir con tu cruzada personal al salir? Si sales, claro.

—Deseo ir a Pakistán.

—¿Para qué?

—Es cosa mía —dijo Kevin de manera cortante. Tampoco deseaba pasar por complaciente.

—Bien, bien… no te enfades, era simple curiosidad.

—Ma'a Elsalama —se despidió Kevin y se alejó del sujeto.

Manzur hizo una seña y se le acercaron dos hombres.

—Vigílenlo —ordenó.

Kevin captó la escena. Estaba preparado para que algo así ocurriera, pero esperaba que no tuviera necesidad de recurrir a la fuerza para defenderse. A partir de ese día sintió que era vigilado por uno u otro indistintamente. Los reconocería por su olor en cualquier lado. Una mañana lo acorralaron al salir de las duchas. Kevin intentó pasar de lado pero el más grueso puso su brazo contra la pared y le impidió el paso.

—¿Qué sucede?

—Manzur desea hablar contigo. Quiere que vayas a su celda. Ahora.

—Dile que si desea hablarme, vaya a la mía —dijo Kevin retirando de un manotazo el brazo que le impedía pasar.

—Eso lo veremos —dijo el hombre e hizo el intento de sujetarlo de los brazos por la espalda.

La rapidez de Kevin no le dio tiempo de nada. De pronto el hombre se vio tirado en el piso con un pie de Kevin en el pecho, y a su compañero sujetado por el cuello con una mano.

—No acostumbro a recibir órdenes. Ya sabes lo que tienes que decirle —le dijo al que estaba en el piso.

Soltó al otro que ya boqueaba y salió de los baños caminando despacio. El olor a miedo mezclado con rabia saturó su olfato. Una hora después Manzur lo saludó desde el umbral de su celda, era día viernes y tenían libertad para moverse por la prisión.

—No tenías por qué haber golpeado a mis chicos, Keled. Solo te invitaron a que me visitaras.

—Solo les enseñé buenos modales, Manzur. Pasa, siéntate —señaló la esquina de la cama—. ¿Qué se te ofrece?

—Nada demasiado importante, amigo. Me he enterado de que es verdad que saldrás libre, y me preguntaba si podrías hacerme el favor de entregar algo a una persona en Pakistán.

—No quiero meterme en problemas.

—No te meterás en problemas, es una carta, solo eso. Una simple carta. Dijiste que irías a Pakistán…

—Sí. Eso dije. Pero tal vez cambie de opinión y no vaya para allá.

—No lo tomes a mal, amigo Keled, pero seamos francos: una carta no te puede hacer ningún daño, pero te podría servir para conectarte con gente que te echaría una mano para empezar, porque no conoces a nadie por allá.

—¿Qué sabes tú, Manzur?

—Sé mucho más de lo que piensas. Mi pena es de treinta años y llevo catorce aquí. ¿Te imaginas cuánto tiempo pasará antes de que pueda comunicarme con mi madre? Ella no sabe si estoy vivo o muerto. ¿Qué dices? No conozco a nadie más que vaya a salir.

—¿Cómo supiste que saldré? Ni siquiera yo lo sé.

—Aquí hasta los guardias son amigos míos. Si fuera por ellos, ya habría recobrado la libertad. Sé que fuiste adoptado de pequeño por unos americanos pero ahora has regresado a tus orígenes, y eso es bueno, Alá es grande, la paz y bendiciones sean con él. Si quieres unirte a un grupo islamista que de veras vale la pena conozco el camino. No puedo ofrecérselo a todos, tú eres un hombre que cree en sus convicciones. Estuviste haciendo una buena labor a favor de Alá.

—¿De qué grupo hablas?

Manzur bajó la voz y se le acercó.

—Del más importante. ¿No adivinas? Por desgracia nuestro amado líder ya no está, pero su causa sigue en pie. Cumples las leyes del Corán y observas con meticulosidad las enseñanzas sagradas, eres un buen hombre, Keled. Gente como tú necesita la yihad.

—Veo que no soy el único. ¿Reclutas gente en este sitio? ¿No ves acaso que muchos se convierten al islam solo para tener un poco más de libertad dentro de Belmarsh?

—Lo sé. Y es lo que te diferencia.

—Manzur, no sé si desee pertenecer a algún grupo yihadista, pero si quieres que entregue la carta a tu madre lo haré. Ya quisiera yo que la mía estuviese viva.

—Sabía que podía confiar en ti. Muchas gracias, Keled, Alá escuchó mis oraciones, me siento bendecido.

—¿Por qué te encuentras aquí?

—Me acusan de formar parte del atentado de julio de 2005, lo cual, por supuesto, no es cierto.

—Pensé que a los acusados de esa clase de delitos los tenían confinados.

—Estuve ocho años incomunicado, hasta que Alá se apiadó de mí y escuchó mis oraciones. Ya es hora de nuestros rezos, será mejor que vayamos con los demás —agregó Manzur.

A partir de ese día Kevin fue tratado con deferencia por el grupo de Manzur, un líder muy respetado en la prisión; tenía contactos misteriosos que le hacían llegar información desde el exterior. Era el primero en enterarse de quién saldría, qué había hecho el que entraba, de dónde provenía y muchas cosas más que mantenían a Kevin en continuo asombro. Estaba satisfecho de cómo se habían desarrollado los acontecimientos, quién sabía si con un poco de suerte el tal Manzur lo pondría en contacto con alguna célula terrorista o con el mismísimo al-Wazahirí, aunque lo dudaba, porque la experiencia le había enseñado a no crearse demasiadas expectativas.

Hubo algunos prisioneros a los que nunca pudo ver. Se los consideraba tan peligrosos que estaban en celdas aisladas. También había otros grupos, uno de ellos era el de los neonazis, comandado por un hombre que, según decían, estaba allí por terrorismo racial al atentar con bombas contra varias mezquitas. Odiaba sin ningún disimulo a los islamistas y según captó Kevin tenía en la mira a Manzur. Dos semanas antes de salir de prisión, Kevin tuvo oportunidad de demostrar su carácter de hombre valioso y leal. El cabecilla de los neonazis envió a tres de sus adláteres a darle una golpiza al hombre de la barba gris quien se hallaba en el corredor a la salida de los baños, un lugar donde se daban la mayoría de los altercados. Kevin fue tras ellos, los pasó y se interpuso entre Manzur y el trío. Éstos no esperaron para atacar a Kevin, uno de ellos tenía una navaja rudimentaria que Kevin esquivó. Sujetó su muñeca y la golpeó contra la pared embaldosada ocasionando un crujido de huesos rotos. De una patada en la ingle apartó al de la navaja que se quejaba agarrándose la muñeca; tomó a los otros dos por los hombros y juntó sus cabezas con fuerza. Uno de ellos reaccionó y amagó un golpe que Kevin esquivó propinándole a su vez un puñetazo en la quijada. Dos dientes salieron volando y mientras el tipo intentaba comprender qué sucedía, los lanzó uno tras otro fuera del pasillo y agarró a Manzur de la mano para llevarlo a su celda. Si los guardias vieron o se enteraron de algo no dijeron nada. El grupo de revoltosos neonazis eran mal vistos por ellos; uno había asesinado a un soldado el año anterior y otro estaba allí por atentar contra un policía.

El último viernes que Kevin pasó en prisión, Manzur le hizo entrega de la carta.

—Amigo Keled, te entrego esto en nombre de Alá quien fue el que te puso en mi camino.

Kevin vio el sobre escrito en árabe en el que figuraba el nombre de una mujer y la dirección de una calle en un distrito de Peshawar.

—Pierde cuidado, Manzur, tu carta será entregada.

Manzur se acercó a él como siempre que deseaba decirle algo que consideraba importante, aunque estuvieran solos.

—No tomes en cuenta la dirección del sobre —susurró—. Escucha con atención y, por favor, entrega la carta al sitio que te voy a decir. No es bueno que los de aquí sepan dónde vive mi madre.

Kevin conocía la zona. Estaba a unos cuarenta minutos de la tienda de los Farah, donde vivían la madre de Shamal y su hermana,

Nasrim. Su rostro se ensombreció al recordarla.

—Comprendido, Manzur. Así lo haré. Espero que la carta llegue a manos de tu madre.

—Nunca podré darte las gracias suficientes, querido amigo. Que la bendición de Alá te acompañe.

—Si Alá quiere, así será.

Capítulo 12

A Kevin lo llevaron dos veces a la corte, una por cada mes que pasó allí, y finalmente lo declararon libre de los cargos de terrorismo. En realidad no le habían hallado vinculación con algún grupo terrorista, su única falta había sido administrar una página en Internet a través de la cual convencía a las mujeres de unirse a jóvenes islamistas, pero no era un pecado tener el islam como religión, tampoco era su responsabilidad que algunas de las mujeres quisieran vivir aventuras exóticas con hombres de Afganistán, Pakistán o Siria.

En esos meses tuvo tiempo suficiente para recordar a Joanna. ¿Qué sería de ella? ¿Por qué le habría dado ese teléfono de manera tan angustiosa? Lo cierto era que él no había tenido oportunidad de llamarla estando en Belmarsh, pero lo haría ahora que estaría libre. Compraría un celular desechable o quizá mejor de un teléfono público, tendría que ser el de monedas.

Muy temprano por la mañana estaba pautada su salida de Belmarsh, le entregaron la mochila de lona que era su única pertenencia, e instintivamente la abrió. La punta de un grueso sobre tamaño carta sobresalía entre las ropas que había dentro. Supuso que el jefe John Sawers tenía que ver con eso.

Uno de los guardias de la puerta le dijo que tendría que caminar poco más de un kilómetro para llegar a la parada de autobuses Orchard Road-Griffin Road. Al llegar, esperó veinte minutos y subió. Aparentemente nadie lo seguía, se sentó en la última fila y examinó el contenido del sobre procurando hacerlo sin sacarlo de la mochila. Estaban sus pasaportes como Keled Jaume, Mike Stone y Kevin Stooskopf. Tenía en sus manos los documentos que le permitirían abrir una cuenta en el Lloyds Bank: una prueba de residencia, otra de trabajo, datos de su empleador y un grueso fajo de rupias pakistaníes de alta denominación y otro tanto de libras esterlinas.

71

Todo estaba a su nombre y a la fecha. Los ingleses sabían hacer las cosas.

Después de treinta y siete paradas el autobús lo dejó en New Cross Bus Garage de donde tuvo que caminar hasta la próxima parada de autobús que lo llevaría a Queens'Park, en donde tomó un taxi. Ocho minutos después estaba frente al Lloyds Bank más cercano a la estación de Paddington.

Después de abrir la cuenta alquiló una caja de seguridad en la que guardó su pasaporte real y el de Mike Stone. El problema consistía en dónde guardar las llaves, original y copia; no podía cargar con ellas, si era descubierto y a alguien se le ocurriese investigar… Las consignas del aeropuerto ya no estaban en uso. Solo había recepción de equipajes por un corto lapso de tiempo. Salió de la entidad bancaria y caminó en dirección a la estación de Paddington para ir al aeropuerto. De pronto vio un letrero: «HTpawnbrokers Casa de empeño, Compra de oro, Joyas de venta, Cobro de cheques, Tarjeta de prepago» y se le ocurrió una idea.

—Buenos días, mam, veo que prestan una variedad de servicios.

—Así es, señor. ¿En qué podemos ayudarlo?

—Tengo un pequeño problema. Debo viajar a Oriente Medio y hay ciertas cosas que no puedo llevar conmigo: un par de llaves. Tengo el temor de que se extravíen. Me preguntaba si ustedes podrían guardarlas. Pagaría por el servicio, por supuesto.

La joven morena detrás del vidrio lo miró extrañada.

—No guardamos cosas, para eso existen consignas o empresas guardamuebles.

—Las consignas solo guardan por veinticuatro horas. Mire, es un favor especial, son un par de llaves de cajas de seguridad, si se me pierden estaré en problemas. ¿Podrían hacer una excepción?

—Espere un momento. —La morena fue hacia algún lugar de la tienda. Poco después reapareció con un papel en la mano—. Está bien, tendrá que pagar cien libras.

—¿Cien libras por guardar unas llaves?

Ella lo miró enarcando las cejas.

—Lo toma o lo deja.

—Está bien. —Kevin contó varios billetes y se los pasó a través de la bandeja corredera.

La mujer no tocó el dinero.

—Tendrá que firmar un descargo.

—¿Un descargo?

Ella volvió a mirarlo con ojos que evidenciaban impaciencia.

—Sí. Es para liberarnos de cualquier responsabilidad.

—Oiga, les estoy dejando mis llaves y encima les estoy pagando. ¿Cuánto me darían si las empeño?

—Nada. Para nosotros un par de llaves no tiene ningún valor.

—Vale. Venga el papel de descargo. Espere, preferiría que en lugar de "llaves" pusiera "anillo".

—¿Anillo? Usted está dejando llaves, es lo que yo veo desde aquí.

—Se trata de una clave, ¿me comprende? Es cuestión de seguridad.

La mujer esta vez reparó detenidamente en Kevin. Lo miró con extrema curiosidad. Kevin ensayó la mirada de ingenuidad que siempre surtía efecto, en especial con las mujeres, y esperó como hacen los niños cuando piensan que les darán un dulce. La morena dio vuelta y regresó al cabo de un rato con otro recibo de descargo. Lo pasó por la bandeja corredera, él lo firmó y le entregó las llaves. La morena las metió en una pequeña bolsa plástica que cerró, le pegó una etiqueta adhesiva con el número del recibo que entregó a Kevin y tomó el dinero.

—¿Cuándo las recogerá?

—No lo sé con exactitud. ¿Importa?

—Lea el descargo.

Él miró el papel.

—Aquí dice que si en treinta días no recojo el «anillo» tendré que pagar otras cien libras… —Levantó la vista y miró el rostro de la morena. No supo por qué pero le dio la impresión de que aguantaba una carcajada, aunque esta nunca salió—. Muchas gracias, hasta pronto —dijo Kevin y salió con el pequeño recibo que dobló cuidadosamente y escondió en una abertura en un pliegue del viejo billetero que le había conseguido Halabid.

Todavía con su bolso de lona al hombro buscó una cabina telefónica para llamar a Joanna. Vio una pero era para usar con tarjeta. Entró a la de al lado y, ¡Eureka! Marcó el número memorizado y esperó.

—¿Hola? —preguntó la voz de Joanna, con sigilo.

—Hola. Soy yo.

—¡Me alegra tanto escucharte después de…! Tengo algo que decirte.

—Rápido, por favor. Te quiero.

—Yo también. Fui enviada por un americano llamado Robert Taylor a encontrarme contigo en el aeropuerto el día que nos conocimos. Nada fue casual. Perdóname. Tuve que decirle que te visitó un hombre en Satipo y te fuiste a Londres, sufría un chantaje, debes comprender... Cuando me preguntó quién era no supe decirle, me enseñó varias fotos, todo por teléfono, y reconocí al hombre flaco que te fue a ver, pero señalé a otro. Ahora corro peligro por ese y otros motivos... —dijo Joanna a borbotones.

—Comprendo, ¿sabes dónde trabajaba ese tal Robert?

—En la DEA. Aunque al principio me dijo que para el Servicio Exterior pero tú sabes cómo mienten los hombres.

—¿Cómo era?

—Blanco, ojos azules, cabello escaso. Nada extraordinario que llamara la atención.

—No puedo hablar mucho. ¿Algo más que consideres importante? ¿Por qué dijo que me debías espiar?

—Porque eras un hombre peligroso para la seguridad de los Estados Unidos.

—Interesante.

—No estoy en Perú, tuve que huir.

—¿Huir? No me digas dónde estás. Debemos cortar ya. No podré llamarte en un tiempo. Por favor, cuídate.

Y colgó.

A Joanna el corazón le latía con fuerza. Se había acordado de ella, dijo «te quiero», y ella no había sabido corresponderle. Pero al menos le había dicho la verdad. Te amo, Kevin, te amo. Repitió mentalmente.

Kevin se comunicó con John Sawers.

—Tenemos un topo en el Servicio Exterior o en la DEA. Sabe que estoy aquí, acabo de enterarme. ¿Le suena Robert Taylor?

—No, pero averiguaremos, prosiga con la operación. ¿Abrió la cuenta?

—Sí, y mañana salgo. Dígale a Day que la peruana me lo dijo.

—Perfecto.

Joanna se había portado de manera inteligente. Era él quien no había podido aguantarse y le había dicho «te quiero». Y es que era así. Ahora lo sabía y aquello le produjo un extraño júbilo. Si salía vivo de la operación no volvería a separarse de ella. ¿Qué clase de chantaje estarían ejerciendo sobre Joanna? Sacudió la cabeza y trató de enfocarse en la operación. No podía permitir que lo afectase aunque... había una clara conexión entre lo que él estaba haciendo y quien la había enviado a espiarlo. Deducía que ella había quedado atrapada sin querer en un juego que no era el suyo. Él conocía a las personas y sabía que estaba envuelta debido a alguna fatalidad, lo que menos deseaba era involucrarla en todo aquello, era demasiado peligroso. Su voz le había parecido una caricia para todo lo que había vivido en esos meses. No quiso hacerse más daño y dejó de pensar en ella.

     ¿Quién sería Robert Taylor? Sin duda un nombre falso. ¿Cuántos más estarían actuando dentro del gobierno? Esas respuestas solo se las podrían dar los de al-Qaeda.

     Fue a la estación de Paddington para tomar el tren al aeropuerto de Heathrow. Esperó diez minutos y en veinte más había llegado. Se dirigió a la terminal tres y compró un billete de ida para Peshawar. Casi trece horas de vuelo y una escala de poco más de dos horas en Dubái. Saldría al día siguiente después del mediodía. Preguntó por un hotel cercano y le recomendaron el Renaissance London Heathrow. Quedaba cerca pero prefirió tomar un taxi.

Capítulo 13

Cuando Charles Day colgó el teléfono, las cuatro pequeñas líneas verticales entre sus ojos tuvieron un punto de conjunción. La llamada del jefe de la Inteligencia Británica era el comienzo de una serie de complicaciones. Robert Taylor le sonaba a película antigua, de hecho nunca había conocido a nadie con ese nombre. Tenía que ser un nombre falso, el asunto era saber quién lo estaba usando. Otro punto importante era comunicarse con Kevin pero era imposible. Él estaría a punto de abordar algún vuelo a Pakistán.

Sin duda la peruana debía ser Joanna. Tenía ante su expediente: Joanna Martínez Fernandini. Peruana de nacimiento, estudió en uno de los mejores colegios de Lima, el Franklin Delano Roosevelt, fundado por norteamericanos, fue una alumna promedio. Se graduó de licenciada en Comunicación Social a los veintiún años y no ejerció la carrera. Entre sus parientes más destacados se hallaba la primera alcaldesa de lima, Anita Fernandini de Naranjo, tía abuela suya. Llevaba una vida social bastante activa pero sin trabajo conocido, excepto un par de temporadas en un canal televisivo como presentadora de noticias.

No obstante, su nivel de vida era bastante acomodado, vivía sola en un apartamento en la avenida Pardo en Miraflores. ¿De dónde obtendría el dinero?, se preguntó Charles Day. Tenía visado norteamericano y entraba y salía del país con frecuencia. Se comunicó con Migración y pidió que le enviaran todos los datos disponibles. ¿Seguiría en Satipo?

Poco después, Day tenía en la pantalla la información solicitada. La sorpresa extendió las arrugas de su entrecejo al enterarse de que era información confidencial. ¿Confidencial? ¿Quién rayos era Joanna? Volvió a llamar a Inmigración.

—Joe, ¿qué significa «información confidencial»?

—Que no podemos dar información, brother, tú lo sabes.

—Claro que lo sé. Pero necesito saber quién es Joanna Martínez. Es un asunto de seguridad nacional.

—Tranquilo, brother, solo puedo decirte que parece ser un pez gordo de la DEA.

—¿Es agente encubierta?

—No puedo darte más información, tienes que hablar con la DEA.

—Al menos dime cuál fue su última operación, o lo más reciente que sepas de ella.

—Si lo hago pierdo el puesto, amigo.

—Si no lo haces puedes perder más que eso. Es importante, ¿comprendes? IMPORTANTE —recalcó.

De pronto Joe habló en un tono bastante alto.

—Lo siento, amigo, es información confidencial. No puedo ayudarte. —Luego, agregó, tan bajo, que Charles apenas pudo oír—; Pero te veo en lo del chino Lu a las seis. —Y colgó.

Charles Day estaba anonadado. ¿Estaría Kevin involucrado en asuntos de droga a través de su vinculación con Joanna? Él, como todos los que tenían que ver con la seguridad nacional, no creía en las casualidades. Los planes eran una cosa y llevarlos a cabo, otra. Siempre surgían imprevistos, y era lo que más le molestaba. Al menos en lo que concernía a Kevin todo estaba saliendo como habían previsto, pero si existía un agente en Inteligencia que se hacía llamar Robert Taylor, debía dar con él. Esperó pacientemente hasta que fueron las seis sentado en un rincón del restaurante de Lu. El ambiente cargado de mezclas aromáticas como el sillao y el jengibre lo tenía un poco mareado. Se entretuvo mirando los sempiternos apliques descoloridos de plástico rojo con trazos casi invisibles de dorado en los dragones que adornaban las paredes. Un lugar bastante deprimente, casi tanto como el mismo Lu. Cuando iba por la segunda Coca Cola vio aparecer por la puerta a Joe. Barrió con la mirada el local y se acercó con el caminar cadencioso muy propio de su raza.

—Hola, brother, ¿qué hubo?

—Gracias por venir, Joe. Explícame de qué trata todo este misterio.

—No quiero meterme en problemas, necesito mi empleo y hay muchos despidos últimamente. Lo que te dije es cierto, la mujer de la que hablas está catalogada como información confidencial, pero pude averiguar algo. Fue detenida en su última entrada a los Estados Unidos en el aeropuerto de Los Ángeles por la DEA. Traía un alijo de cocaína. Parece que un hombre llamado Robert Taylor habló con el jefe en el mismo aeropuerto y resultó que ella era una agente encubierta. Dio los nombres de los traficantes de Los Ángeles, Miami y Lima, una organización bastante importante, y la dejaron libre.

—Me interesa saber quién es Robert Taylor.

—Somos de Inmigración, no tenemos acceso a esa información. Lo de la mujer lo sé porque fue un asunto que ocurrió en Inmigración, me llamó la atención porque figura en la lista de personas que no tienen admisión al país. ¿No te parece raro? Cuando pregunté a mi jefe, me miró de manera extraña y preguntó por qué quería saberlo. Le dije que me parecía raro que siendo una persona que había cooperado con la DEA tuviese ese estatus. Él solo dijo que me mantuviera al margen, y yo prefiero que sea así. Cuanto menos sepa, mejor, amigo.

—Comprendo. Pero si estás allí es por algo, Joe. Tienes que averiguar para qué organismo trabaja Joanna y por qué tiene prohibición de entrada a Estados Unidos.

—¿Y cómo?

—Tú sabes cómo. Entra a los archivos, no preguntes, ve directo a la información.

—Las cosas están difíciles, amigo.

Charles le pasó un sobre con disimulo.

—Y tendrás más si haces lo que pido: que nadie te ayude. Hazlo tú solo, no menciones a nadie los nombres de Robert Taylor y Joanna Martínez, mucho menos por teléfono, he mandado una alerta y están en la lista.

—Como digas, viejo.

—Debo irme ahora. Confío en ti, Joe.

—Bien, bien, brother. Me hago cargo.

Day salió y respiró el aire fresco de la calle con deleite mientras veía el rostro de Joe fundirse con la oscuridad del local. Confiaba en él, pero no estaba de más engrasarle la mano. Lo único que faltaría era que el tal Robert Taylor fuese un agente encubierto y entonces las cosas se pondrían más difíciles.

Kevin se dio un baño para quitarse el olor de Belmarsh. Tendría unas cuantas horas de tranquilidad mientras esperaba su vuelo a Pakistán. Ordenó la comida en la habitación y se tendió en la cama; una comodidad que empezaba a serle esquiva. No sabía cuándo tendría oportunidad de volver a descansar de manera normal. Halabid le había aconsejado ir a Quetta y empezar por Chaman, pero su instinto le decía que debía empezar por donde Daniel Contreras fue escuchado por última vez: Peshawar. Además, tenía la carta de Manzur. Por otro lado, no se fiaba de nadie; mientras Halabid pensara que iba a Quetta, todo estaría bien. Pakistán era un terreno en donde los yihadistas de al-Qaeda se desenvolvían muy bien; el gobierno hacía la vista gorda a pesar de que fingía actuar de buena fe con los Estados Unidos. Las bases norteamericanas y británicas que hasta hacía pocos días estuvieran en Afganistán estaban en retirada, Obama cumplía la promesa de hacer regresar a los hombres que tantos meses habían estado lejos de la patria, pero el gesto no le había valido de mucho. Los republicanos ganaron las elecciones internas y ahora eran mayoría en el senado. Kevin no creía que el ejército afgano entrenado por estadounidenses pudiese preservar la paz en esa parte de Asia. En esos momentos los hombres de ISIS, al-Qaeda, y demás movimientos terroristas estarían planeando su entrada a Afganistán.

Esperaba que Charles Day ya estuviera enterado e hiciera las diligencias necesarias para averiguar quién era Robert Taylor, y cuál era la conexión entre Joanna y él. Kevin temía llamarla, no porque no deseara involucrarla, que al parecer ya lo estaba de algún modo, sino porque era probable que la llamada fuese rastreada, siempre y cuando supieran quién llamaba a quién. Obvio. Al menos esperaba que ella no hubiese registrado el teléfono a su nombre. Tendría que llamarla, no podía dejar ese cabo suelto. Salió de la habitación y fue a la recepción para hacer la llamada desde un teléfono público. Sería uno de los pocos que no utilizaba un móvil, pensó que tal vez atraería la atención, pero no le quedaba más remedio.

—Soy yo —dijo apenas escuchó la voz de ella.

Joanna había estado esperando la llamada y no se perdió en saludos.

—Conocí a RT en el avión cuando viajaba de Miami a Los Ángeles, justo antes de conocerte. Yo llevaba…, me descubrieron. La tarjeta que me dio me sirvió para ubicarlo y me ayudó a salir del problema a cambio de que yo contactara contigo. También tuve que darle información de mis contactos, tú sabes… Estaba atrapada, perdóname…

—¿Qué decía exactamente la tarjeta?

—La tengo conmigo: Departamento de Servicio Exterior, Asesor. Te doy el teléfono que aparece, es un móvil.

Kevin memorizó el número.

—Qué extraño. ¿No tiene oficina?

—No lo sé. Me llevó a su apartamento en Los Ángeles. Creo

que allí tiene la oficina. Fue la única vez que lo vi. No volví a hablar con él hasta que llegó tu amigo a Satipo. RT me dio un teléfono satelital para comunicarme con él.

—¿Lo tienes?

—No, me deshice de él. No quiero que me ubique después de que le mentí. Estoy fuera del país y los que denuncié también deben estar buscándome.

—Tranquila, volveré y todo se arreglará —dijo Kevin. Quería decirle tantas cosas… pero se contuvo. Su instinto de protección lo hacía sentirse culpable por no poder ayudarla.

—¿Lo prometes? —preguntó ella.

—Lo prometo, mi amor. Te quiero.

—Yo también. Por favor, regresa. Haz lo que tengas que hacer, no me importa lo que seas, de veras, no me importa. Solo cuídate para mí. Te amo.

—Lo haré. Yo también te amo.

Kevin puso el auricular en su sitio y cerró los ojos. Debía llamar a Charles Day y darle el número que había recibido de Joanna.

—Hola —dijo Kevin.

—Antes de que digas nada, no menciones cierto nombre. RT figura ahora mismo en la lista negra. Cualquier llamada hecha en cualquier parte del mundo que lo mencione será ubicada.

—Anota su teléfono. Aparentemente se hace pasar por asesor del Departamento de Servicio Exterior; es quien mandó a espiarme.

—Lo tengo.

—Empezaré por Peshawar.

—Pensé que iba a ser por Quetta… bien. Mantendré la zona vigilada desde arriba.

—Las veces que pueda me ubicaré en el Fruit Market, está frente al terminal de autobuses de Peshawar. Es fácil de localizar en un mapa satelital. Si ven a una mujer aireando un trapo verde a las diez de la mañana de cualquier día, presten atención a lo que está escrito en el muro bajo el dibujo de un árbol pequeño.

—¿Seguro?

—Seguro. Confía en mí.

—Pensé que esto era estrictamente confidencial.

—Y lo es, justamente por eso lo hago así.

—Bien. Cuídate, y suerte.

La iba a necesitar. Kevin siempre se había diferenciado por no seguir al pie de la letra las directrices, lo que había ocasionado algún que otro intercambio de palabras con sus superiores. Sus razones siempre eran convincentes; al mismo tiempo existía el peligro de dar al traste con una operación programada milimétricamente. En este caso él era toda la operación. Tal vez era mejor dejarlo por su cuenta, pensó Day.

No ganaba nada con llamar a Robert Taylor por teléfono, solo conseguiría ponerlo en alerta y lo más probable sería que no contestase. Rastrearía el teléfono, aunque estaba seguro de que lo llevaría a un callejón sin salida.

Capítulo 14

Ian Stooskopf tenía frente a él la foto del número cinco identificado por Joanna. Qué extraño, pensó. Por un momento tuvo la sospecha de que Joanna le había mentido, pero ella no tenía motivos para hacerlo, después de todo era la más interesada en darle la información; sin embargo, también cabía la posibilidad de que estuviese interesada en su hermano. Kevin... siempre era el preferido. No comprendía por qué él jugaba ese rol estúpido de arriesgar su vida por un país que era gobernado por personas tan insensatas. La gente del Gobierno solo tenía en mente el poder, conservarlo a toda costa, hacer que su propio poder se fundiera con el del país, como si les perteneciera, y mostrarlo, restregárselo en la cara a todos los demás gobiernos del mundo. ¿Quién les había dado el derecho de decidir lo que el pueblo de Afganistán deseaba? Por esas tierras siempre habría conflictos por la enorme cantidad de intereses tribales que permanecían a lo largo de los tiempos, pero eran sus problemas y tenían el derecho de resolverlos a su manera. Y los americanos no eran los únicos. La antigua Unión Soviética fue la primera en encender la mecha en esa zona. Cuando ese conflicto se enfrió, el extremismo talibán volvió a crear un sangriento caos que llevó a la intervención militar de Occidente. Y la retirada de las tropas estadounidenses y británicas no resolvía nada. En poco tiempo todo volvería a ser como antes. O peor. Estaban inmersos en otra guerra contra el EI. ¿Hasta cuándo?

Ian pensaba que Osama Bin Laden no era el culpable del ataque a las Torres Gemelas. Había tenido oportunidad de conversar con él y le había parecido una de las personas más cuerdas del mundo. Su tono gentil y calmado en un árabe académico lo había embelesado. Cuando Osama era estudiante de Teología Islámica en El Cairo había conocido a Ayman al-Zawahirí, quien en aquella época ya había formado el grupo Yihad Islámica en Egipto, y emitido una fatua llamada «Frente Islámico Mundial contra Judíos y Cruzados». Ian formó parte de manera entusiasta de aquel movimiento revolucionario que cambiaría al mundo y llevó sus ideas a Occidente. Al pasar el tiempo había ido adquiriendo más notoriedad entre la gente de al-Qaeda y no estuvo vinculado a los sucesos del 11 de septiembre, por eso creía firmemente que Osama no formaba parte de aquello, pero había hecho creer al mundo que había sido su idea para obtener supremacía entre los demás líderes de grupos yihadistas. De quien Ian sospechaba era de al-Zawahirí; un hombre de tendencias sanguinarias.

A fin de cuentas no importaba mucho saber quién era el número cinco. Le bastaba con saber que Kevin había tomado un vuelo para Londres después de recibir la visita del supuesto cinco, de manera que si de algo estaba seguro era de que se haría cargo de una operación. No le cabía duda de que sería para el rescate de Daniel Contreras, tal como lo había planeado todo, como en una partida de ajedrez. Marcó un número en Londres y esperó.

—Buenos días, al-Karajah. Tengo un trabajo para ti.

—Tú dirás.

—Observa bien la foto que estoy enviándote. Su nombre es Kevin Stooskopf, pero es probable que viaje bajo un alias. Solo síguelo y me dices adónde se dirige. Llegará a Heathrow mañana a las 18:20 en el vuelo 1080 de Air France.

—Entendido.

—Procura ser cuidadoso, es muy hábil.

—Descuida, seré un felino.

Pero al-Karajah no tuvo oportunidad de seguir a Kevin. Solo pudo verlo desaparecer de lejos, acompañado por un soldado en dirección a un pasillo. Para Ian era suficiente. Con eso y con lo que intuía que Joanna le estaba ocultando, deducía que Kevin había ido a someterse a algún tipo de entrenamiento para una misión especial. El rescate de Daniel Contreras, volvió a decirse Ian, todo encajaba. Tendría que encontrar la manera de comunicarse con la gente de al-Zawahirí pero las cosas estaban últimamente demasiado complicadas, no podría delegar algo tan delicado a su contacto al-Karajah, no era demasiado hábil, además tenía prohibido salir del país. Necesitaba saber cuánto tiempo permanecería su hermano en Inglaterra.

Capítulo 15

A bordo del avión, Kevin ponía en orden sus ideas. Esperaba que Charles Day hiciera su trabajo y averiguara quién era Robert Taylor. Mientras, tendría que urdir un plan para localizar a Daniel, a quien esperaba encontrar con vida. Los terroristas acostumbraban hacer públicas sus ejecuciones, al menos los de ISIS, y habían creado un clima de terror con las matanzas a periodistas. Al-Qaeda, en ese sentido, siempre había sido más cautelosa; cabía la posibilidad de que lo tuvieran prisionero para utilizarlo como intercambio por algún miembro de su organización. ¿Por quién? ¿Y su país estaría dispuesto a aceptar? Al llegar a Peshawar se pondría en contacto con la madre de Shamal. Nunca lo habían perdido, aunque los últimos años las noticias se fueron espaciando, después de lo de Nasrim. Algo que nunca debió ocurrir. No era su intención involucrar a su madre, pero por algún lado debía empezar, y era mejor que ni Charles Day ni los del MI6 supieran sus planes. No confiaba en nadie. ¿Dónde se escondería al-Zawahirí? En Pakistán, lógicamente. Era el único lugar donde nadie sospecharía que estuviera. Por otro lado, los drones no podrían seguirlo mientras no supiesen dónde se encontraba. Los Predator y los Reapers que se utilizaban para grabar y atacar objetivos en la conflictiva frontera entre Afganistán y Pakistán hacían mucho ruido y eran fáciles de detectar por un radar. Si él localizaba el lugar donde se encontraba al-Zawahirí, la CIA enviaría el RQ-170 Sentinel, apodado «la bestia de Kandahar», tal como le había prometido Charles Day. Era sofisticado y silencioso, con capacidad de capturar vídeos de alta definición. Había sido utilizado en la operación contra Osama Bin Laden, que en la Casa Blanca vieron en vivo y en directo. Esperaba que los contactos que había conocido en Belmarsh lo condujeran a la gente de al-Qaeda que operaba en Peshawar. Tenía que llegar al mismísimo al-Zawahirí, de lo contrario no habría forma de negociar.

Sentado en la cabina de turistas, Kevin procuró evadirse de la incomodidad de los asientos, no tanto por la anchura como por el poco espacio para situar sus piernas con facilidad. No sabía cómo ponerlas. Sonrió al darse cuenta de la pueril importancia que estaba dando a aquella pequeña molestia. Era de los pocos miembros de las fuerzas especiales que podían pasar por sesiones de tortura sin perder la cabeza, su cerebro tenía la capacidad de apartar las ideas como si fuese un armario con múltiples cajones. Y en ese momento decidió que la incomodidad quedaría guardada en uno de ellos, igual que hizo dos años atrás. Se trataba de cambiar una incomodidad por otra, y se concentró en sus recuerdos.

Kevin era consciente de que en la vida militar, especialmente en la que había escogido, su vida dependía de la confianza que se tuviera en los compañeros. No existía lealtad más completa, y Daniel y él habían formado parte de varias operaciones peligrosas. Si ambos todavía estaban vivos —en realidad no era seguro que Daniel lo estuviera— se debía a que habían jurado cuidar uno del otro aun a riesgo de sus vidas. Para Kevin no había unión o sentimiento más fuerte que ese. Hasta que apareció en su vida la hermana de Shamal, aquella pequeña chiquilla que fue a vivir con su familia a Riad, y que apenas se dejaba ver más allá de los predios del servicio.

Mientras estaban en Bagram, una base al norte de Afganistan, sin asignación a alguna operación especial, un día se les ocurrió ir a Peshawar para matar el tedio. Deseaba visitar a Shamal y a su familia. Convenció a Daniel para vestir al estilo pakistaní, con el típico zalwar kameez y un pakol en la cabeza. Ambos eran morenos y hablaban árabe. Él le había enseñado a Daniel a hablar un pashtún bastante aceptable con el que el portorriqueño se desenvolvía bien sin llamar la atención. Conocer los idiomas de la zona les había valido para formar parte de algunas misiones que entrañaban peligro, y eran tan eficaces en su forma de enfrentarlas que parecían nacidos para ello.

Kevin recordó la expresión del rostro de la madre de Shamal la primera vez que cruzó el umbral, enredándose en la cortina de hilos de cuentas multicolores de la tienda; la misma tienda que su padre había ayudado a instalar hacía ya tantos años. Sus grandes ojos parecían entonces más pequeños y bajo el manto que cubría su cabello sobresalían las canas, pero la dulzura de su mirada era exactamente la misma. Pese al transcurso de los años, ella lo pudo reconocer y lo abrazó como cuando era un niño, meciéndolo, aunque él tuviera que mirarla hacia abajo. Daniel fue acogido con el mismo cariño que si fuera un miembro de la familia, casi como Shamal, quien no estaba.

Para entonces vivía en Islamabad, la capital, y trabajaba, según su madre, como oficial de policía en un sitio llamado CCT, del que ella no tenía mayor noticia. Kevin no le aclaró de qué se trataba porque prefirió que siguiera en su bendita ignorancia.

De inmediato la mujer los hizo pasar a la trastienda, subieron al segundo piso y Kevin supo de dónde provenía el intenso olor a curri y lentejas que le hacía salivar. Ambos esperaron en el pequeño salón amueblado al estilo occidental y repleto de cojines multicolores a que llamara a Nasrim, que se encontraba en la cocina. Momentos después la chiquilla que él recordaba apareció ante sus ojos y ellos quedaron apabullados por su presencia.

Nasrim ya no era una niña. Kevin calculó que tendría treinta y cuatro años. Llevaba el cabello y el cuello cubiertos por una yilbab, marco que daba a su rostro características sobresalientes. Él había tenido oportunidad de conocer a mujeres hermosas, pero Nasrim escapaba a toda descripción o comparación que su mente pudiera hacer. Igual de impresionado estaba Daniel, como le diría después.

—Buenas tardes, Nasrim, la paz sea contigo —saludó Kevin alargándole la mano.

—La paz sea contigo, Kevin, su misericordia y sus bendiciones —respondió Nasrim bajando los ojos.

—Sorirart Biro'aitatsk —balbuceó Daniel, indicándole que estaba encantado de conocerla.

—Masha allah —respondió ella.

La madre intervino para romper el silencio, pues los tres habían enmudecido. Kevin no sabía qué decir ni cómo comportarse ante Nasrim, quien de adulta era una absoluta extraña para él. Una extraña y misteriosa mujer.

—Ve a la cocina, habibi, ahora tenemos invitados a comer.

Nasrim se excusó y dio vuelta por donde había llegado.

—Mamá Farah, ¿Nasrim se ha casado? —preguntó Kevin.

—No, hijo mío, pero no por falta de pretendientes. Ella asistió a la escuela secundaria y también siguió un curso de informática, pero siempre fue demasiado exigente. Por otro lado, ya sabes cómo son los hombres aquí. Les gustan las mujeres ignorantes. Cuando se encuentran con alguien como ella se sienten inferiores.

—Entiendo…

—¿Qué hacen en Peshawar? —preguntó mamá Farah.

—Tenemos cinco días libres, los hemos acumulado y, como no da tiempo para viajar a Estados Unidos, tuve la idea de venir a verte.

—Hiciste bien, pequeño, no sabes cuánto los recuerdo a ti y a tu hermano Ian, ¿cómo está él?

—Bien, bien… No vivimos juntos, trabaja para el Servicio Exterior, escogió la carrera de papá.

—¿Y cómo está tu padre, que la paz y bendiciones sean con él?

—Bien, más viejo, eso sí —rió Kevin—. Se ha retirado del ejercicio diplomático, ahora vive en su rancho. Pero desde la muerte de mamá ha quedado muy solo.

—Por favor, cuando lo veas dile que nunca, ni un solo día, dejo de rezar por él y de agradecerle todo lo que hizo por nosotros.

—Así lo haré, Mamá Farah.

Durante la cena Nasrim fue tomando confianza y Kevin conoció su risa, su sentido del humor y su inteligencia. Al despedirse, supo que estaba enamorado. Daniel también estaba embelesado. Esa noche se quedaron hasta tarde hablando de ella y, aunque ambos sabían que solo uno de los dos tendría lugar en su corazón, de llegar Nasrim a interesarse por alguno de ellos, gozaron cada segundo de la posibilidad de ser el vencedor, recordando su risa, sus movimientos, el cabello que al resbalar el velo se había dejado ver, el color dorado de sus ojos, y su manera de sonreír. Y Kevin tenía impregnado su aroma. Un olor a canela y a yerba de campo…

De pronto, Kevin quiso que terminara esa guerra, su papel en ella empezó a parecerle solo una muralla que le impedía ser una persona normal como las demás y poder cortejar a Nasrim. La llevaría a los Estados Unidos, la haría su esposa, sería la madre de sus hijos…

Daniel sentía lo mismo. Eran demasiado parecidos, y la lejanía de los seres queridos, la crueldad de la guerra, la soledad de las noches hicieron que ambos desearan a Nasrim más todavía. Ellos no acostumbraban a buscar pareja por Internet como hacían muchos soldados; algunos, con éxito.

Solo una vez Kevin pudo estar a solas con Nasrim. Una sola vez. Fue en un viaje de un solo día. Kevin pidió un permiso especial y fue a Peshawar decidido a pedirle a Nasrim que fuera su esposa.

La madre de Nasrim lo supo en cuanto lo vio. Una nube de tristeza se alojó en su pecho porque amaba a Kevin. Siempre había sido su preferido y hubiera dado cualquier cosa para que su hija le correspondiera. Dejó que ellos hablaran lo que fuera que tuvieran que decirse y bajó a la tienda. Muy en el fondo, lo que deseaba era que él la convenciera, que encontrara el modo de acercarse a ella y despertara su pasión, si eso era posible.

—¿Sabes que dentro de poco regresaré a los Estados Unidos? Pediré el retiro.

—¿Por qué?, ¿crees que es una guerra inútil?

—Ya no sé qué creer. A veces pienso que todas las guerras son inútiles, pero como soldado he jurado representar de la mejor manera a mi país.

—Pensé que lo hacías como un trabajo más.

—En mi caso no es un trabajo más, si fuese así, pensaría como un mercenario... y no lo soy.

—Tú y Daniel se prepararon para enfrentar toda clase de peligros, ¿qué los llevó a ello? Podrían ayudar a su país también siendo médicos, hay tantas formas...

—Nasrim, tengo poco tiempo, vine por otra cosa... Te amo, Nasrim.

Ella guardó silencio y sus ojos dejaron de iluminarlo. Miraban las baldosas del suelo. Las comisuras de sus labios también bajaron. Kevin presintió lo peor.

—Te quiero, Kevin, pero no de la misma forma.

—¿Existe acaso otra forma? Di que no me quieres y me iré.

—¡No! No te vayas así. He visto en tus ojos que me amas, y sufro por no corresponderte.

—¿Para qué quedarme? Ya no hay nada de qué hablar, Nasrim. Nada.

—Te daré lo que tú quieras, menos mi corazón —dijo ella de improviso.

—¿A qué te refieres?

—Es la única manera que tengo de pagar por todo ese amor que llevas dentro.

Nasrim se quitó el velo que cubría su cabello, lo desenvolvió y Kevin pudo al fin admirar su cuello terso y largo. Pero ¿qué pretendía? Él no aceptaría sexo de ese modo, si era eso lo que ella estaba dispuesta a regalarle. Nasrim empezó a desabotonarse la larga camisa enseñando sus pechos desnudos. El cuerpo de Nasrim parecía una escultura perfecta y Kevin perdió el control de sus impulsos. Posó sus labios en los de ella, tan ansiados desde hacía tiempo, y por primera vez se deleitó con su aliento de miel. Se apoderó de sus pezones vírgenes, y este solo pensamiento lo enardeció, supo por qué algunos hombres deseaban tanto a las mujeres que jamás habían sido tocadas por ningún otro. Sería el primero en hacerle sentir el deseo, el placer, y entonces, pensó, tal vez ella se enamorase de él. Besó cada centímetro de su cuerpo y la penetró despacio, con delicadeza, porque la amaba y no quería hacerle daño. Nasrim se entregó dócilmente, experimentando placeres que no conocía pero que la hacían sentirse culpable, porque en su mente había otro rostro a quien decía: «Te amo». Sin embargo, las caricias de Kevin, sus dulces palabras al oído, su entrega casi religiosa hicieron que sintiera lo que jamás había experimentado; la confusión invadió su corazón, su alma, su ser.

Kevin la retuvo contra su pecho, todo su instinto protector volcado en Nasrim, en el cuerpo de Nasrim, en el alma de Nasrim, en la vida de Nasrim… Junto a él jamás le sucedería nada malo. Ella y solo ella lo merecía, la amaba. ¡Ah, cuánto la amaba! Fue el mejor orgasmo de su vida. Ya no podría ser de nadie más.

Pero estaba equivocado.

—Pero, entonces… ¿por qué?

—Quería darte algo que nadie más tendría, Kevin. Es mi manera de decirte que también te quiero, pero no podré casarme contigo. Amo a Daniel. Perdóname.

El día se oscureció para Kevin. Todo aquello era una locura, ¿acaso ella estaba jugando con él? ¿Cómo podía hacerle eso? Se contuvo. No dijo nada. Él también se había prestado a ese juego, no quiso, o no pudo, apartar la pasión de la cordura.

Kevin se vistió y ella hizo lo propio. Una pequeña mancha de sangre quedó en el sofá.

—Adiós, Nasrim. Gracias por todo.

Dio vuelta y bajó las escaleras. Se despidió de Mama Farah con un gesto desde lejos. Le dio vergüenza acercarse. Y ella, como si hubiera adivinado, lo miró con tristeza. Kevin se alejó del lugar lo más rápido que pudo, necesitaba huir de allí. Sentía el corazón aprisionado como cuando tuvo que pasar por las pruebas de tortura en las que le faltaba el aire hasta el punto de sentir que iba a morir. Prefería mil veces aquel tormento, y no el pesar y la sensación de soledad y vacío que cargaba a cuestas. ¿Qué le diría a Daniel?

La alta figura de Kevin dibujó una sombra alargada al traspasar la puerta del barracón. Daniel lo miró desde su cama, recostado de espaldas con los brazos cruzados debajo del cuello.

—Me dijeron que fuiste a Peshawar.

—Perdóname, Daniel. Estuve con Nasrim, hicimos el amor.

—Lo sé.

Kevin lo miró, escrutando su rostro.

—¿Lo sabes? ¿Qué sabes?

—Amo a esa mujer más que a nada en el mundo, Kevin, pero tú eres mi mejor amigo y sé que también la amas. Quería que tuvieras algo de ella, lo más preciado, lo único, es todo lo que puedo hacer por ti.

—¡Estás loco, Daniel! ¿Cómo pudiste pedirle que hiciera eso?

—No se lo pedí. Ella lo quiso así, no sé si algún día lo entenderé pero para mí está bien, Kevin, soy tu mejor amigo, te quiero, hermano, y aunque me haya estado muriendo de celos solo lo acepto porque fuiste tú.

—Voy a pedir el retiro.

—Vamos, no es necesario, todo seguirá como antes, los dos juntos…

—No, Daniel, pediré el retiro ahora mismo. Ya nada será igual, te deseo lo mejor, quiero que sean felices, pero deja que yo también lo intente. Fue la última vez que lo vio.

Capítulo 16

Los recuerdos dolían menos y, desde la distancia, eran ya solo una anécdota. Haber estado en aquellas circunstancias una sola vez con quien él creyó era la mujer de su vida daba cierto tinte romántico a aquellos años. Ahora Daniel necesitaba de él y debía cumplir la promesa que se hicieron. Pero Kevin no estaba seguro si lo hacía por una promesa o porque deseaba demostrar su superioridad al acudir a salvarlo. O quizá también por lucirse ante Nasrim. Era la primera vez que se enfrentaba a una operación en la que primaban los sentimientos. Y lo haría solo. A ráfagas le venía un pensamiento que aparecía en su mente como un letrero: «insensato». Pero no deseaba hacerle mucho caso. Desde esos días no sabía nada de Daniel, ni de Nasrim, ni de su madre. Con el único que había mantenido contacto esporádico había sido con Shamal, pero jamás se atrevió a preguntarle y no estaba seguro de que estuviera enterado de algo.

Se levantó de su asiento para estirar las piernas y caminó por el largo pasillo hasta el baño, ida y vuelta. Una azafata lo miró y sonrió. La joven de rostro agradable parecía tener un problema que le impedía cerrar del todo la boca. Al menos fue lo que le pareció a Kevin.

—¿Cansado? —le preguntó en árabe.

—Y un poco dolorido —respondió Kevin.

Ella se le acercó un poco más.

—El avión no está del todo lleno. Traiga su equipaje de mano y sígame.

Kevin hizo lo que ella dijo y la siguió por las escaleras alfombradas de gris. La joven le indicó, con una amabilidad que a Kevin le pareció desproporcionada, una cabina privada. Tenía su propio mini bar y el pequeño espacio podía cerrarse por medio de una puerta corredera. La privacidad se mantendría mientras estuviera sentado o echado en una cama larga y confortable que antes había sido asiento.

—¿Cuánto más debo abonar? —preguntó Kevin. El dinero no le preocupaba, sabía que pagaba el tío Sam. Había comprado pasaje en clase turista porque no acostumbraba hacerlo de otra manera, pero le intrigaba saber el motivo del cambio.

—Por supuesto que nada. Es cortesía de la casa —dijo la azafata sonriendo—. Pronto traeré la cena. Si me necesita, solo tiene que llamar. —Señaló un auricular, giró y se fue sin darle tiempo a agradecer.

Fue el mejor vuelo de su vida. Al llegar a Dubái ella le entregó una tarjeta.

—Si algún día vuelve por aquí, llámeme.

—Por supuesto, lo haré. Muchas gracias por todo.

—Ma'a Elsalama.

—Fi amani Allah.

Ya en el aeropuerto Kevin se encaminó a los aseos. Se quitó la ropa y vistió uno de los conjuntos de pantalón, túnica y chaleco que le había preparado Halabid. El pequeño gorro blanco y la barba crecida lo hicieron verse como un verdadero lugareño. A partir de ahí tendría que comportarse como uno de ellos. Su visión periférica escaneó el enorme aeropuerto y se fijó en varias personas que seguían la misma ruta que él. Un hombre vestido al estilo occidental pero con rasgos característicos de la gente de esa parte del mundo le sonrió. Lo había visto en el vuelo anterior. Le devolvió la sonrisa con una ligera venia y el sujeto pasó de largo y se dirigió a la prístina sala de espera de primera clase. Kevin paseó entre las palmeras que se erguían orgullosas dentro de los pasillos de techos interminables, leyó algunos periódicos, tomó un café, y las dos horas y media pasaron bastante rápidas en una de las terminales más lujosas y concurridas que hubiera conocido. El último trecho de cuatro horas hacia Pakistán lo hizo en la clase económica del Airbus 332.

El contraste del aeropuerto internacional Bacha Khan de Peshawar fue más patente después de haber estado en el anterior. Kevin tuvo que esperar mucho tiempo antes de pasar por la aduana, luchar contra la gente apretujada que trataba de alcanzar la cinta transportadora de equipajes, que corría sin lógica, serpenteante, antes de escupir las maletas y morrales y él, a pesar de no llevar más que la vieja mochila de lona como equipaje de mano, se vio envuelto en la marea de gritos, empujones y ademanes de impaciencia del gentío que bajó del avión. Pudo ver al hombre que estuvo en primera clase pasar sin apuro y dirigirse hacia el estacionamiento.

Conseguir un taxi fue otra tarea difícil. Un accidente ocasionado por algún peatón despistado había paralizado la circulación, y el tránsito, que ya era cargado, se congestionó. Procuró alejarse de la algarabía y estuvo a punto de ir caminando los diez kilómetros hasta el centro, cuando un coche negro proveniente de la otra parte del estacionamiento se detuvo a su lado. Bajó el vidrio eléctrico y Kevin vio una vez más al hombre de primera clase.

—Asalaam aleikum.

—Aleikum asalaam —respondió Kevin.

—¿Necesitas que te lleve a algún lugar? —preguntó con la misma sonrisa con que lo había saludado antes.

—Voy al centro.

—Sube, voy hacia allá.

—Gracias.

—Soy Abdulah Baryala.

—Keled Jaume. Mucho gusto.

Tras unos momentos de silencio, Abdulah habló:

—¿De paso en Pakistán?

—No. Vengo a quedarme.

—¡Bien! Necesitamos gente con ganas de hacer buenas cosas por este país.

—Es lo que pensé.

—¿Disfrutaste del viaje a Dubái?

—Mucho.

—Me gusta hacer cómodamente los viajes largos. No hay nada mejor que eso.

Kevin comprendió que el individuo había tenido que ver con el cambio de clase en el avión.

—No sé cómo lo hizo pero le agradezco que me haya permitido ocupar un asiento en primera clase. Si le debo algo estoy dispuesto a…

—Por favor, Keled, no me ofendas. Es un pequeño favorcito de los muchos que me deben algunos amigos. ¿A qué te dedicas?

—Vivía en Londres, tenía una empresa que concertaba personas con la finalidad de contraer matrimonio. Usted sabe, había muchos soldados en el frente, en Kabul y otras zonas en Afganistán, y aquí mismo, eran mis principales clientes. Algunos de ellos deben estar ahora viviendo en los Estados Unidos con sus respectivas esposas.

—Ese tipo de negocio tal vez no pueda darse aquí. Las costumbres de los casamientos son muy estrictas, son los padres quienes arreglan los matrimonios de sus hijos.

—Lo sé. Pero no es mi idea hacer lo mismo al venir aquí. Quiero reencontrarme con mis orígenes. En realidad no soy paquistaní, soy afgano, así que tal vez me decida a ir para allá.

—Hablas muy bien el árabe.

—Usted también.

Abdulah soltó una carcajada.

—Hemos llegado. ¿Tienes alojamiento? Puedo recomendarte un buen lugar, económico y con buen servicio.

—Se lo agradezco, pero ya hizo mucho por mí. Demasiado.

—Si cambias de opinión, aquí tienes mi tarjeta. Solo llámame.

Kevin bajó del coche y caminó unos cuantos pasos, se fijó en la tarjeta: «Abdulah Baryala - Agencia de Viajes - Consultor - Servicios de Gestoría». Todo un empresario, caviló. ¿Cuál sería su interés en él? Ahora que sabía que su viaje en primera clase no se debió a su encanto personal sino a un favor del buen Abdulah, las cosas tomaban otro cariz.

Caminó en dirección a Bakhshi Pull, la zona donde debía entregar la carta de Manzur. Era lo primero que debía hacer, y por el momento la única pista de la que disponía para acercarse a algún grupo radical, según Manzur. Calculó una hora, quiso hacerlo a pie para desentumecer las piernas, por otro lado le hacía bien recorrer las calles. Abdulah lo había dejado a pocas cuadras del Fruit Market. Tomó hacia el suroeste por Charsadda, una larga carretera que pasa por el distrito del mismo nombre y llega hasta Mardan. Caminó más o menos seis kilómetros, una ruta que él conocía bastante bien.

Bakhshi Pull es una zona residencial, algunas de sus casas son de dos plantas, también hay edificios de cuatro y cinco pisos. La dirección que tenía grabada la mente de Kevin se hallaba justamente frente a él. Una casa de dos plantas. Observó a la luz del atardecer las paredes de la planta baja, cubiertas en su integridad por una enredadera de hojas grandes que la hacía verse muy hermosa. Situada entre un conglomerado de casas de diferente tenor, tenía acceso por una calle estrecha por la que apenas podría pasar un coche. Tocó el timbre y a los pocos segundos un hombre abrió la puerta.

—Traigo una carta para la señora Manzur.

El hombre de la puerta soltó una especie de risita.

—¿Señora Manzur? Aquí no vive ninguna mujer con ese apellido.

Kevin se dio vuelta dispuesto a olvidarse del asunto.

—¡Hey! ¡Espere! ¿No será el señor Manzur?

—Me dijeron que entregara la carta en las manos de la señora Manzur y es lo que haré.

Otro hombre se asomó a la puerta.

—Por favor, pase. Aquí el amigo está confundido, haremos que venga la señora Manzur.

Regresó y entró a la casa. La puerta se cerró demasiado rápido, le pareció a Kevin. De inmediato se hizo a un lado y la navaja que el hombre tenía en la mano pasó casi rozándole la oreja. Lo agarró del brazo y se lo torció sin llegar a romperlo, la navaja cayó al suelo; la cogió y el otro dio un grito de alarma: Se presentaron cuatro hombres más. Kevin ya tenía al hombre sujetado con la punta de la navaja en el cuello.

—Si dan un paso más, lo mato.

—Tranquilo… —dijo uno de ellos.

—¡Hagan lo que dice! —farfulló el hombre.

—¿Quién le dio esta dirección? —preguntó el que parecía mayor.

—No se lo voy a decir. Y pueden ir buscando a la tal señora Manzur.

Uno de ellos susurró algo al oído del otro y fue escaleras arriba.

—Mire, ¿señor…? —Kevin no le dijo su nombre—. Espere un momento, suéltelo, esto se puede arreglar.

—No pienso soltarlo y te aseguro que puedo estar así toda la noche.

El hombre gesticulaba tratando de zafarse pero su brazo corría el peligro de quebrarse. Kevin lo tenía sujeto férreamente por la espalda.

—No podemos permitir que suba con la navaja.

Kevin pasó su brazo por el cuello del hombre y apretó con fuerza sin hacer caso de sus gemidos.

—Está bien, está bien, cálmese. Pero hemos de comprobar que no va armado. Suelte a ese hombre, le cachearemos y podrá subir a ver a la señora.

Kevin aflojó el brazo, el otro se liberó y se apartó unos metros, masajeándose el cuello. Después dejó caer la navaja y mostró las palmas de las manos vacías.

El que había negociado abrió la mochila y la palpó por todos lados. Después cacheó a Kevin.

—No hay problema. La señora Manzur te espera.

—Espero que no sea otro de sus trucos —advirtió Kevin, y fue escaleras arriba.

—¡La puerta del fondo! —gritaron desde abajo.

Hacia allá se dirigió con su bolsa de lona colgando del hombro izquierdo. Abrió la puerta despacio y vio a la mujer sentada en una cama. A su lado, una silla de ruedas.

—¿Quién eres? —preguntó ella.

—Traigo una carta para la señora Manzur.

—Yo soy la señora Manzur. Supongo que la carta me la envía mi hijo que vive en Londres.

Kevin extendió la mano y le entregó el sobre que había sacado de uno de los bolsillos con cremallera del saco de lona.

—Aquí tiene. Me dijo que tenía que dársela en sus manos.

La anciana sonrió mostrando una perfecta fila de dientes postizos.

—Ya cumpliste, hijo. Que la paz sea contigo y Alá y sus bendiciones. Si Manzur te mandó es porque eres de confianza. Disculpa el mal rato que te han hecho pasar los muchachos. Son mis hijos, hermanos menores de Manzur. ¿Puedes creerlo? Alá me premió con once hijos, todos varones. El mayor es el que conociste en Londres. Tendrás que leerme la carta, yo no sé hacerlo.

—Si cree que debo hacerlo, que sea la voluntad de Alá —dijo Kevin. Rasgó el sobre y extrajo un papel. Al abrirlo varios billetes de cien libras esterlinas aparecieron a la vista. Se los entregó a la mujer y se dispuso a leer.

—«Querida madre, que Alá sea contigo y te acompañe con bendiciones. El portador de esta carta es un buen amigo mío, Keled Jaume. Te hará llegar un pequeño regalo porque sé que te gusta sentir el roce de los billetes en las manos. Yo estoy bien, trabajando como siempre por la causa, mi salud y los negocios van bien. No debes preocuparte. Este joven necesita un poco de ayuda porque desea vivir en Pakistán, aunque es de Nangarhar, allá en Afganistán, pero sabes cuántos problemas hay por esa zona. Si pudieras conectarlo con quien tú sabes sería de gran ayuda para la causa. Confío en tu buen criterio. No sé cuándo tenga oportunidad de volver a escribirte, por eso te hago llegar mi cariño como siempre, que la paz y las bendiciones sean contigo, madre, hasta una próxima vez.»

La anciana lloraba en silencio.

—Pobre mi Manzur. Él piensa que no sé que está en la cárcel.

¿Fue allí donde se conocieron?

—No, señora, fue en uno de sus negocios.

—Deja de mentir que sé toda la verdad, muchacho. No es necesario.

—Déjeme decirle que es un hombre a quien todos respetan, se encuentra bien y no es maltratado.

—Al menos ese es mi consuelo, pobre hijo mío, que Alá lo ayude. ¿Tienes dónde quedarte a dormir? ¡Bah! ¡Qué pregunta! Si mi hijo dice que necesitas ayuda es porque debes quedarte aquí. Considérate en tu casa, hijo. Si Manzur confía en ti, nosotros también. Y por los de allá abajo no te preocupes, ellos me cuidan mucho, hay enemigos que saben que si me hacen daño, mi hijo sufriría. No debes decir a nadie que estoy aquí. Alá se apiade de mi hijo y de mí. Él en una cárcel de Londres y yo aquí, también encerrada. Por favor, ve y diles que suban. Después que venga Zoraida. Es quien me ayuda, sin ella no sería nadie, hijo mío.

Encontró a todos sentados al pie de la escalera. Uno de ellos se sobaba aún el cuello.

—La señora Manzur dijo que suban y que después vaya Zoraida.

Kevin esperó abajo frente a la ventana. Algunas palabras en la carta le hacían presentir que era probable que el hombre que conoció en la cárcel pudiera estar involucrado con algún grupo que luchaba por una «causa». Esperaba que fuese la misma que él buscaba. Si así fuera, no podría haber caído en mejores manos. Probablemente el MI6 había previsto el encuentro con Manzur en Belmarsh, de otro modo no podía explicarse la coincidencia. Era para quitarse el sombrero, la sutileza del servicio secreto británico le causó admiración.

—A Keled Jaume lo envía su hermano Manzur, recomienda que lo ayuden a ponerse en contacto con la gente de El Profesor. Trátenlo bien, es una orden de su hermano.

—Está bien, madre. Nos pareció sospechoso, por eso quisimos detenerlo. De todos modos lo registré y mira lo que encontré en uno de sus bolsillos.

Le enseñó la tarjeta de Abdulah Baryala, el agente de viajes y gestor.

—Ahí tienen. Es de confianza. Abdulah no le hubiese dado su tarjeta a cualquiera. Devuélvansela.

Se miraron entre sí arrugando la frente. Al bajar, el menor de ellos se acercó a Kevin.

—Toma, Keled. Se te cayó esto en medio de la lucha.

—Gracias. —Fue todo lo que dijo Kevin. Se maldijo por no haber notado cuando se la quitaban.

—Ven, te mostraré dónde puedes asearte y dormir, eres bienvenido.

—Sí, Keled, eres bienvenido, disculpa el recibimiento.

Cada uno de ellos se presentó y le dio la mano. Kevin correspondió con una sonrisa.

Se reunieron para la oración de la tarde antes de la cena que Zoraida, una sobrina de la madre de Manzur, sirvió en el piso del salón sobre un mantel escrupulosamente limpio.

Ella era quien se encargaba de cuidar a la anciana, de limpiar la casa, de cocinar, de lavar la ropa de todos y de hacer las compras. Y ahora debía andar por la casa con un velo porque Keled no era de la familia.

—Debo hablar con tu madre —dijo Kevin a uno de los hermanos.

—Sube conmigo.

Una vez dentro del cuarto, se acercó a la anciana.

—Señora Manzur, no puedo aceptar su ofrecimiento de hospedarme en su casa, se lo agradezco mucho, pero eso significaría que su sobrina Zoraida debería sufrir incomodidades por mi presencia. Puedo buscar un alojamiento económico, no se preocupe por mí. Mañana me pondré en contacto con ustedes, porque me interesa conseguir un trabajo, si es que su ofrecimiento sigue en pie.

—Veo que eres un hombre generoso y respetuoso de nuestras costumbres, Keled. Si piensas que es mejor así, está bien, hijo mío. Ve y que la paz de Alá sea contigo.

Kevin salió y tras él uno de los hijos de la anciana, que se ofreció a llevarlo.

—Puedo dejarte donde quieras.

—Gracias, me gustaría ir por los alrededores del Fruit Market.

—Vamos allá.

Capítulo 17

La camioneta Toyota bastante bien cuidada regresó por la misma avenida Sharsadda que lo había llevado y lo dejó justo en el mercado. Kevin sabía orientarse desde ese lugar.

—Gracias, que Alá te acompañe.

—Ala eirahib wa elssa. Te esperamos mañana. Iremos a conocer a alguien que quizá pueda darte trabajo.

Kevin caminó un par de cuadras. Una casa de una sola planta que exhibía un letrero deslucido: «La Flor de Peshawar -Alojamiento y comida - Servicio para turistas» llamó su atención. El portón abierto daba a un amplio patio; al fondo, un mostrador, varias mesas y sillas esparcidas, y dos pasillos largos con una fila de puertas.

Un hombre del mostrador lo saludó.

—El comedor ya está cerrado. ¿Se le ofrece alojamiento? —preguntó en pashtún.

—Sí, por un par de noches. Quizá más.

—Ha venido usted al lugar indicado. Tenemos servicio de desayuno y si lo desea hay un cuarto con baño privado.

—Lo tomaré.

Pagó usando las rupias pakistaníes que le habían dado los ingleses. El individuo anotó su nombre en un cuaderno bastante gastado, ya con pocas páginas en blanco y le entregó una llave.

—Por el segundo pasillo, la habitación once.

El cuarto era parecido al que ocupó en Belmarsh, salvo por la cama, un poco más amplia. Acostumbrado a dormir en cualquier sitio, Kevin no prestó demasiada atención a las sábanas limpias pero de un color percudido, ni tampoco a lo que pudiera haber en relleno de la almohada. Se dio un baño y procedió a sus oraciones vespertinas, consciente de que no debería perder detalles en su adaptación como

Keled Jaume. Lo primero que haría al día siguiente sería ir a casa de la señora Manzur; se hubiera alojado allí, pero prefería mantener su independencia, así no tendría que informar adónde iba. Esa misma noche iría a la tienda de la madre de Nasrim. Era la parte que menos le agradaba del asunto, pero debía hacerlo. Tal vez obtendría alguna pista acerca de Daniel, era una remota posibilidad, pero debía intentarlo.

Una temperatura de unos 14°C hizo la caminata bastante agradable. Las calles estaban desiertas, con una oscuridad solo quebrada por uno que otro haz de luz tenue, que salía de alguna ventana o de los escasos faroles con bombilla. Desde el mercado de frutas caminó catorce cuadras con sus sentidos en alerta hasta distinguir la tienda. Esperaba que Mamá Farah siguiera ocupando la misma habitación. Después de aguardar entre las sombras unos diez minutos, cruzó la calle y lanzó un par de piedritas a la ventana del segundo piso. Era tarde, pero no tenía otro remedio, confiaba en que la madre de Shamal pudiera escucharlo, siempre había sido una mujer que parecía dormir en estado de alerta. No se equivocó. Vio moverse las cortinas y luego de un momento se abrió la puerta.

—Kevin… —susurró la voz. Pasa, no te quedes ahí—. A pesar de la barba supe que eras tú, hijo mío, Alá te ha enviado, podría reconocer tus movimientos entre miles.

—Gracias, mama Farah. No puedo venir de día, sería peligroso para ustedes.

—¿Qué te trae por aquí a estas horas? Pensé que te habías retirado del ejército. Vienes por Daniel… ¿cierto?

Kevin puso un dedo en sus labios. No deseaba despertar a Nasrim.

—Sí. Pero nadie debe saberlo, sería peligroso. ¿Sabes algo de él? ¿Por qué estaba en el campamento de refugiados? Fue allí donde lo atraparon. Supongo que ya se casaron él y Nasrim —dijo bajando más el tono de voz.

—No. Esperaban hacerlo después de su última misión, íbamos a vivir en los Estados Unidos. No podían casarse aquí porque sería peligroso para Daniel y también para Nasrim, pero mira ahora… Lo último que sabemos es que lo tienen los de al-Qaeda.

—¿De quién fue la idea de postergar la boda?

—De ella, ya tú sabes cómo es de terca.

—¿Cómo está?

—Ya te imaginarás. Desolada. Se alegrará de saber que irás por él —respondió animada la mujer haciendo un ademán de ir a buscarla.

Él la retuvo de un brazo.

—Escúchame bien, mamá Farah. De ninguna manera soy Kevin. Ahora tengo otro nombre, pero no creo que te sirva de nada saberlo. Dime todo lo que sepas de lo que estaba haciendo Daniel cuando fue atrapado.

—Creo que mejor deberías hablarlo con Nasrim.

—No. No quiero que ella se entere de nada, mamá Farah. Cuantas menos personas sepan que estoy aquí, mejor. Prométeme que no le dirás que me has visto.

—Lo prometo, hijo. Con mi vida.

—Ahora dime qué es lo que sabes de Daniel.

—Según Nasrim, dijo que iría como infiltrado a un campo de refugiados porque le habían pasado el dato de que la gente de al-Qaeda reclutaba allí. Tenía conocimiento de que alguien de su organización en los Estados Unidos, un norteamericano, era el contacto principal y lo último que sé es que había encontrado un buen amigo que lo iba a ayudar. Tenía que comunicarse con él la noche que lo atraparon. Después de eso no supimos más, aunque Nasrim cree que está con vida.

—¿Por qué? ¿Qué le hace suponer que no lo mataron ya?

—No sé cómo ella presiente las cosas, Kevin, o cómo se entera.

A veces la mente de Kevin funcionaba a la velocidad de la luz. En esos momentos los nombres, números, preguntas, respuestas, suposiciones y sospechas interactuaban como si fuesen chispas de electricidad.

—Escucha atentamente, mamá Farah: no sé si tenga oportunidad de venir otra vez, pero es importante que me des un número al que te pueda llamar. No debe ser el teléfono que siempre usas, compra uno desechable y ve al Fruit Market mañana. Encontrarás el dibujo de un árbol en el muro izquierdo como el que solías hacer cuando yo era pequeño, ¿recuerdas? Debajo escribe el número en varias filas, como si fuera una suma. Lleva un velo verde y quédate un rato allí. De vez en cuando acomódate el velo, muévelo, que parezca que lo aireas. Procuraré permanecer en la ciudad hasta el mediodía para tomar nota del número. Y lo más importante: no se lo digas a Nasrim. Su vida puede correr peligro.

Le dio unos cuantos billetes que la mujer rechazó con energía.

—No, Kevin, ya has hecho suficiente por nosotros y no lo necesito. Haré todo exactamente como me has dicho, exactamente así.

—No olvides llevar siempre el teléfono, y tenlo pegado a tu

cuerpo, sin sonido, solo ha de vibrar. Nadie más debe saber que tienes ese teléfono. Mucho menos, Nasrim. Ahora debo irme, mamá Farah, ma'a as salaama.

—Inshallah!—clamó bajito la mujer, y cerró la puerta con sigilo.

Subió las escaleras, pasó por la habitación de Nasrim, abrió la puerta y vio que dormía profundamente. Su hija siempre había tenido el sueño pesado. Nunca fue de las que se levantan de madrugada para ayudar con los quehaceres. Entre sus cualidades estaban la de cocinar bien y ser una buena administradora en la tienda, pero sacarla de la cama por las mañanas seguía siendo una tarea difícil.

Kevin caminaba rumbo a «La Flor de Peshawar» con un nudo en el pecho y los sentidos inundados del olor a Nasrim.

Capítulo 18

En un rincón en penumbra, como casi todo el restaurante del chino Lu, Charles Day aguardaba a Joe. Anochecía, prefería esa hora para que no tuviera el pretexto de volver al trabajo. En el local, bastante más concurrido que la vez anterior, probablemente por ser día viernes, se unían las voces de los comensales con el característico chillido de las cantantes chinas que aparecían en las pantallas situadas en puntos estratégicos. Justo se veía una en la esquina frente a él. Se le antojó comer tallarines de arroz con pato agridulce; lo ordenó, y también una Coca Cola. Cuando vio llegar a Joe, tenía los tallarines colgando de los palillos camino a la boca.

—Hola, brother, ¿puedo pedir lo mismo?

—Claro, lo que quieras.

Joe pidió además una cerveza.

—¿Qué averiguaste?

—El asunto es un poco raro. El expediente de Joanna Martínez Fernandini es bastante parco. Te lo copié. —Le extendió unas hojas.

Lo primero que hizo Day fue mirar la foto. Era ella, no cabía duda. Había múltiples entradas y salidas del país, todas de pocos días, solo un par eran de más de una semana. Más o menos lo mismo que figuraba en el informe que él tenía. La última entrada coincidía con el viaje de Kevin a Perú. Debía corroborarlo con algunos datos que guardaba. El expediente tenía un sello de prohibición de entrada a los Estados Unidos. No obstante había una nota que ponía: «Informante - Agente Encubierta».

—¿Qué averiguaste de Robert Taylor?

—Aquí sí que existe algo muy extraño. Parece que es un contacto de la DEA pero no trabaja directamente con ellos y el nombre no es real. No existe en el sistema. En ningún sistema. No hay entradas ni salidas del país con ese nombre. Lo averigüé incluso con la NSA y hay dos, pero uno es un anciano de ochenta y dos años y el otro es un enfermo mental que está recluido en un sanatorio. De manera que debe de ser un alias. Sin embargo hay algo que creo que te podría interesar —dijo Joe mostrando una fila de dientes contrastantes con el color de su rostro, que rezumaba satisfacción.

—¡Dime ya! —apuró Day.

—Una mujer que trabaja en el Servicio Exterior vio al hombre que decía llamarse Robert Taylor el día que arrestaron a la tal Joanna. Ella se encontraba en el aeropuerto y le pareció raro verlo ahí en ese asunto.

—¡Vaya! ¿Y cómo es que esa mujer conocía al tal Taylor? ¿Trabajan juntos?

—No precisamente —aclaró Joe distendiendo la frente como cuando los caballos se disponen a relinchar.

Day esperaba impaciente. Había dejado de sorber los tallarines mientras el otro esperaba alguna señal para seguir hablando.

—¿Lo vas a soltar o no?

—Sabes que tengo contactos en todos los niveles. En este caso se trata de una persona muy especial.

—¿Una novia de él?

—¡No!

—Una secretaria…

—¡No!

—Pues dilo de una vez, hombre, no juegues más a la adivinanza.

—Es una mujer que hace la limpieza en la Oficina de Seguridad Diplomática, en la propia 2201 de la calle C. El edificio Harry S. Truman, ni más ni menos.

—Es la sede del Departamento de Estado. ¿Es ahí donde trabaja el tipo? ¿Cuál es su cargo?

—Bueno, esa información no la tengo, ella no me la supo dar. Verás… es pariente mía, yo la recomendé como persona confiable, ya sabes que no dejan entrar así como así a nadie en los organismos de ese nivel. Pero ella sólo limpia, nada más, en el turno de las tardes…

—Pero podrá averiguarlo, ¿no? Es prioritario. Una cuestión de seguridad nacional, Joe.

—Ya lo sé, pero no puedo exponerla a ningún peligro, necesita su empleo y tiene que mantener a tres hijos porque el marido la dejó.

—Lo único que debe hacer es fijarse en qué oficina trabaja

y qué cargo ocupa, cuál es su verdadero nombre, no es mucho pedir. Pero no debe preguntar, nadie debe saber que estamos investigando a Robert Taylor porque podría peligrar la operación.

—¿La operación? —El blanco de los ojos de Joe se agrandó—. No me digas que estamos en una operación secreta. Amigo, ese no fue el trato.

—Tranquilo, es la costumbre de hablar en esos términos. Tú solo dile a tu parienta que haga lo que te he dicho. Será muy bien recompensada. Y que no anote nada.

—Difícilmente podría anotar algo. No sabe leer. Es una mujer de cincuenta y tantos años que por primera vez tiene un buen empleo…, no vayas a echarlo a perder ahora… Mejor no la hubiera nombrado.

—Joe, no puedo explicarte, pero debes saber que esto es importante, demasiado, ¿comprendes? Solo hazlo. Díselo, por favor. También para ti habrá recompensa, te lo garantizo. Ahora, dime, ¿cómo es que tu parienta se enteró de que andabas tras la pista de Robert Taylor?

Joe torció el gesto.

—Bueno, estaba yo anoche en casa revisando estos papeles que te traje cuando caí en la cuenta de que ella trabajaba para la DSS. Solo por no dejar pasar el asunto le pregunté si alguna vez había visto a la mujer de la foto. Y si algo tiene mi tía es que no sabrá leer pero, si ve un rostro, lo recuerda aunque esté disfrazado. Así surgió la conversación. Me dijo que la mujer parecía tener alguna relación con un hombre que trabajaba donde ella hace el aseo, porque los había visto irse del aeropuerto en el mismo taxi. Mi tía estaba un poco molesta porque ese día se acercó a él para saludarlo y el hombre no le prestó atención.

Charles Day finalmente sonreía. Si algo había aprendido en la vida era que la información podía llegar por los caminos más insospechados. Lo único que tenía que hacer era esperar a que la tía de Joe les diera la información.

—Gracias, Joe. De verdad, estás haciendo un trabajo increíble. ¿Le preguntaste qué aspecto tiene el que dice llamarse Robert Taylor?

—No lo pensé. Estaba más interesado en saber de Joanna.

La sonrisa desapareció gradualmente del rostro de Day.

—Está bien, Joe, pero cuando vuelvas a ver a tu tía le preguntarás, ¿no? Que te diga todo, absolutamente todo lo que recuerda de él. Gracias, hermano.

Pagó la cuenta y salió. Al menos ya tenía una pista que en el mejor de los casos podría llevarlo al que atentaría contra la vida del presidente. Esperaba que Kevin Stooskopf por su lado estuviera tras la de Daniel, quien con seguridad sabía mucho más.

Capítulo 19

Ian Stooskopf trató de comunicarse con Joanna pero fue imposible. En su lugar contestó un hombre hablando español. Y todas las veces que llamó fue así. Supuso que había tirado el teléfono a la basura, lo que quería decir que no deseaba saber nada más de él. Colgó, con un gesto de desdén. Si quisiera podría ubicarla en un dos por tres, lo único que tenía que hacer era comunicarse con la DSS y dar sus datos para que le dijeran cuándo había salido de Lima y hacia dónde. Y fue lo que hizo.

En menos de ocho minutos se enteró de que ella estaba en Venezuela.

—¡Maldición! —gritó sin poder aguantarse.

De todos los países del área tenía que ser ese, en donde era más difícil y complicado obtener alguna colaboración de las autoridades. La DEA había sido expulsada de Venezuela en el 2005 y debido al alto grado de corrupción que existía allí, no se prestarían a informar o localizar a petición del Departamento de Estado a una desconocida a la que a fin de cuentas no se podía acusar de nada. Admiró la astucia de Joanna. Cuando solicitó que revisaran su cuenta corriente, sólo figuraban veinticuatro dólares con unos centavos. Con seguridad tenía otras cuentas con nombres falsos. Los narcos contaban con buenos falsificadores de documentos... Tal vez hubiera sido mejor no prohibirle la entrada al país, así podría tenerla ubicada, pero reconocía que había sido un impulso irracional. A veces su misoginia lo llevaba demasiado lejos. Procuró olvidar a Joanna, no era sino una insignificante pieza dentro de toda la maquinación que urdía en su cabeza. Tampoco era importante saber quién era el maldito número cinco. Estaba seguro de que si Kevin reaparecía en donde tenía previsto que lo haría, sería informado de inmediato. Sonrió satisfecho consigo mismo. Él nunca se había considerado un hombre físicamente fuerte, pero su cerebro suplía con creces esa carencia. Pensó en Kevin y en Daniel Contreras con desprecio. Hasta con cierta lástima. Los inteligentes planeaban las guerras, los soldados eran carne de cañón, eso estaba claro, y si todo salía como lo había planeado se desharía de ellos limpiamente.

Las entidades gubernamentales como el Servicio de Seguridad Diplomática (DSS), el Departamento de Estado, la CIA o la Casa Blanca tienen sus propios cuerpos de limpieza y mantenimiento, no contratan empresas externas. Las personas que trabajan allí son previamente investigadas y para ello existe una dirección que rinde cuentas directamente a la oficina de Recursos Humanos. Para obtener el trabajo de asistente de limpieza en la DSS, la tía de Joe había necesitado, además, una recomendación de su sobrino, como empleado en el Departamento de Archivos de la oficina adscrita a la DEA en Inmigración, donde llevaba siete años, los suficientes para inspirar confianza. Su hoja de servicios estaba limpia y, aparte de algunos permisos por enfermedad, era un empleado eficiente y cumplido. La tía Eleanor obtuvo el trabajo después de pasar por muchas preguntas de rutina y su analfabetismo en realidad no fue obstáculo para conseguirlo. A veces las preferían así para evitar que tuvieran acceso a información confidencial.

Ella se hacía cargo del turno de la tarde. Debía entrar a cada una de las seis oficinas que le correspondían a vaciar las papeleras, quitar el polvo de los escritorios, aspirar los pisos y las cortinas, verificar que la cafetera quedase limpia; había una en cada piso, en un pequeño cuarto con un horno de microondas y una nevera. Se encargaba de que siempre hubiera café, endulzante, crema, vasos desechables suficientes, servilletas y cucharillas plásticas. Algunas personas preferían tomar el café en grandes tazas de cerámica, así que también se ocupaba de que todo aquello quedase limpio y reluciente al final del día. De todos modos la del turno de mañana debía efectuar igualmente la limpieza, porque había gente que trabajaba de noche y tenía tendencia a desordenarlo todo.

—No sé por qué a ese tipo todo le parece mal —comentó Eleanor a la empleada que se encargaba de limpiar la otra parte de la planta.

—¿A quién? —preguntó la mujer, mientras desenchufaba la enorme pulidora de la pared.

—Al que trabaja allí —dijo Eleanor, señalando una de las oficinas con su largo y oscuro brazo.

—¿El señor Ian Stooskopf? No le hagas caso. Es así con

todos. Creo que también con ellos —dijo, refiriéndose a los otros empleados—. Y eso que no has visto cómo trata a su secretario.

—Me lo encontré en el aeropuerto de Los Ángeles cuando fui a visitar a mi sobrina. Lo saludé y me hizo a un lado.

La mujer rió con fuerza.

—¿Que hiciste qué? ¡Ese no saluda ni a su madre!

—Debe de ser muy importante.

—Algo, sí. Pero yo no le hago caso. Mi trabajo es limpiar el desorden que dejan y lo demás no es de mi incumbencia y eso funciona para mí.

—Lo único bueno de él es que es de los que menos ensucia —agregó Eleanor.

Misión cumplida, dijo para sí. Le excitaba pensar que era una espía, sabía que trabajar para la Central de Inteligencia era estar en contacto con muchos agentes, como esos que se veían por televisión, pero «formar parte de una operación» la hacía sentirse importante. Su sobrino había sido muy claro: «Nadie más debe enterarse». ¿Y cómo rayos se suponía que debía adivinar el nombre de ese individuo? Miró a su compañera y pensó que lo había hecho bien, nada que despertase sospechas. Mejor no lo habría podido hacer, ni en Homeland podrían haber filmado una escena como la que acababa de protagonizar. Alisó su uniforme sobre su largo y delgado cuerpo y siguió vaciando las papeleras mientras su compañera hacía lo propio.

Charles Day no podía creer lo que le decía Joe frente al carrito de perros calientes.

—¿Estás seguro de que el nombre es Ian?

—Del nombre estoy absolutamente seguro. Del apellido no puedo fiarme mucho porque mi tía dijo que era «Stoskop». ¿Sabes quién es?

—No —mintió Day.

—Brother… es lo más que puedo hacer por ti. Si la tía Eleanor se pone a preguntar qué cargo ocupa y a qué se dedica el Ian ese, puede perder el empleo.

—No te preocupes, Joe, creo que con esto será suficiente. —Le alargó un sobre.

—Gracias, Charly, ya sabes, cualquier cosa que se te ofrezca…

—Mantén absoluto secreto. Es lo que importa.

—Tranquilo. Esta boca es una tumba.

El famoso Robert Taylor era el hermano de Kevin Stooskopf. ¿Qué relación tendrían ellos? Kevin no debía de estar enterado, pues fue quien le dio el nombre de Robert Taylor, de manera que Ian actuaba por su cuenta.   ¿Qué tramaba? ¿Por qué enviar a Joanna a espiar a Kevin? Porque claramente se trataba de eso. Tendría que averiguarlo. No lo consultó con Brennan, debía darle resultados, no problemas. Tomó rumbo al Oeste de Washington, hacia uno de los barrios más antiguos de la capital, conocido como Foggy Bottom por la niebla que había en los tiempos en que era un barrio industrial pobre, de inmigrantes irlandeses y alemanes. Hoy en día el rostro de esa parte de la ciudad ha cambiado mucho, allí se encuentran entidades como el Banco Mundial, el Fondo Monetario Internacional, la Organización de Estados Americanos, y hasta el complejo de oficinas y departamentos de Water Gate.

Así como se menciona La Moncloa para designar al gobierno español; el número 10 de Downing Street, cuando se trata del gobierno británico, y el Kremlin para indicar al gobierno ruso, en Estados Unidos, cuando se dice Foggy Bottom, todo el mundo sabe que se trata del Departamento de Estado, lo equivalente al Ministerio de Relaciones Exteriores, un sobrio y antiguo edificio de siete pisos de color beige con más apariencia de hospital que de centro donde se dirige la diplomacia mundial. Day enseñó su carnet al vigilante y entró con el coche al estacionamiento subterráneo.

Sabía dónde quedaba la oficina de Ian Stooskopf, pasó el control de seguridad de rutina y entró al ascensor con dos personas más. Pero cuando llegó a la planta donde se dirigía, cambió de idea. Volvió a bajar y regresó al estacionamiento. ¿En qué estaba pensando? No podía llegar y preguntarle por Joanna, por qué espiaba a Kevin, o por qué se hacía pasar por Robert Taylor. Era la primera vez que había estado a punto de cometer un grave error, la falta de sueño le estaba afectando. Suspiró con alivio cuando se encontró dentro del coche, por poco echaba todo a perder. Tenía que pensar cómo mantener vigilado a Ian. Necesitaba a alguien que lo siguiera y lo tuviera al tanto de cada paso que diera. Tendría que hablar con un par de agentes para que se pudieran turnar, en algún momento cometería algún error, iría a algún sitio específico, haría una llamada sospechosa. Tendría que intervenir sus teléfonos, el de la casa y el celular. Es así como se hacen las cosas, no yendo a preguntarle. A veces la desesperación le hacía desear el camino más corto, pero la experiencia le había enseñado que con sigilo y sutileza se lograba mucho más.

Dentro de Foggy Bottom tenía un contacto. La tía Eleanor.

Ella tendría que llevar un teléfono e indicarle cuando Ian saliera, para que los que estuvieran fuera pudieran seguirle a distancia.

Cuando le dijo a Joe que necesitaba que su tía se encargara de eso, puso el grito en el cielo, como era de esperar. Pero Day supo ser convincente y la tía Eleanor se convirtió en una especie de agente encubierta. Ella estaba encantada, jamás nadie le había prestado tanta atención, aquello le parecía un juego, pero era consciente de que no lo era y que debía actuar con mucho cuidado. Ya no más preguntas o conversaciones con el resto del personal acerca de Ian Stooskopf. Únicamente observar e informar si veía algo fuera de lo habitual en su turno. Y callar.

Capítulo 20

Kevin se levantó temprano y realizó sus oraciones después de asearse. Se fijó en la tarjeta de Baryala y se preguntó qué papel jugaría. Todo parecía indicar que su encuentro con el hombre no era casual, y como no quería dejar cabos sueltos, resolvió llamarlo para hablar con él acerca de la posibilidad de encontrar algún empleo; de esa manera tantearía el terreno y vería si era simplemente un buen hombre de negocios que le había permitido volar en primera clase. Después de tomar desayuno pidió prestado el teléfono que descansaba sobre el mostrador de la recepción que hacía de barra al mismo tiempo. Llamó al número celular, porque supuso que a esa hora estaría todavía en su casa.

—¿Señor Baryala?

—Sí. El mismo.

—Soy Keled Jaume. Lo llamo porque usted dijo que tal vez podría ayudarme...

—¿Necesitas alojamiento?

—No, no; estoy en la pensión turística «La flor de Peshawar».

—¡No puedes quedarte ahí!, podrías contagiarte de alguna enfermedad, Alá no lo permita.

—Estoy bien, no se preocupe por eso, señor Baryala, solo busco trabajo. Es lo que necesito en este momento.

—¿Qué sabes hacer?

—De todo un poco. ¿No necesita usted un chófer? ¿O un guardaespaldas?

—No. Yo no. Soy un hombre bien querido, Keled. Vivo tranquilo y me ocupo de mis asuntos, pero tal vez podrías... ¿Sabes manejar armas?

—Sí.

—¿Por qué no vas a mi oficina más tarde? Tienes la dirección en la tarjeta.

—Si puedo lo haré, señor Baryala. Hoy he quedado en encontrarme con unas personas que quizá tengan un empleo para mí.

—¿Sí? ¿Quiénes?

—No creo que usted los conozca, señor Baryala, yo mismo no estoy seguro de quiénes sean, pero quiero probar suerte.

—Que Alá te acompañe; y, si no resulta, sabes que puedes contar conmigo.

—Muchas gracias, señor Baryala. Lo llamaré.

Abdulah Baryala sonreía satisfecho. Había sido un acierto elegir al hombre que tanto había dado que hablar a los diarios de Londres cuando fue recluido en Belmarsh por traficar con mujeres occidentales. A través de Manzur pudo averiguar más acerca de él. Parecía que detrás de su fachada de internauta buscamaridos existía algo diferente y en esos días, cuando las cosas no estaban muy bien para la organización, un hombre valiente que creyera en la causa podría inyectarle vitalidad. La carta había llegado a su destino, había sabido enfrentarse con los hermanos de Manzur que no eran unos angelitos y, lo más importante: había cumplido su palabra. Parecía un hombre confiable. Y por lo que veía, bastante ingenuo.

Capítulo 21

La madre de Nasrim dejó el desayuno preparado y salió temprano cuidándose de llevar consigo la yilbab verde. Esperaba encontrar algunos negocios de telefonía celular abiertos después de hacer las compras en el mercado. No quería comprar el teléfono en los sitios conocidos, su instinto le decía que era mejor hacerlo de una manera discreta, sin que Nasrim se enterase de la adquisición, así evitaría preguntas y tener que faltar a la promesa que le hiciera a Kevin. Para ella cualquier cosa que hiciera o dijera Kevin era buena, su confianza en él era a prueba de todo. En lo profundo de su corazón, su resentimiento hacia Nasrim se cocinaba a fuego lento. Hubiera querido que su hija lo amase, que le diera nietos con la sangre de Kevin, un hombre como pocos, buen hijo, sería un buen marido y un buen padre. Pero Nasrim, criada de una manera diferente a la de las demás mujeres de Pakistán, por la falta de padre, adoptó algunas de las costumbres occidentales, como el ansia de superación y una cierta rebeldía.

La señora Farah cavilaba mientras sus pasos la conducían a una zona alejada donde pudiera comprar el teléfono móvil. Daniel era un hombre demasiado débil para su hija. Accedía a todos sus caprichos sin rechistar, como el nefasto día en que decidió entregarle a Kevin su virginidad. Un acto que jamás aprobó porque él fue la víctima. Odió a Daniel por prestarse a semejante bajeza. Lo sintió como una burla a Kevin, él no se merecía ese trato, y su hija… Después de aquello, lo mejor hubiera sido que se casara de inmediato con Daniel, pero fue dando largas al asunto hasta que él, desesperado, aceptó una misión que podía conducirlo a la muerte. Ni aun así ella cejó en su afán de dejar para más adelante el matrimonio. Ya era una mujer de treinta y cuatro años, ¿quién querría casarse con ella? Mucho menos sabiendo cómo era, y en un lugar como el barrio donde vivían, donde todos se conocían, era difícil, por no decir imposible. Con Kevin hubiera sido diferente, él tenía carácter y le hubiera enseñado a ser una mujer de bien, dedicada a su casa, a sus hijos, como todas las mujeres decentes.

Ah, Nasrim... hubiera preferido tener dos hijos varones porque casi sería lo mismo, pensó la mujer. Sus desapariciones eran otras de sus fuentes de preocupación. A veces salía y no le decía adónde iba, o le daba extrañas excusas como un curso nuevo de gramática inglesa o nuevos métodos de comunicación en la red. También le dio por enseñar inglés en una escuela, y el dinero que cobraba lo guardaba celosamente, como si pretendiera amasar una fortuna. A veces tenía la impresión de que se veía con alguien. Pero ¿con quién? Desaparecido Daniel, no tenía la menor idea. Se detuvo frente a una tienda que acababa de abrir. Una serie de teléfonos móviles y carcasas de todos colores se desplegaba en el aparador.

—Buenos días. Busco un teléfono desechable.

—Le aconsejo comprar un smart, los desechables no dan resultado, no tienen cámara con...

—Quiero uno desechable.

Después de un buen rato tratando de convencerla de las bondades del Android, el comerciante se dio por vencido y tras un intenso regateo mamá Farah salió con un desechable con línea y número. Regresó al Fruit Market, muy concurrido a esa hora de la mañana, y tal como le había indicado Kevin anotó el número debajo del arbolito. Después sacó el velo verde del bolso. Lo sacudió varias veces como si quisiera quitarle el polvo y lo puso sobre sus hombros. Minutos después lo volvió a sacudir y más tarde regresó al puesto de frutas donde había dejado su compra anterior, la recogió y tomó un autobús para regresar a casa.

Arriba, el Sentinel había visto el velo verde, había grabado la escena y las cámaras de alta resolución habían captado el número escrito en la pared, debajo del arbolito. Los controladores no imaginaron la importancia que el asunto podría tener, ellos se limitaron a cumplir la orden de grabar un velo verde y lo que fuera que estuviese escrito en la pared del Mercado de Frutas debajo de la figura de un arbolito. Media hora más tarde, el Sentinel, que tenía sus visores fijos en el mercado, vio a un hombre vestido a la usanza pakistaní ir al muro donde estaba el número, leerlo atentamente y mirar hacia arriba. A partir de allí, no lo perdieron de vista. Las imágenes del velo verde, del arbolito y del hombre llegaron al centro de comunicaciones del ejército estadounidense en Tampa, Florida, y éstos a su vez las enviaron al cuartel general de la CIA. Allí Charles Day las recibió y las guardó en su ordenador portable. Eran de una claridad impresionante, el número se leía perfectamente y reconoció a Kevin Stooskopf. Una vez anotado, grabó el archivo. Sabía que todo estaba saliendo bien y, que según la información que solicitó de inmediato, el número correspondía al de un teléfono desechable comprado esa mañana en Peshawar a nombre de la señora Farah. Dedujo que era un elaborado plan en el que no debía intervenir, pero al que sí prestar atención. Se sentía optimista, el Sentinel había ubicado a Kevin y se encargaría de no perderle la pista, al menos era lo que esperaba.

Después de memorizar el número, Kevin enfiló hacia la casa de la madre de Manzur, a buen ritmo, pues no quería llegar tarde para no despertar sospechas. Esta vez los hermanos se mostraron atentos aunque un poco distantes, y después de que Kevin subiera a saludar a la señora Manzur, se enteró de que sería trasladado a otro lugar.

—Keled, vamos a vendarte los ojos. El lugar adonde iremos es secreto. Son medidas de seguridad.

—No hay problema —respondió Kevin.

Lo metieron en la parte de atrás de la furgoneta sin ventanas. Uno de ellos le vendó los ojos con un trozo de tela negra bastante ancho y suficientemente grueso como para no dejar pasar la luz, y salieron de Bakhshi Pull.

Enfilaron hacia el sur rumbo al aeropuerto y luego de unas cuantas vueltas por Badabher entraron en una especie de garaje. Un lugar de aspecto sórdido en el que algunos vehículos parecían estar en reparación o eran despiezados por algún otro motivo. Sin quitarle la venda de los ojos lo metieron a un sedán de color tierra.

—Necesitamos que te acuestes en el asiento trasero —dijo uno de los hermanos Manzur.

Kevin obedeció sin responder.

Capítulo 22

Kevin esperaba que los operadores del Sentinel estuvieran atentos a lo que sucedía, porque salió en un auto distinto del que había llegado, y por una puerta diferente. Se abrió un portón interno y rodaron cuesta abajo por un momentos, entraron en un camino de aproximadamente veinte metros y luego empezaron a subir. Poco después estaban en una de las callejuelas de Badabher, un barrio conocido por su mala reputación. Enfilaron hacia la carretera que los llevaría a la autopista Islamabad-Peshawar que los dirigiría hasta Charsadda. Kevin pudo notar el cambio de inmediato; el terreno se volvió regular. Sospechó que a partir de allí estaría solo.

Los del Sentinel no despegaron la vista del sitio donde había entrado la camioneta blanca. Tampoco vieron salir a ningún otro coche, por lo que dedujeron que el hombre del Fruit Market seguía allí. El A1, como les había indicado Charles Day.

Si algo había aprendido Kevin era a calcular el tiempo. Según sus cuentas llevaban media hora por esa autopista cuando de pronto sintió que el vehículo daba un giro pronunciado, que podría ser en U. El camino se tornó menos plano; la lentitud del coche y los baches y tumbos indicaban que era una vía secundaria en constante ascenso. Finalmente se detuvieron, lo sacaron del coche y lo guiaron hasta un lugar donde bajó seis escalones. Una vez abajo lo condujeron a una de las habitaciones, le quitaron la venda y lo dejaron solo. No tenía idea de dónde se encontraba.

Un cuarto sin ventanas con una pequeña abertura cubierta por una rejilla en una de las paredes, dos sillas, una mesa y un bombillo de luz incandescente pegado del techo. No parecía una prisión sino un lugar de interrogatorio. Estuvo una hora y diez minutos, según su reloj, esperando que alguien abriera la puerta, sentado con los brazos cruzados, sin tocar la mesa. Por fin entró un hombre de mediana edad, con un turbante blanco, vestido con ropa parecida a la de él. Kevin se puso de pie.

—Assalam alaikum —saludó el hombre en árabe.

—Alaikum assalam —respondió Kevin.

—¿Cuál es tu nombre?

—Keled Jaume.

—¿Por qué viniste a este país? ¿Qué es lo que buscas?

—Vine a quedarme en Pakistan o, si es posible, regresar a Afganistán, donde nací. Traje una carta para la madre del señor Manzur, quien se encuentra en Londres.

—Manzur. Estuviste en Belmarsh, donde esos perros infieles lo tienen desde hace tantos años. ¿Y cómo fuiste a parar allá?

Kevin le relató con lujo de detalles todo lo que había repetido mil veces en su mente, mientras el hombre no dejaba de observar sus ojos o cualquier movimiento que hiciera con las manos, mientras de vez en cuando anotaba el nombre de algún lugar, una dirección, un apellido…

—Solo deseo encontrar un trabajo que me permita servir al islam. Yo no pertenezco a Occidente, me crié allá porque Alá lo debe haber querido así —terminó Kevin.

Estas últimas palabras parecieron calar en el hombre.

—Alá nunca deja nada al azar, hermano. Es la hora del rezo.

Tocó levemente la puerta y al abrirse pidió una tinaja de agua y dos alfombrillas. Después de las abluciones, Kevin imitó la dirección en que orientó el hombre la alfombrilla y ambos oraron.

—Manzur se sacrificó por la causa, es un hombre que no te habría enviado si no estuviese seguro de ti, pero debes comprender que también tenemos nuestros filtros de seguridad, no deseo que te sientas incómodo, te llevarán a otra habitación donde permanecerás el tiempo necesario, pero de ninguna manera pienses que estás prisionero.

Antes de retirarse el hombre lo miró por un momento.

—¿Dónde aprendiste a pelear así? Los Manzur dijeron que los redujiste en unos segundos.

—Cuando estuve con las Naciones Unidas para ayudar a los refugiados de Afganistán me entrenaron los soldados norteamericanos. Soy buen observador y aprendí a defenderme.

El hombre mostró por primera vez sus dientes amarillentos, asintió con la cabeza y salió. Al cabo de unos minutos entraron dos hombres y después de los saludos de rigor lo condujeron a un cuarto.

—Los baños están aquí —dijo uno de ellos antes de llevarlo

a la habitación.

—Gracias —respondió Kevin.

—Mi nombre es Radi, vendré dentro de una hora para que nos reunamos para la cena. Te dejo con Alá.

—Que la paz y bendiciones de Alá vayan contigo, hermano, gracias.

Una pequeña ventana que daba a un patio vacío, una colchoneta, mantas, una alfombrilla para los rezos y su morral adornaban la habitación de cuatro metros por tres. Salió hacia los baños, donde había un trozo de jabón y un rollo de papel higiénico. Una toalla desgastada colgaba de un lado de una de las duchas. Nada mal, pensó. Estuvo en lugares peores. Todo tenía un olor a tierra húmeda mezclada con aire de pradera. Dedujo que debía encontrarse en algún lugar cercano a alguna huerta o un sitio con vegetación, tendría que ser al norte de Peshawar, algún distrito con tierras fértiles y, que él supiera, esas quedaban al norte. La época de lluvias había empezado en esa zona del mundo, los monzones azotaban año tras año dejando inundaciones por doquier pero las tierras más afectadas generalmente colindaban con la India. No obstante la humedad que se percibía en las paredes el aroma era agradable, para el olfato de Kevin hasta resultaba fresco. Lo que más llamaba su atención era el tipo de construcción. No estaba hecha a base de ladrillos de lodo hueco y revestidas de yeso, ni la disposición del lugar se asemejaba a cualquier casa que él hubiera imaginado podría alojar a un grupo terrorista. Eran materiales nobles, resistentes al clima de esa zona: ardiente en el verano y helado en invierno y, especialmente resistentes a las lluvias monzónicas que tantas tragedias acarreaban en su paseo anual. El contar con agua corriente y duchas ya era en sí todo un privilegio. Se notaba que en ese lugar se había invertido dinero.

Después de más de tres horas «conversando» con el hombre que lo interrogó, de quien no supo el nombre, sentía la garganta reseca. Tomó agua del grifo y esperó a que lo llamaran para la cena.

Radi, un jovenzuelo de unos quince años, se presentó antes de que transcurriese una hora y lo guió por unos pasillos con puertas, algunas abiertas y otras cerradas, hasta el lugar de donde provenía el murmullo de voces. Sentados alrededor de un mantel en el suelo se encontraban quince hombres. Ninguno de ellos eran los Manzur, quienes al parecer solo habían cumplido con dejarlo allí. Se sentó al lado de Radi después de recibir la invitación y como si se hubiesen puesto de acuerdo juntaron sus manos y murmuraron: «Bismillah», lo equivalente a: «en el nombre de Dios». El hombre que lo había interrogado tomó la palabra en pashtún.

—Hermanos, nuestro siempre recordado Manzur, que Alá lo proteja, nos ha enviado a Keled, un buen hombre que salvó su vida y nos trajo su mensaje. Espero que sea bien recibido y tratado por todos como un hermano más. ¿Tienes algo que decir, Keled?

—Alá es grande y me puso en buen camino. El señor Manzur era como mi padre y por eso lo protegí así como estoy dispuesto a proteger la ley del islam contra los infieles y si es posible a sacrificarme en nombre de Alá.

—¡Alá es grande! –se escuchó como un solo grito.

Procedieron a la comida, dos fuentes de abundante arroz y varias de cordero, ensalada y después mucho té, que fue lo que más deleitó a Kevin, los comensales aflojaron la lengua y mientras apretaban el arroz con los dedos para llevárselo a la boca recordaban anécdotas, algunas demasiado ingenuas para el gusto de Kevin y otras demasiado sangrientas. ¿Cómo entender a esta gente?, se preguntaba. Las mujeres que los atendían estaban cubiertas. Solo sus ojos sobresalían entre los mantos y camisones sobre sus vestidos, nunca las escuchó decir una sola palabra y Kevin podía jurar que algunas de ellas eran occidentales.

Terminada la cena se retiraron y Radi se acercó a Kevin.

—La oración es a las cinco de la mañana. Si no llueve la haremos en el patio, el que puedes ver desde tu ventana. Si llueve, aquí. —Señaló el sitio donde habían comido.

—Te dejo con Alá —se despidió Kevin y se dirigió a su cuarto.

Le parecía raro que pudiera ocupar un cuarto para él solo, en sus incursiones había observado que esa clase de gente dormía toda junta en colchonetas pegadas de las paredes, o como pudieran acomodarse. ¿Dónde estaba metido?

Capítulo 23

Si había algo que Ian Stooskopf sabía hacer bien era manipular a las personas. Lo había aprendido desde pequeño. Siempre que su padre prestaba más atención a Kevin, sabía ingeniárselas para que las miradas, sin que nadie notara cómo lo hacía, fueran hacia él. Y allá iban, incluso el propio Kevin, a resolver cualquier problema que Ian tuviera: una caída, una indigestión o simplemente su eterna miopía, que le exigía usar unos anteojos que detestaba. De mayor se operó los ojos en cuanto tuvo oportunidad y comprendió mejor a las personas que hacían uso de la cirugía plástica para mejorar su aspecto, pero solo en caso necesario. No admitía mujeres artificiales. Y las naturales le producían rechazo. No es que fuese homosexual, porque tampoco le atraían los hombres, pero odiaba la naturaleza de las mujeres, especialmente la forma de obtener sus deseos.

Solo hubo una que siempre le pareció normal, pero en aquella época poco importaba lo que él pensara. Y ella parecía no tener interés en nadie, menos aún en él, aunque en alguna ocasión, al cruzarse sus miradas le hubiera parecido percibir algo que iba más allá de lo que sus pocos años sabían interpretar. Nasrim, la hermana de Shamal, era una niña preciosa, pero eso ni Kevin ni Shamal parecían advertirlo. Sus juegos rudos alejaban a Ian, y sus constantes salidas con grupos de amigos le permitieron pasar más tiempo en casa, en donde estudiaba con disimulo las idas y venidas de Nasrim, siempre ocupada, siempre limpiando, recogiendo el polvo que en esa zona del mundo tendía a acumularse con tanta facilidad, aunque vivieran en una casa con las comodidades de Occidente. Un polvo que parecía filtrarse a través de las rendijas de las ventanas, de las puertas y de la mente de Ian.

Tenían la misma edad. En ocasiones ella dejaba su cabellera libre del hiyab, cuando pensaba que nadie la veía, pero los ojos de Ian la observaban y también al resto de ella que, aunque cubierto con pantalones anchos y larga túnica, dejaba entrever sus formas perfectas, simétricas, sus movimientos gráciles de niña que se transformaba en mujer. Cuando se trasladaron a los Estados Unidos, lo que más extrañaba de aquellas tierras eran las horas tranquilas observando de lejos a Nasrim, y las veces en que ella le dejaba el té en el escritorio acercándose sigilosa, casi sin tocar el piso, con la mirada siempre baja, hasta que él se atrevía a preguntarle cualquier cosa, solo por el placer de ver su rostro y sus ojos sumisos.

La primera vez que la vio de adulta fue en uno de sus viajes a Pakistán, en la inauguración de una escuela secundaria financiada por la fundación benéfica de la que él formaba parte. De pronto se encontró observando a una mujer cuyo aspecto le era familiar. Reconoció sus movimientos y antes de que ella se volviera supo que era Nasrim. La miró directamente a los ojos; nadie más podría tener unos iguales. Ella bajó la mirada como cuando eran niños y lo saludó sin darle la mano. Estaba informada de que asistiría un alto funcionario de la embajada llamado Ian Stooskopf.

—¿Nasrim?

—Sabbah alkair señor Stooskopf —respondió ella con el habitual saludo árabe.

—Por favor, Nasrim, no me trates de usted, sabes quién soy —dijo él—. No sabía que trabajaras aquí.

—Soy profesora de matemáticas.

El corazón de Ian dio un vuelco. La admiró más que nunca.

—Me alegra mucho saberlo.

—La hora de la presentación ha llegado y todos esperan para agradecer tu presencia —dijo ella, mostrando cierto apuro.

Debía ordenar a los alumnos, organizar a los profesores y situar a los invitados.

—Está bien. Cuando todo acabe me gustaría que conversáramos.

—Con mucho gusto, Ian. Ahora debes venir conmigo, te indicaré cuál es tu lugar.

La ceremonia de inauguración duró más o menos dos horas, cada profesor parecía tener algo que decir, y al final Ian dijo unas cuantas palabras, un pequeño discurso que complació a todos y aplaudieron con alegría. Había ofrecido la donación de una sala con ordenadores y acceso a Internet.

—Mañana será el primer día de clases —dijo Nasrim con orgullo—. Logramos que tu pueblo se apiadara del nuestro, hicimos la construcción en tiempo récord, según las normas actuales para evitar desgracias naturales. Es una escuela piloto, esperamos tener muchas más.

—Me alegra haber hecho una pequeña contribución. ¿Aceptarías tomar un café conmigo?

—Claro, Ian, hace tanto tiempo que no sé nada de ustedes, tendremos mucho de qué hablar.

A nadie le extrañó que ella subiera al vehículo con el representante de la embajada. Nasrim había sido la promotora del proyecto y era la subdirectora de la escuela. El chofer los condujo a un restaurante llamado Celeste, en la zona céntrica. El ambiente era agradable, con palmeras en el exterior y una música ambiental muy propia de la zona. Ian hubiese preferido ir a un reservado pero por respeto a las costumbres se ubicaron en el salón principal.

—No sabía que te ocuparas de labores sociales, Nasrim.

—Ni yo, que tú fueses el benefactor que abogó para que nuestra nueva escuela pudiera hacerse realidad.

—Llegan muchas solicitudes, debemos estudiarlas todas, algunas son inaplicables, pero tomamos muy en cuenta la educación. Muchos de los asentamientos de viviendas recién construidos se hicieron con fondos de algunas importantes asociaciones benéficas —recalcó Ian—. La solicitud de ustedes debió ser una más entre tantas pero, ya ves, debido a eso nos hemos vuelto a encontrar después de años.

—Siempre mantuvimos contacto con tu padre, algunas veces con Kevin; sabes cómo era mamá con él. Además, les debemos mucho.

—No nos deben nada. Olvídate de eso. ¿Ves con frecuencia a Kevin?

—En realidad, no. Muy de vez en cuando llegaban sus cartas por correo, siempre desde diferentes lugares. Me parece que Kevin evita el uso del correo electrónico, creo que su trabajo no le permite mantener contacto con frecuencia.

—Ahhh… Kevin. Kevin y su patriotismo supremo, arriesgando la vida por algo que no le incumbe.

—¿Piensas acaso que él no está luchando en el bando justo?

—Yo creo en lo que creo.

—¿Y qué es?

—Que debemos dejar que cada pueblo haga su propia lucha.

—Es muy fácil decirlo cuando hay tantos intereses de por medio.

Ian examinó la cara de Nasrim.

—¿A qué te refieres?

—Ian, nosotros en particular les debemos mucho a ustedes, me refiero a tu familia, pero no hubiéramos estado en el campamento de donde nos sacaron si no fuera por una guerra desatada por países extraños al nuestro. Primero, los soviéticos; luego, los árabes por medio de Bin Laden, catapultado por el gobierno de los Estados Unidos; y mira en lo que terminó. En la ocupación norteamericana. Los países del Este y del Oeste siempre han interferido con Afganistán y encima, a nosotros, los pashtunes, que no sabemos bien adónde pertenecemos, si a Pakistán o a Afganistán, nos tratan como parias en uno y otro lado.

—Pero debo aclarar algo: las ideas que Bin Laden tenía de Occidente no nacieron con la invasión de los soviéticos; las tenía desde muchos años antes. Aprovechó la coyuntura para hacerse conocido. Un hombre inteligente y bueno, que luchaba por una causa noble y que, al igual que tú, odiaba a Occidente porque interfería en sus vidas y creencias.

—Lo comprendo, pero llevó la religión al fanatismo. —Puntualizó Nasrim.

—Fue la única manera de poner orden en una sociedad salvaje, en la que eran violadas y asesinadas mujeres, niñas y hombres por grupos tribales a los que el gobierno no podía poner freno. Al menos por un tiempo, Afganistán tuvo paz.

—Todos estamos metidos en grupos tribales por una u otra causa. Pero son siempre los señores de la guerra los que terminan haciéndose millonarios a costa de nosotros.

—¿Qué quieres decir con «señores de la guerra»?

—¡Vaya, Ian! Me llama la atención que no comprendas quiénes son. Los que tienen el monopolio de la violencia, naturalmente.

—¿No te has puesto a pensar que es probable que alguno de estos señores de la guerra, como los llamas, tenga razones bien fundadas para hacer lo que hace?

—¿Buscar adeptos a su causa para el terrorismo?

—El terrorismo no existiría si todos ocupasen el lugar que les corresponde. Ahí tienes la lucha eterna entre Palestina e Israel. ¿Quiénes ayudan a Israel? ¿Quiénes a Palestina? Piensa, Nasrim.

—Pues parece que tu Dios no supo hacer bien las cosas, Ian.

Él captó la ironía y admiró la inteligencia de Nasrim.

—Si te refieres a Alá, que es mi dios, estás equivocada. Él supo hacer todo bien desde el principio. Son otros quienes con sus creencias apóstatas lo están echando a perder.

Los ojos de Nasrim cobraron brillo al mirar los de Ian. Él era de los suyos, ¿cómo era posible?, pensó.

—¿Tú no eres cristiano?

—Me convertí al islam hace mucho. Eso no lo sabe mi familia, ni tiene por qué saberlo.

—¿Y cómo puedes vivir en un país en el que no crees?

—En mi país hay más musulmanes de los que la gente piensa. También «yihadistas», como los bautizaron en Occidente para no confundirlos con los demás islámicos.

—Estoy cansada de ver noticias que confunden todo, como los términos «islamista» e «islámico». Y tú, ¿de qué lado estás?

—Ya tendremos ocasión de conversarlo, Nasrim, es demasiado largo para hacerlo en una sola tarde. Disfrutemos nuestro encuentro. ¿Sabes que siempre admiré tu delicadeza y obediencia cuando éramos niños?

—No.

—Yo te observaba, Nasrim, siempre fuiste diferente a las demás chicas. Y creo que lo sigues siendo. ¿Te has casado?

—Si así fuera no estaría aquí conversando contigo. Me dediqué a estudiar, a trabajar, a luchar para que los niños tuvieran oportunidades en su patria y no tuviesen que ir al extranjero…

—Pero pretendientes no te habrán faltado...

—Pocos, en realidad. Yo quiero que me acepten tal como soy y eso es difícil para un hombre corriente de aquí.

—Tenemos mucho en común, Nasrim. Creo que seremos buenos amigos.

—Así lo espero yo también. Ahora debemos irnos, tengo que revisar el programa escolar de los alumnos.

—Quiero pedirte un favor muy especial, Nasrim: no le digas a tu madre que me viste.

—Pierde cuidado, Ian. No le diré nada.

Proviniendo de Ian, la petición no le pareció extraña, suponía que él seguía siendo, como cuando era niño, abstraído, tímido y poco sociable. Y tenía razón, tal vez su madre se empecinaría en verlo cada vez que tuviera oportunidad. Lo mejor era no mencionarlo.

Fue el primero de muchos encuentros. Nasrim entró de lleno en el grupo al que pertenecía Ian porque creía en él, en la inteligencia que siempre había demostrado desde pequeño, porque la causa por la que ellos luchaban era la que ella había defendido desde que tenía uso de razón: libertad para su patria, Afganistán, siempre invadida y en pobreza, sin un guía espiritual verdadero que llevase paz, armonía y educación a su gente. Pero no era lo único. Se sentía atraída por Ian, era la primera vez que le ocurría y sin embargo él parecía no darse cuenta. La trataba con cariño y respeto, como a una hermana, una aliada, mas no como a una mujer. Fueron años de reuniones y discusiones, de adentramiento en la célula terrorista más importante. Sufrieron juntos cuando Osama Bin Laden fue asesinado porque, a pesar de todo lo que el mundo occidental decía de él, era un hombre que había arriesgado su vida y su dinero y les había dado una razón de existir. Fueron los únicos momentos en que Nasrim vio lágrimas en los ojos de Ian y se convenció más que nunca de que su causa era justa.

Ian sabía el efecto que tenía sobre ella, no solo en el aspecto político, en el que podían influir sus convicciones. Notó desde el principio que la admiración que ella le tenía se había transformado en algo más parecido al amor, aunque no podía asegurarlo, pues él desconfiaba de todo. El día que se abrazaron al encontrarse meses después de la muerte del líder de al-Qaeda, sin pensarlo mucho, sus labios se juntaron. Fue un beso extraño, más parecido a un gesto de consuelo que a una intención de otra índole; una brisa de alivio en una tarde de estío. De pronto se convirtió en un monzón que arrasó las barreras de pudor que mantenían contenida a Nasrim. Ian saboreó el momento intenso y él dejó que ella desahogase su pasión, lo necesitaba tras años de un trato superficial y contenido. Se dejó arrastrar, se contagió del deseo. Después de todo, era una mujer hermosa que lo deseaba y lo admiraba; pero jamás llegaron a hacer el amor. Todo quedaba reducido a abrazos y besos, lo que ya era demasiado para Ian, a quien el contacto físico con las personas le producía grima. No obstante, la piel de Nasrim era para él diferente, podía tocarla y besar sus labios sin sentir repulsión. A partir de ese momento la suya fue una relación diferente, pero no de las destinadas a terminar en matrimonio. Para Nasrim fue un constante caminar sobre la cuerda floja, pues Ian jamás le dijo las palabras ansiadas: «te amo».

Desde el principio Ian había seguido con Nasrim la costumbre musulmana de no tener relaciones sexuales prematuras, y aquello en lugar de alejarla la acercó más a él. Sencillamente lo idolatraba porque sabía respetarla, sin embargo, hubo muchos momentos en los que el recato y la moral de las leyes coránicas fueron traspasados, pero eso a ella no le importaba mientras siguiera siendo virgen. Él la veía como un factor al que podía utilizar a su antojo, desde todo punto de vista. Estaba seguro de que ella haría lo que él le pidiera, tal como lo haría por su líder cualquier talibán criado en una madrasa. A veces se asombraba de la lealtad y absoluta confianza que tenía en él, siendo una mujer tan inteligente, pero después lo pensaba y su conclusión era: «al fin y al cabo, solo es una mujer».

Fue elaborando mentalmente un plan que algún día tendría oportunidad de poner en práctica y para el que necesitaría a Nasrim. Pero como todos los buenos planes, la suerte también debía jugar un papel importante y ese momento llegó cuando su hermano y Daniel Contreras decidieron viajar a Pakistán.

Capítulo 24

Kevin reconoció al hombre del turbante blanco pese a estar de espaldas a la puerta, observando el patio. Su olor, como el de cada uno de los demás, era inconfundible.

—Assalam Alaikum —dijo al entrar.

—Alaikum assalam —respondió Kevin, dando vuelta.

—Mi nombre es Zahir Saide. —Se presentó, como si fuera la primera vez que se vieran—. Estuve haciendo averiguaciones y lo que me has contado parece ser cierto. No desconfío de Manzur, que Alá lo proteja y lo guíe, pero él está en Belmarsh y tú, aquí. El viaje fue muy largo y muchas cosas pueden ocurrir. Te estarás preguntando qué es este lugar.

—Justamente. Vine para quedarme o ir a vivir definitivamente a Afganistán, que es de donde soy, pero quiero trabajar sirviendo a la yihad y desalojar a los usurpadores del poder en Afganistán.

—La lucha que tienes en mente es muy pequeña en comparación con la nuestra. Y no solo ahora, la venimos haciendo desde hace muchos años. Es verdad que la muerte de nuestro líder más importante, que Alá lo tenga en su gloria, afectó a nuestra organización, pues era la cabeza visible. Su fortuna no era tan importante, nuestra causa se alimenta por muchos otros caminos.

—¿De otros gobiernos? Sería lo justo.

—Pienso lo mismo. El islam es una religión que abarca muchos países, pero Occidente no lo comprende, son precisamente sus gobiernos quienes nos atacan, y en lugar de adherirse a nosotros, los títeres que gobiernan en Afganistán, y también en Pakistán, son pro-occidentales.

—Las cosas se ven diferentes desde el lado de donde vengo. Dicen que Mamnoon Hussain y el primer ministro están en contra de las políticas de los Estados Unidos.

—Claro, por eso tenemos tantos drones vigilando desde el cielo. No seas ingenuo, Keled, ¿crees que el ejército de este país no podría bajarlos si quisieran? No… ellos se pasean de manera impune por encima de nuestras cabezas. Tenemos que vivir escondidos como ratas en sitios como este para que no nos localicen. Necesitamos muchos hombres de valor y con fuerza física, y algo me dice que posees ambas cualidades —dijo Zahir tocándose la nariz con un dedo—. Dijiste que sabías usar armas… ¿alguna vez mataste a alguien?

—No. Me enseñaron a usarlas cuando estuve como voluntario en uno de los campos de refugiados a cargo de la ONU, pero nunca tuve necesidad de disparar. También me enseñaron a detectar minas, pero no diría que soy un especialista, hace ya años de eso —mintió Kevin.

—Para hacerlo se requiere valor. Alá nos ha enviado al hombre perfecto. ¿Estarías dispuesto a arriesgar tu vida por la causa?

—Soy capaz de arriesgar mi vida siempre que me expliquen de qué causa se trata.

Zahir asintió con la cabeza.

—Esta noche conocerás a El Profesor. Justamente los drones mataron a dos de sus guardaespaldas, él no tiene libertad de movimiento, necesita nuestra protección para seguir con vida.

La mirada dubitativa de Zahir sugería más de lo que decía, pero no era momento para que Kevin se dejara llevar por intuiciones, tenía que concentrarse en seguirle el juego.

—¿El Profesor?

—Sí, nuestro actual líder, Ayman al-Zawahirí. También conocido como El Médico.

—Será un honor para mí, no esperaba siquiera llegar a conocerlo. Me siento bendecido.

—Sí… sí, ya sé lo que sientes, pero no es momento para celebraciones —dijo Zahir haciendo un imperceptible gesto de desagrado—. Manzur le dijo que eres el hombre que le hace falta y yo debo seguir el procedimiento. Eso es todo.

—¿Manzur? Yo fui quien entregó y leyó la carta a su madre, y que yo recuerde no decía nada de eso.

Zahir miró a Kevin con cierta ternura. ¿Cómo un hombre tan grande y en apariencia inteligente podía ser tan ingenuo?, pensó. Mejor así. Lo que menos necesitaba era un intrigante o un sabelotodo.

—Lo que leíste en la carta, hijo mío, no era lo que parecía. ¿Crees que algo importante podría pasearse libremente por las calles de Londres, subirse a unos cuantos aviones y llegar aquí sin estar bien asegurado? Cualquier cosa podría haberte ocurrido. Nosotros no utilizamos correos electrónicos ni teléfonos, estamos prácticamente incomunicados, así que algunas veces utilizamos métodos antiguos, tan viejos que la alta tecnología no repara en ellos.

Kevin mostró una sonrisa de complicidad que a Zahir le pareció infantil, acentuándola con un movimiento de asentimiento. Kevin trató de no parecer un retrasado mental, por lo que guardó la sonrisa.

—Tengo mucho que aprender, Zahir.

—No tanto, lo importante es cumplir con las órdenes. Y siempre estar atento a lo que yo diga.

—Y lo que diga El Profesor.

Zahir elevó la barbilla y lo miró fijamente.

—Escucha bien lo que digo: las órdenes las doy yo. Me encargo de la seguridad de nuestro líder, ten eso bien claro. Habrá momentos en los que él no sabrá discernir qué es lo mejor para su seguridad, para eso estoy yo. ¿Comprendes?

—Lo comprendo perfectamente.

—Así me gusta. Empezamos a entendernos. Después de la oración nocturna vendrá Radi para llevarte con él.

Durante la cena Kevin trató de integrarse en el grupo. Captó que los demás se limitaban a bromear entre ellos y no le hacían preguntas directas, pensó que serían órdenes de Zahir, quien por su manera de expresarse no demostraba mucha simpatía por El Profesor. No era nada nuevo que hubiera roces entre los jerarcas de al-Qaeda. Según se conocía por las noticias que corrían hasta en los diarios, El Profesor había traicionado a Osama Bin Laden ayudando a la CIA a localizarlo en Pakistán. Voluntaria o involuntariamente, era un hecho. Habían dado con él porque envió al lugar donde estaba escondido Bin Laden a un mensajero que era estrechamente vigilado por los agentes de Estados Unidos. Al-Zawahirí era leal a la causa de al-Qaeda, pero pensaba que en nada les beneficiaba tener un líder que permanecía escondido. Ahora él se encontraba en las mismas circunstancias, su captura tenía un precio, veinticinco millones de dólares, y si no se rodeaba de gente demostradamente confiable, su seguridad corría un enorme riesgo.

Kevin intuía que los guardaespaldas faltantes habían sido asesinados por orden del propio al-Zawahirí. ¿Por qué dejaba en manos de Zahir la búsqueda de nueva gente de confianza? Era extraño que no sospechara de él por su manera de expresar su desagrado. Se preguntaba dónde rayos tendrían a Daniel. Podría ser en ese mismo lugar, parecía un fuerte, no lo conocía, no había tenido oportunidad de ir más allá de lo que Radi le había mostrado. Por las características de la construcción, era posible. Sin embargo, había algo que no le cuadraba. Todo estaba siendo demasiado fácil. Su contacto en Belmarsh, el hombre que le proporcionó un puesto en primera clase, todo encajaba demasiado bien. Podrían ser coincidencias, pero la experiencia le había enseñado a no fiarse de nadie. Estaba mentalizado para lo peor.

Capítulo 25

Como estaba previsto, Radi se presentó esa noche y le dijo que lo siguiera. No se había equivocado, el lugar era una especie de fuerte, no lo había visto desde fuera pero por dentro parecía un intricado laberinto de muros gruesos que desafiaban la facilidad de orientación que poseía Kevin. Poco después estaba frente al hombre más buscado de al-Qaeda. Se hallaba sentado en una poltrona, en una habitación cómoda, en comparación con lo que había visto hasta ese momento. Podría ser el salón de cualquier casa. De facciones duras y mirada penetrante, tal como lo había visto en fotos y vídeos, miró a Kevin y no le ofreció asiento ni contestó el assalam alaikum. Se limitó a examinarlo con la mirada. A su lado, dos fornidos guardaespaldas parecían esperar una orden para lanzarse contra él. Y eso fue lo que ocurrió.

Los hombres se acercaron veloces, pero no lo suficiente para evitar que uno de ellos cayera al piso llevándose consigo una lámpara y el otro terminase con el brazo dislocado.

—¿Qué crees que estás haciendo? —interrogó al-Zawahirí sin inmutarse.

—Me defiendo.

—No iban a atacarte. ¿No escuchaste la orden?

—Usted dijo: «Agárrenlo», y eso para mí es suficiente.

El Profesor hizo un gesto con la mano y el hombre del brazo magullado salió. Entraron cuatro hombres más.

—Has sido invitado a mi casa ¿y te comportas de esa manera...?

—Discúlpeme, por favor, que la paz de Alá y sus bendiciones sean con usted y su gente —imploró Kevin bajando la mirada y alzando los brazos con las palmas hacia delante.

—¿Para quién trabajas?

—No tengo trabajo, acabo de llegar, me trajeron aquí porque dijeron que me darían empleo.

—¿Qué sabes hacer, además de golpear a la gente?

—De todo un poco. Puedo aprender.

—Eso dicen los que no saben hacer nada —dijo El Profesor con desprecio.

Kevin encogió los hombros con desánimo.

—Llévenlo al «cuarto». Y tú, Keled Jaume, no opongas resistencia. Es una orden.

Se dejó llevar a empellones por un largo pasillo que iba en bajada. Abrieron una puerta y lo primero que vio fue una argolla en la pared. Lo sentaron en el suelo con el cuello a la altura de la argolla y lo aseguraron a ella. Kevin quedó con la espalda pegada a la pared sin espacio para moverse, apenas el necesario para respirar. Al cerrarse la puerta quedó a oscuras.

—Te traigo un obsequio, y mira lo que haces —reprochó Zahir.

—No confío en él —objetó El Profesor.

—¿Acaso desconfías de mí? Yo lo he investigado, todos sus datos son correctos.

—Es lo que me hace desconfiar. Ningún hombre es perfecto, siempre olvida algo, titubea o no recuerda una fecha; él podría haberse aprendido todo de memoria, como los versos del Corán.

—Puede que tengas razón, sin embargo no negarás que puso fuera de combate a dos de tus hombres, creo que te sería muy útil tener alguien que esté siempre atento.

—Veamos cuánto tiempo resiste.

—Ni siquiera hablaste con él…

—Alá decidirá si me ha de servir o no.

—¡Inshallá!

—Hablemos de lo importante. ¿Has sabido algo de Osfur Abyad?

—No. Ha sido imposible contactar con él. Nasrim no ha vuelto a verlo desde hace un par de meses, y como es él quien se comunica con ella…

—Pues dile que lo llame, total, nadie sabe quién es ella. Puede hacerlo desde un desechable. Quiero dar el golpe el día previsto.

—¿Te unirás al Estado Islámico?

—Nuestros intereses difieren. Lo único que lograrán es que

Estados Unidos e Irán junten fuerzas, ya he sabido de una reunión entre ellos.

—El Estado Islámico también está ostentando poder, tiene mucho dinero que proviene de los pozos petroleros de Siria y del que les dan los saudíes.

—Verás lo que va a ocurrir… Los precios del petróleo irán a la baja. Estados Unidos no permitirá que ellos se beneficien, y tendrán que empezar una nueva guerra. Ya la están haciendo, y eso es bueno, los mantendrá ocupados. Nosotros, a lo nuestro; verás qué pronto se volverán a acordar de al-Qaeda. Necesito saber qué sucede con Osfur Abyad, tenemos atrapados muchos millones de dólares en su país.

—Voy a enviar un mensajero a la escuela donde trabaja Nasrim, ella sabrá lo que tiene que hacer.

—Él nos prometió que daría una gran sorpresa al mundo el Día de Acción de Gracias, veamos si es cierto.

—¿Qué hago con Keled Jaume?

—Déjalo donde está veinticuatro horas. No se morirá.

—Daniel Contreras me preguntó cuándo entraría en acción, ha demostrado que es un buen elemento, de las fuerzas especiales, ni más ni menos.

—Hay algo en él que no termina de convencerme.

—Creo que desconfías demasiado. Si él hubiera querido ya te habría delatado.

—No lo ha hecho porque está vigilado, Zahir.

—No. Es porque está enamorado de Nasrim.

Al-Zawahirí mostró una mueca y entornó los ojos.

—Lo que consigue hacer el amor no lo logrará ningún otro factor. Y Nasrim es una buena y valiente fiel, lástima que sea mujer…

—¡Si fuera hombre no lo habría logrado!

Ambos rieron de la posibilidad.

Capítulo 26

La deshidratación es uno de los mayores peligros a los que se enfrenta el ser humano. Y en esos momentos Kevin ya empezaba a sentir una sed apremiante. El cuarto en el que estaba, por algún motivo era más caliente que el resto de las habitaciones. Cuando la deshidratación llega al dos por ciento, se empieza a encoger el cerebro, según estudios realizados por científicos alemanes en cerebros escaneados de militares voluntarios, provocando cambios muy parecidos a los que sufren la enfermedad de Alzheimer. Esto lo sabía él, y también Zahir por los que habían muerto en el cuarto. Sentía cierta simpatía por ese hombre que parecía ser noble y demasiado valioso para dañarlo de esa manera. De madrugada fue a ver lo que sucedía con Kevin; descorrió la mirilla de la puerta y lo que escuchó lo sorprendió.

Kevin recitaba las azoras del Corán. En perfecto árabe clásico, con la entonación asonante entre los versos sucesivos, lo hacía bajo, como un murmullo, pero se entendía perfectamente. Aguardó un rato deleitándose del descubrimiento, y sonreía cada vez que él empezaba una nueva azora con: «En el nombre de Alá, el más Misericordioso, el compasivo». Cerró la mirilla y regresó con agua. Entró al cuarto y encendió la luz. Kevin arrugó los ojos y distinguió a Zahir. Sintió en sus labios el vaso fresco y tomó el contenido con avidez.

—Alá te ha enviado, su misericordia es divina, te apiadaste de un hermano, serás bendecido…

—Shhhh… toma un poco más —dijo Zahir llenando otra vez el vaso. Dejó la jarra a un lado y esperó con paciencia a que Kevin se repusiera.

—Gracias a Alá —musitó Kevin.

—Nadie sabe que estoy aquí. Solo vine a echarte una mano, sé lo duro que es este cuarto.

Kevin mantenía la espalda recta pegada al muro caliente. El grillete en el cuello le impedía estar en otra posición.

—¿Por qué me hacen esto? Yo solo quería servir a la yihad.

—Ya tendremos tiempo de hablar. Ahora debes prepararte, el cuarto empezará a enfriarse cada vez más, llegará un momento en el que gritarás para salir de aquí. Pero no es por maldad, es una prueba de lealtad, de valentía. Aunque no hubieras golpeado a esos hombres te habrían traído.

—¿Por qué me ayudas?

—Mejor no preguntes. Guarda tus fuerzas para las azoras, te ayudarán mentalmente a soportar el encierro. Debo irme ya.

—Gracias, Zahir. Alá te bendiga.

Zahir no respondió. Le vació el resto de la jarra sobre la cabeza, tomó el vaso y salió del cuarto.

Repuesto por el agua, Kevin volvió a concentrarse en los versos, fue lo mejor que pudo ocurrírsele, lo mantenían en estado alfa, abstrayéndose del mundo. Poco a poco sintió que el frescor invadía el cuarto. Lentamente la temperatura empezó a bajar. No podía dejar de mantenerse erguido, pues el grillete, de un material grueso parecido al caucho ajustaba su cuello a la argolla del muro y corría el peligro de ahorcarse, por lo tanto le impedía bajar la guardia y quedarse dormido, pero había sido entrenado para sobrevivir bajo cualquier circunstancia y era el momento de probar si había valido la pena. Dejó de recitar las azoras y se enfocó en Zahir. No entendía el motivo de la ayuda, tal vez tenía planes secundarios para hacerse con el poder en al-Qaeda. Fue lo único que se le ocurrió. ¿De qué otra manera puede ganarse la simpatía, el afecto o el agradecimiento un hombre si no era salvándole la vida? Cuando llegó al cuarto él ya estaba en estado letárgico. Recitaba el Corán por inercia, apenas sabía lo que decía, simplemente lo hacía porque se le ocurrió que alguien entraría y sería buena idea que viera que no perdía la fe. Para cuando Zahir llegó apenas le importaba ese motivo, ya solo oraba, y en ese momento no podría decir si lo hacía con la fe de los musulmanes. Al fin y al cabo cualquier dios era válido en su situación.

El muro dejó de calentar su espalda y le sobrevino un pequeño bienestar en medio de toda su incomodidad. Dos horas después empezó a sentir frío. Cuatro horas más tarde tiritaba tratando de ejercitar las piernas y los brazos en su incómoda posición para entrar en calor y no morir de hipotermia.

Capítulo 27

Nasrim llegó a la tienda y apenas saludó a su madre. Pasó como una flecha y subió a su habitación. Cambió su ropa de calle por una más cómoda y fue a la cocina. La comida ya estaba preparada. Como siempre, su madre se daba tiempo para todo, se levantaba de madrugada y, algunas veces, cuando salía para la escuela, ella aún no había regresado del mercado al que iba por provisiones antes de abrir la tienda.

Partió una tortilla y probó un par de bocados del guiso que estaba en la olla. Tenía hambre, el día había sido duro y sin tiempo para un refrigerio. Y lo peor de todo había sido el mensaje que recibió de Zahir: «Comunícate lo más pronto que puedas con Osfur Abyad». Temía disgustarlo, sabía que a él no le agradaba que lo llamase. Solo en caso de verdadera emergencia, había dicho y, por lo poco que sabía del escueto mensaje, solo tenía en claro que a Zahir le urgía comunicarse con Abyad. Sintió los pasos de su madre en cada peldaño.

—Querida mía, cada vez te veo más delgada, no deberías trabajar tanto en la escuela, no lo necesitas.

—Mamá, no es por nuestra necesidad. Es por la de los niños, hay tantos y es tan poco lo que puedo hacer por ellos que el sacrificio vale la pena.

—Me preocupa Daniel, hija, ¿qué has sabido de él?

—Nada, madre, ¿por qué tendría que saber? Lo retienen los talibanes.

—¿Cómo sabes que son talibanes? Creo que si fueran ellos ya lo habrían matado, ahora se han juntado al Estado Islámico y cada vez que atrapan a un occidental infiel, lo decapitan. Son unos salvajes. En la televisión dijeron que lo tenía al-Qaeda.

—Tienes razón. Pero la prensa llama talibanes a todos.

—No vamos a discutir eso ahora, hija, me preocupa Daniel, tan buen muchacho, pobre.

—Debemos aceptar la voluntad de Alá.

—Hablas como si Daniel no te importase.

—¿Qué puedo hacer yo, madre?

—¿Hay algo que te molesta, aparte de lo de Daniel?

—¿A qué vienen tantas preguntas? Claro que me siento mal por él, ¿qué más habría de pasar? ¿Qué puedo hacer yo? —repitió Nasrim.

—Temo que ellos sepan que tú eres su novia.

—Nadie tiene por qué saberlo. No creo que él lo divulgue sin motivo.

—Ay, hija…, a veces quisiera dejar todo esto e irnos con tu hermano a vivir lejos de aquí; podríamos ir a América.

—¿América? No deseo vivir allá.

—Me refiero a Sudamérica. Dicen que hay países que parecen verdaderos paraísos. Ya debes tener suficiente dinero ahorrado, la tienda nos ha permitido cubrir los gastos y guardar algo, ¿no crees que deberíamos marchar?

—Tengo ahorros, madre, pero no creas que gano mucho.

—Estamos acostumbradas a vivir con frugalidad, hija mía, será suficiente. Quisiera tener nietos. ¿Por qué Alá misericordioso permitió que se llevaran a Daniel? ¿Por qué no elegiste a Kevin? Ahora no tendríamos esta angustia.

—Kevin… Madre, ¡cómo puedes decir eso!, él pertenece a otro mundo… Él, menos que nadie, madre, creo que estoy destinada a esperar toda la eternidad al hombre que sea para mí —reflexionó Nasrim en voz alta.

—¿Qué pasaría si viniera por aquí?

—¿Kevin?

—¿De quién más estamos hablando?

—No pasaría nada. Lo más seguro es que si viniera no lo hiciese por mí sino por Daniel. Me debe de odiar —dijo Nasrim.

—Si viniera por Daniel sería el hombre más noble en la faz de la tierra, después de lo que le hicieron ustedes.

—No fue planeado, madre, simplemente sucedió. Quise darle lo mejor de mí.

—Lo que hiciste fue haram.

Nasrim guardó silencio. Su madre tenía razón. Cometió pecado. Pero fue por amor. Ya entonces sabía que estaba enamorada de Ian y que haría cualquier cosa que él le pidiera, y eso fue lo que él quiso. Ella no amaba a Daniel ni a Kevin, era por Ian por quien su corazón se conmovía. Presentía que en el fondo él también la amaba, y esa incertidumbre hacía que fuese imposible sacárselo de su mente, de su vida... Sería la mujer más feliz del mundo si él le propusiera matrimonio. Pero después de lo sucedido con Kevin parecía imposible. Hizo lo que le pidió y, cuando lo supo, una extraña oscuridad se posó en su mirada. Sin embargo, cuando se veían disponía de ella a su antojo. Su madre tenía razón, cometía haram cada día de su vida porque era una mala mujer, aunque Ian dijera que por la yihad todo era válido. Pero sus extrañas caricias no terminaban de convencerla. En cambio, Kevin... A pesar de que era consciente de que no lo amaba, aquel día, por un instante, se sintió completamente suya y esa sensación quedó grabada en su piel. Fue el único hombre en su vida y no podía olvidar ese momento, su ternura, su pasión contenida para no hacerle daño y ese placer infinito que la hizo sentirse tan culpable que la hizo reaccionar casi con furia.

Capítulo 28

Daniel estaba tan enamorado de Nasrim como ella de Ian. Haría cualquier cosa por complacerla, iría al fin del mundo, como una vez le dijo en un arranque de romanticismo, mientras entonaba una canción en español con su voz de tenor: «Toda una vida estaría contigo, no me importa en qué forma, ni dónde, ni cómo, pero junto a ti». Le había traducido la letra y ella se había sentido tan conmovida que lloró. Él creyó que era por amor y la abrazó con ternura. Daniel nunca pudo comprender por qué quiso entregarse a Kevin y no a él. Y la esperanza de llegar a casarse con ella le hizo cometer locuras. Cada vez que se encontraban ella le hablaba de la yihad, de la lucha que estaban llevando a cabo los musulmanes para librarse de la influencia de Occidente, de cuan piadosos eran, de la diferencia que había entre ser un talibán y un yihadista apegado a las leyes del Corán, de los intereses de los Estados Unidos en conservar la supremacía mundial por cualquier método y de cómo él se consumía y ponía en peligro su vida por un país que ni siquiera era el suyo, porque Puerto Rico era un simple estado asociado, al que ni tomaban en cuenta ni permitían su independencia. Nasrim había aprendido todo eso de Ian, a quien admiraba por su inteligencia, y repetía sus conceptos con tanta convicción que Daniel sucumbió a ellos y al final no supo si lo hizo por amor o porque Nasrim lo había convencido de que ella decía la verdad.

Sometido a duras pruebas para ser aceptado como un guerrero yihadista más, pero siempre con ciertas reservas, lo único que pudo hacer para demostrarles que era un leal luchador por la causa fue la grabación telefónica en la que anunciaba la preparación de un importante atentado y más tarde el vídeo en el que aparecía como rehén de los yihadistas, ambas cosas difundidas después por al-Qaeda. Ya no había marcha atrás. Al principio no comprendió el objeto de esa revelación ni el interés en que se conociera su «captura»; pensó que podría tratarse de simple propaganda terrorista, pero, a medida que transcurrían los días, las ideas empezaron a germinar en su mente. La CIA sabía quién era Daniel Contreras. Como consecuencia del extraño mensaje y de lo que había dicho anteriormente como informante, se había convertido en alguien muy importante. La CIA haría lo que fuera para saber de qué trataba el plan que había anunciado por teléfono, lo más probable fuese que trataran de rescatarlo. Mientras, él permanecía en esa especie de claustro en que se había convertido la «casa de huéspedes» —como jocosamente llamaban al fuerte—, y su única función era adiestrar a los hombres con las técnicas de combate de las fuerzas especiales y en el uso de las armas de guerra. El motivo principal por el cual se dejó arrastrar hacia esa situación se había vuelto inaccesible: Nasrim. No había vuelto a verla desde que se unió a la yihad de al-Qaeda.

Llegó a pensar si todo no habría sido más que un plan bien orquestado para recluirlo. No lo tenían prisionero, pero tampoco era libre de ir adonde quisiera. ¿A quién beneficiaba aquello? Empezó a hacerse preguntas que antes no se había hecho. Nasrim había ocupado gran parte de sus pensamientos pero en esos momentos, sin su influencia y sin posibilidad de visitarla, la lejanía se impuso y empezó a ejercer sobre él lo que siempre hace. Como el viento que azota día y noche las montañas moldeándolas a su capricho, iba limando los sólidos cimientos en los que Daniel sostenía su amor por ella. Cierto que era hermosa, pero ¿quién era realmente? ¿Acaso habían tenido las conversaciones que tiene toda pareja enamorada? Siempre hablaban de política y de la situación en la que se hallaba el mundo islámico. Ella tenía conexión con al-Qaeda, eso era irrefutable. Los pensamientos lóbregos empezaron a anidar en su mente y, a pesar de que trató de alejarlos y convencerse de que ella lo amaba y que todo lo había hecho por amor, incluyendo acostarse con Kevin, cada día tenía más dudas. La idea de que nada era cierto y todo había estado planeado y él había caído como un idiota en su red se fue apoderando de Daniel. Después de dos años sometido a un lavado de cerebro por Nasrim, estaba atrapado. Y podría ser una trampa para atraer la atención de la CIA con un fin específico.

Zahir se hallaba de pie junto a la puerta, probablemente desde hacía rato. Daniel abrió los ojos y reparó en él.

—Alá te bendiga, Daniel.

—Alá te bendiga, Zahir.

—Pensé que dormías y no quería despertarte, sé que tuviste

un día largo y duro. Estás haciendo un buen trabajo, un ejército bien adiestrado es lo que nos ayudó a sacar de Afganistán a los soviéticos, pero eran tiempos mejores.

—¿Tú formaste parte de aquello? Preguntó Daniel, incorporándose hasta quedar sentado con las piernas en posición de loto.

—Por supuesto. Yo era un chiquillo, fui criado en una madrasa y gracias a Alá me enseñaron a recitar el Corán. Conocí la lucha de nuestro pueblo, en aquella época éramos muyahidines. Así empezamos todos, Osama Bin Laden, nuestro benefactor, se trasladó al campamento y ayudó a construir una fortaleza dentro de las montañas. Primero estuvimos en Jaji, cerca de la frontera con Afganistán. Después en al-Masada.

—La «guarida del león» —tradujo Daniel.

—Exactamente. Así es como todos conocían el sitio donde nació al-Qaeda —recordó Zahir mirando a través de la ventana el cielo poblado de estrellas.

—Cuando se fueron los soviéticos.

—Cuando los echamos —dijo con orgullo el hombre.

—Con ayuda de los Estados Unidos.

—Ellos se limitaron a adiestrarnos y proporcionarnos armas. Muchas de ellas, soviéticas. —Rió Zahir—. Porque las que nos dieron los ingleses no servían para nada. Cuando recibimos los misiles todo cambió.

—Te refieres a los Stinger, supongo.

—Claro. Buen invento americano. Echamos a los soviéticos con sus armas y también sacaremos a los norteamericanos con las suyas —rió Zahir.

—Los marines llevamos cargadores AK-47 —dijo Daniel esbozando una sonrisa—. Se consiguen en todas partes.

—Es la mejor arma soviética —acordó Zahir.

—¿Todavía conservan los Stinger?

—La mayoría son chatarra o están en manos de los talibanes. Pero podemos comprar más, y misiles rusos que son tan buenos como esos.

Daniel evitó decirle que, pensando en esa posibilidad, los aviones norteamericanos contaban ya con un señuelo que desviaba el objetivo del sensor infrarrojo de los Stinger.

—Estos hombres requieren mucho adiestramiento, tanto en disciplina como en el uso de armas modernas, Zahir. ¿Cómo nació la yihad?

—Cuando la Unión Soviética invadió nuestro país. Eso sirvió para unirnos. Así nació la yihad, formada por jóvenes de todo el mundo musulmán. Jordanos, palestinos, iraquíes, marroquíes, sunitas, shiitas, libaneses, sirios, egipcios… fue una época dorada —apostilló con añoranza Zahir—. Y en medio de todos, nuestro siempre recordado Abdallah Azzam, que Mahoma lo tenga en el paraíso. Fue el mentor de Osama Bin Laden. Y con él llegó la abundancia.

—¿Abundancia?

—Puso su fortuna al servicio de la causa. Lo malo fue que quiso derrocar la monarquía saudí y ellos lo echaron de su patria, aunque creyeran en sus mismos ideales. Las cosas no se pueden hacer así, debemos actuar con sigilo para obtener lo que deseamos. Ahora sus altos contactos en Arabia Saudí son los que aportan el dinero que necesitamos.

—Pensaba que los saudíes y Estados Unidos eran aliados.

—Aparentemente. Ellos forman parte de la yihad a su manera. A través de ellos, el islam será la religión más importante de Occidente. Estados Unidos tiene más musulmanes de los que la gente o el gobierno piensan. Y es el principal lugar de recolección de fondos, tenemos una red de organizaciones benéficas en todo el mundo, pero la mayor está allá.

—Estaba. ¿No era la ZAAR?

—Esa la cerramos hace más de diez años. Tú eras muy joven entonces.

—No tanto, Zahir. ¿Por qué me estás contando todo eso?

—¿Y por qué no? Además, no es un secreto, todo el mundo lo sabe.

Zahir tenía razón.

—¿No han vuelto a saber más de Ozfur Abyad?

—No se ha comunicado. En su posición es difícil.

—Nunca me dijiste quién es Ozfur, y ahora la CIA cree que yo sé de quién se trata.

—Tienes razón. Pero, como sabes, no puedo contarte todo. Es mejor que no lo sepas aún. Solo te diré que es alguien que ocupa un alto cargo en el Departamento de Estado. Es de los nuestros, musulmán, y quien transporta el dinero en valija diplomática, pues tu gobierno se ha puesto muy quisquilloso con los bancos. Por eso necesitamos que venga.

—No comprendo por qué utilizan la banca americana.

—Es complicado de explicar. Las instituciones benéficas nos dan oportunidad de lavar enormes cantidades de dinero sin despertar sospechas.

—Ya veo. ¿Cómo es posible que un miembro del Departamento de Estado sea musulmán?

—Es solo una prueba de que la hora de la yihad mundial ha llegado.

—¿No despierta sospechas por su aspecto?

—No… qué va. Es un auténtico anglosajón. Jamás imaginarías quién es.

—Que Alá lo bendiga para que no lo descubran.

—Así sea. Por eso al-Zawahirí está muy preocupado, también furioso, y ha descargado su ira con un muchacho… bueno, un hombre que traje hace un par de días. Lo tiene encerrado en el cuarto. Debía ser solo por veinticuatro horas, pero dio orden de que alargaran el encierro; ya va para tres días.

—Pobre…

—Sí. Pobre. Debe de estar congelándose ahora. ¿Quieres echarle una ojeada? No quiero que muera, aunque parece muy resistente.

Daniel sintió curiosidad por saber quién sería el próximo fiambre. Pocos había salido de allí con vida, según le habían contado.

Zahir lo vio bajar por el largo pasillo. Un gesto de preocupación cruzó su frente y se fue a su habitación.

Capítulo 29

Después de pasar por la aduana, Joanna tuvo la sensación de entrar en un mundo caótico. El aeropuerto internacional Simón Bolívar, más conocido como Maiquetía, tenía un serio problema con el retraso en la entrega de los equipajes, la gente se quejaba diciendo que nada funcionaba bien en ese país. Por deducción, instinto y por haber solo dos vuelos, dedujo cuál era la cinta transportadora que le correspondía. Nadie supo darle información, todo el mundo andaba desorientado. Una vez con la maleta en su poder, atravesó sin problemas el lobby donde se abigarraban las personas que esperaban a los recién llegados.

Tomó un taxi de una empresa de transportes —lo primero que escuchó decir en el avión, cuando alguien hablaba de la inseguridad que reinaba en ese país: «Coger un taxi pirata es peligroso. Deben tomar los que están identificados, preferiblemente de la empresa Taxitour. También deben quitarse los relojes cuando caminen por la calle y eviten exhibir cualquier adorno de oro»—. Había varios de ellos haciendo fila y tomó el primero. Le dio la dirección. La casa de Mirna quedaba en Prados de Este. La conoció en Lima y se había hospedado en su apartamento por un tiempo. Era una mujer joven que vivía sola y trabajaba en una empresa de telecomunicaciones o algo así. Según le había dicho, ocupaba un cargo importante. Pidió prestado el móvil del chófer y la llamó.

—¿Mirna? Soy Joanna Martínez.

—¡Joanna, qué sorpresa!

—Estoy en Caracas, pensaba pasar por tu casa.

—Por supuesto, ¿tienes la dirección?

—Sí, estoy en un taxi llegaré en… —Joana miró al chofer.

—Dígale que en un par de horas —dijo él mirándola a través del retrovisor.

—…un par de horas.

—Te espero, amiga, nos vemos entonces.

La autopista hacia Caracas siempre le había parecido pintoresca, pero esta vez su impresión era diferente. Se veía el deterioro en todo, tanto en la vía como en los túneles y la pobreza circundante. Sobre las colinas se amontonaban las luces de los ranchos y grandes carteles iluminados con la imagen de los líderes revolucionarios flanqueaban de vez en cuando los lados de la autopista. En medio del tráfico infernal, comprendió por qué el chófer dijo dos horas. El viaje se podría hacer tranquilamente en treinta y cinco minutos. Pero Caracas no era nada tranquila a las siete de la noche.

—Creo que tardaremos más —dijo el chófer—. Debe haber una manifestación en algún lado porque el tránsito no avanza.

Joanna prefirió no decir nada. Se armó de paciencia e hizo lo único que podía: esperar. La radio anunciaba que había varios detenidos en los alrededores de la Plaza Altamira, jóvenes que incitaban al desorden y a las «guarimbas». Ella había leído algo de eso en Internet pero no se había preocupado, pues no estaba en sus planes ir a Venezuela, y en ese momento se encontraba en medio de una autopista tapizada de coches que avanzaban a paso de tortuga. Unos cuantos descansaban en el arcén mostrando el motor con el capó abierto. Joanna esperaba que el taxi no sufriera ningún percance. Sería lo último que podría pasarle ese día.

Kevin apareció en su mente, no podía dejar de pensar en él, en su forma de mirarla como si siempre estuviera estudiándola. Al comienzo le había parecido que la admiraba, pero era algo más, no se limitaba a admirarla como cualquier otro hombre hubiera hecho, él era observador. Absolutamente metódico, se levantaba de madrugada e iba a trotar monte arriba cargando un machete. Las trochas en la montaña eran angostas y siempre había peligro de toparse con alguna culebra. A ambos lados, el cafetal crecía favorecido por el clima y la lluvia de esa zona privilegiada.

Él no sabía nada acerca de plantar café, pero el alemán al que le compró la finca le dio instrucciones precisas, lo demás sabían hacerlo los peones, unos campas fornidos que trabajaban en silencio y que de vez en cuando aparecían con carne fresca de pecarí.

«Tenga, patrón», le decían. Ella nunca había visto uno vivo hasta que se topó con él en pleno monte. Similares a los cerdos, tenían una trompa alargada y no eran tan gordos como aquellos; algunos los criaban en corrales, pero según el campa Manuel los mejores eran los sajinos salvajes. Un día quiso ir a trotar con Kevin y después de treinta metros de cuesta zigzagueante tras él, se dio por vencida. Kevin no parecía sentir cansancio, su cuerpo acostumbrado al ejercicio necesitaba ser sometido a un duro entrenamiento, como él mismo afirmaba, así que corría colina arriba y se perdía en la vegetación abriéndose paso con el machete; la naturaleza en esa zona se reproducía a una velocidad increíble y, según dijera el alemán, solo bastaba arrojar unas semillas de naranja para que creciera un árbol, así de rica era la tierra, a pesar de las lluvias torrenciales. Al lado de la casa corría un riachuelo cristalino que desembocaba en el río Satipo. También tenían una pequeña plantación de cacao, siempre monte arriba. El pueblo estaba rodeado de empinadas colinas verdes, ríos, cascadas y paisajes exuberantes. Kevin le había dicho que era un paraíso, y estaba satisfecho con la compra. Ella al comienzo no estuvo muy de acuerdo pero se acomodó a la situación y al cabo de cuatro meses ya no extrañaba la ciudad. Le bastaba la presencia de Kevin.

Tres horas y diez minutos después de haber salido del aeropuerto se encontraba frente a la casa de Mirna. Después de dejar al chófer feliz por pagarle en dólares ya que no llevaba moneda venezolana, tocó la puerta de la quinta "La Avileña". Mirna la abrazó con la calidez propia de los caribeños, al ver la maleta comprendió la situación; cargando con ella subieron al primer piso.

—Este será tu dormitorio, tiene baño, y puedes dormir las horas que quieras, mi casa es tu casa, Joanna.

—Gracias, Mirna, no sabes cuánto te lo agradezco, estoy pasando por un pequeño problema y se me ocurrió venir a Venezuela.

—¿Problemas amorosos? ¿Económicos? ¿Con la justicia?

—Más o menos, amiga, creo que me he metido en un buen lío. Y también estoy enamorada.

—¿En serio? Amiga, ¡qué maravilla!, no dejes pasar el amor, es lo mejor que podría ocurrirte.

—Todo es mucho más complicado.

—¿Acaso tuviste problemas con los chicos de…?

—Sí. Un lío bien gordo, tuve que denunciarlos, de lo contrario hoy estaría en alguna cárcel en Estados Unidos.

—¿Ahora eres colaboradora de la DEA? —preguntó Mirna incrédula.

—Sí, y no es cosa de risa. Me obligaron. Tengo mucho que contarte, por ahora necesito un sitio seguro donde quedarme un tiempo, espero que no te incomode mi presencia.

—¡No!, ¡yo estoy feliz de tenerte aquí! Pero recuerda que te dije que debías salirte a tiempo de aquello.

—Estaba a punto de hacerlo, iba a ser mi último viaje, pero me agarraron en Los Ángeles. Me salvé por un pelo, como dicen por aquí.

—Aquí estarás bien. Nadie se mete con el cártel venezolano, son muy fuertes, tienen toda la fuerza del gobierno.

Joanna la miró con asombro.

—¿Qué dices?

—No te extrañe, se corre la voz de que hay un cartel llamado «Los Soles», adivina por qué.

—Lo imagino.

—Exacto.

—Bueno, siempre se ha sospechado que Venezuela y las FARC tenían vinculaciones con el narcotráfico, no era un secreto para nadie.

—Pero aquí la gente se hace la sorda, ciega y muda. Eso te favorece, no creo que los narcos del Perú vengan aquí a buscar a alguien como tú que solo hacía favores de vez en cuando.

—No se trata de eso, yo di nombres y apellidos de gente de allá y de Estados Unidos. El hombre de la DEA que me amenazó es muy importante.

—Por la DEA no te preocupes. De aquí los sacó Chávez hace años.

—Fue el motivo por el que vine a Venezuela.

—Y estás enamorada. Cuéntame, ¿quién es? ¿También está metido en el asunto?

—No lo creo. Es un norteamericano que estuvo en las fuerzas especiales.

Joanna le contó lo que Mirna deseaba saber, solo lo necesario.

—¿Y él te quiere? —preguntó Mirna, más interesada en la parte romántica que en cualquier problema de otra índole.

—Creo que sí.

—Ese «creo» me suena a duda. ¿Están enamorados o no?

—Lo estamos. Estoy segura.

—Llámalo y díselo. Yo lo haría, el hombre tiene que saberlo.

—No sé adónde llamarlo. Él me llamará cuando pueda, en eso quedamos, tiene mi número.

—Ojalá se acuerde y te llame. Cuando los hombres salen huyendo así…

—Él no salió huyendo, vino un hombre a buscarlo y él dijo que era su deber ir.

—Hum, eso me suena a militar, o tal vez algún pacto con alguna mafia.

—No me importa.

—¿Cómo se llama?

—Arthur —mintió Joanna instintivamente.

—Debes quererlo mucho para que no te importe. ¿Y si es un asesino en serie?

—Ya me hubiera matado, chica, no inventes.

Ambas rieron a carcajadas con la idea.

—Yo estoy saliendo con un militar.

—¿Estás con el régimen de Maduro?

—Dije que salía con un militar, no con Maduro. Muchos solo se aprovechan de sus prebendas, pero ideológicamente no están con él.

—Da lo mismo. Tremendo favor le hacen a Venezuela.

—Por favor, no me juzgues, a veces no queda otro camino. Al menos en casa no falta lo necesario, empezamos una época de escasez que según mi novio se pondrá peor. Mira, ven.

Mirna la llevó abajo y pasó por la cocina.

—Aquí —señaló una puerta cerrada—. Es donde duerme la mujer de servicio. Hoy es su día libre.

Abrió otra que estaba enfrente y encendió la luz.

A Joanna le pareció estar en una tienda de comestibles. En repisas adosadas a la pared había enormes cantidades de paquetes de azúcar, leche de larga duración, arroz, botellas de aceite, jabones, detergente, papel higiénico y un sinfín de cosas más. Un largo congelador horizontal contenía carnes de todo tipo y también pescado.

—Qué barbaridad. Algo como esto es lo que deberíamos tener en Satipo.

—¿Satipo?

—Es donde vivía con Arthur. Queda en la ceja de selva peruana, teníamos que ir en lancha para comprar comestibles al pueblo.

—Qué romántico…

—Pues sí, fueron los meses más felices de mi vida —dijo Joanna con nostalgia.

—No te preocupes, aquí lo pasarás muy bien. Puedes quedarte el tiempo que quieras, a veces estarás sola, porque me iré con Rengifo en sus viajes; él siempre viaja, es agregado militar de la cancillería.

—¿Y cuándo se casan?

Mirna hizo un gesto de impotencia y sonrió.

—Es casado. Pero a mí eso no me interesa mientras no me

falte nada. ¿Sabes una cosa? Prefiero ser «la otra». Me evito cuidar muchachos, llevar la casa, tener que ocuparme de su ropa… Y si no quiero verlo, simplemente no lo veo y no pasa nada. Ya llevamos tres años así, y contentos. Estoy feliz de que estés aquí, de veras, Joanna, sé que Venezuela tiene mala fama por la inseguridad, pero es como la lotería. Hay que tomar precauciones, eso sí, pero el día que te toque morir, te mueres y listo.

—¡Vaya!... ¿Sigues trabajando?

—No. Lo dejé hace dos años, cosas de Rengifo. Él dice que no me hace falta y la verdad es que hace transferencias a mi cuenta cada cierto tiempo. Mucho dinero.

—¿Cuánto es mucho?

—Millones de bolívares. También abrió una cuenta en el exterior a mi nombre, en dólares, pero él es quien la maneja, aunque dice que puedo usarla cuando viaje.

—Tuviste suerte, Mirna, o… ¿no te estará usando como testaferro?

—Ya lo pensé, y por mi cuenta estoy ahorrando también, por si las moscas.

—Bien hecho.

—Te dejo para que descanses, te llamaré para comer,¿okey?

—Tienes razón, estoy muy cansada…

—Tranquila, si veo que estás dormida no te molestaré.

Más que cansada, Joanna estaba emocionalmente agotada. Pensó que un baño refrescaría su ánimo.

Todavía húmeda, envuelta en la toalla se echó en la cama, cerró los ojos y pensó en Kevin. ¿Dónde estaría y por qué se habría ido tan de repente? Lo extrañó como a nadie en mucho tiempo. No le importaba si era un delincuente. Lo amaba y era suficiente para ella. Cuando subió Mirna, ella estaba dormida. Tocó su cabello ligeramente húmedo esparcido alrededor de su rostro. La cubrió con una manta, salió y cerró la puerta. Pobre… pensó. Seguramente estaba metida en algún lío. Nunca comprendió por qué era tan reticente a encontrar un hombre que la mantuviera. Con su belleza sería muy fácil.

Dos meses después Joanna todavía no sabía nada de Kevin, pero seguía aferrada a su palabra. Él había dicho que la llamaría y ella mantenía el celular en espera de que en algún momento diese señales de vida. Rengifo, el amante de Mirna, un hombre de mediana edad, parecía estar muy enamorado y era posible que así fuese. Lo bueno era que no se veían a diario de manera que ellas tenían tiempo para pasarlo juntas, ir al club, al cine o a reunirse con algunas amigas. Rengifo jamás salía con Mirna, excepto cuando iba de viaje comisionado por la cancillería; ella lo acompañaba en calidad de secretaria personal. Así podía pasar la aduana sin las revisiones de rigor al igual que él, que nunca le preguntaba qué había dentro del equipaje.

Estaban en el Centro Comercial Líder cuando sintió vibrar el móvil dentro del bolso y luego un sonido inconfundible llenó sus oídos.

—Hola. Soy yo.

Las palabras empezaron a salirle a borbotones mientras buscaba un rincón donde poder hablar lejos del ruido. Le hizo una seña con la mano a Mirna para que se quedara donde estaba y en medio de su confusión le dijo toda la verdad a Kevin. Cuando él colgó, lo único que Joanna tenía en mente de todo lo que él había dicho era: «Te quiero».

Te amo, Kevin, te amo… dijo para sí Joanna.

Capítulo 30

—¿Qué saben de A-1? —Charles Day hablaba por teléfono con el jefe de comunicaciones de Tampa, Florida.

—Desde que lo perdimos en Badaber, nada. Creo que permanece todavía allí.

—¿Están seguros de que no salió?

—Le envié la grabación, usted mismo pudo verlo.

—Así que A-1 sigue en Badaber... No lo pierdan de vista, en algún momento debe aparecer o darnos alguna señal.

—Entendido.

En Badaber, uno de los barrios más peligrosos de Peshawar, existe una zona con viviendas infrahumanas que da cobijo a terroristas. Desde el punto de vista de Charles Day, era la ubicación ideal para gente relacionada con al-Qaeda. Se preguntó si Daniel Contreras estaría también allí. Confiaba en que Kevin encontrara la manera de comunicarse con la mujer del velo verde para hacerles llegar alguna noticia pero, tal como estaban las cosas, lo veía difícil. Day conocía el número del celular, pero no podía hacer nada, salvo en caso de extrema importancia… Y tal vez solo para enterarse de la muerte de Kevin, sospechó con pesadumbre. Su móvil repicó con insistencia.

—Brother, tengo algo —dijo Joe.

—Nos vemos en la cafetería de Lu en veinte minutos.

Eleanor, la tía de Joe, tomó con mucha seriedad el asunto de las indagaciones que le habían encomendado en su turno de tarde. Ocupaba más tiempo del acostumbrado en terminar de asear las papeleras a sabiendas de que su presencia pasaba inadvertida aunque fuese una mujer de más de un metro setenta. En su condición de mujer de la limpieza, esa tarde había entrado a la oficina de Ian Stooskopf con una mopa en una mano, un limpiador en espray en la otra y los auriculares en los oídos, aparentemente conectados a un móvil que descansaba en el bolsillo del uniforme. Él levantó la vista mientras hablaba por teléfono y ella con un gesto señaló la mancha en la alfombra. Ian miró la mancha y dejó de prestarle atención. Giró el sillón ejecutivo y le dio la espalda.

—No he podido viajar porque las cosas están difíciles. Diles que no se preocupen, todo está en orden.

Quedó en silencio escuchando lo que decían al extremo de la línea.

—Por supuesto, el plan continúa. ¿Qué sucede?

Un nuevo silencio precedió a sus palabras.

—Mujer… no seas impaciente. Diles que haré lo posible por ir allá dentro de tres días. Antes no podré. No vuelvas a llamar, nos veremos en Peshawar.

Ian volvió a girar el sillón y vio que la mancha en la alfombra había desaparecido. Eleanor, caminando al compás de una música inexistente, sonrió y salió cerrando la puerta.

Ian estaba de mal humor, debía viajar para entregarles el dinero, pero tenía un mal presentimiento. ¿Cómo pudo suceder algo así?, pensó. Habían perdido la pista a Kevin a su llegada a Londres y sus contactos no pudieron localizarlo. Dos días antes, leyendo noticias en Internet encontró una que le llamó la atención. Un hombre llamado Keled Jaume había sido detenido en agosto y enviado a Belmarsh acusado de tráfico de mujeres hacia los países islámicos. Cuando vio la foto del sujeto le pareció reconocer a Kevin aunque no podía asegurarlo. La barba y su aspecto un tanto descuidado le daban una apariencia diferente, las fotos eran de prensa, no eran muy buenas. Trató de comunicarse con la prisión para obtener información pero se la negaron. La noticia de su solicitud llegó de inmediato a Charles Day. A través del MI6, dieron órdenes de que, si insistía, le dieran informes falsos. El jefe de la Inteligencia británica era muy cuidadoso con sus agentes y la operación "Rastreador" era de interés prioritario. A Ian le preocupaba haber tardado más de dos meses en enterarse de algo que podría ser crucial. Tendría que resolver ese asunto antes de viajar a Peshawar. Salió apresurado, sin notar la presencia de la tía Eleanor en el extremo del pasillo, encerando el brillante piso. Apenas Ian entró al ascensor, Eleanor llamó desde su celular a los hombres de Day, que vigilaban en un coche estacionado en las cercanías.

Charles Day vio llegar a Joe tres minutos antes de la hora convenida.

—¿Cómo está todo, brother?

—Bien. ¿Qué es eso tan urgente que querías decirme?

—Bueno, urgente no sé, pero he de decírtelo antes de que se le olvide a tía Eleanor o, mejor dicho, a mí. Es algo que pasó esta tarde.

—Dime.

—Ella entró a la oficina del tal Ian con los audífonos puestos como si escuchara música.

—¿Y qué, se puso a bailar o algo así?

—Hizo algo mejor que eso. Había manchado la alfombra un poco antes de que él regresara de almorzar, así que entró con el pretexto de limpiarla, no tuvo oportunidad de decir nada pues él hablaba por teléfono, así que simplemente señaló la mancha, él no hizo caso y siguió atendiendo al teléfono.

—Muy arriesgado por su parte.

—Lo sé, por eso estoy orgulloso de ella.

—Suelta todo de una vez, ¿qué escuchó?

—El tipo hablaba con una mujer acerca de un viaje. Dijo que no se preocupara, que todo iba bien, que las cosas estaban difíciles pero que el plan seguía adelante y que en tres días iría a peace and war. Después, él salió a toda prisa del despacho y mi tía avisó a tus agentes. Supuse que para ti tendría sentido. Me pareció interesante que se vaya de viaje. ¿Qué significa peace and war?

—Eso mismo: paz y guerra. Tu tía está haciendo un buen trabajo, dile que siga así, que no baje la guardia, y que le haré un buen regalo.

—Se lo diré. Me voy, brother, hoy he quedado para ir al cine con mi novia.

Ambos salieron y Charles Day pudo sonreír a sus anchas. Sus hombres habían seguido a Ian esa tarde hasta el centro de Washington, donde entró a un edificio y subió al quinto piso. Era la oficina de una organización que recaudaba fondos con fines benéficos. Y en tres días Ian viajaría a Peshawar; peace and war, como había entendido la tía Eleanor. Todo empezaba a encajar.

Esa misma noche Day se reunió con John Brennan.

Capítulo 31

Como era habitual, John Brennan miraba una carpeta con atención.

—Toma asiento, Charly —dijo sin levantar la vista. Al llegar a la última línea se quitó los anteojos y fijó su atención en Day.

—Tengo algunas novedades.

—Espero que buenas.

—Algunas no tanto. Creemos que el hermano de Kevin, Ian Stooskopf, está involucrado en algo turbio, pero no podemos asegurarlo —explicó Day.

—¿El hermano?

—Sí; trabaja en el Departamento de Estado como asesor y tiene rango diplomático, es decir, puede viajar sin restricciones y sin pasar por las revisiones rutinarias. ¿No le parece un cargo idóneo?

—¿Por qué piensas que él puede estar involucrado?

—Por varios motivos. Es el único que sabía dónde estaba Kevin, pues fue quien hizo arreglos ante la cancillería peruana para que le dieran residencia a su hermano en ese país. Envió a una mujer llamada Joanna Martínez a espiarlo; Kevin estuvo viviendo con ella y yo la conocí cuando fui en su busca. Kevin llamó desde Londres antes de embarcarse para Pakistán, y me dijo que un tal Robert Taylor era el hombre que había tramado lo de Joanna Martínez. Él no sabe que Robert Taylor es su hermano Ian.

—¿Y cómo sabes que es el mismo hombre?

—Porque tengo una colaboradora en el Departamento de Estado. Reconoció a Ian Stooskopf como Robert Taylor.

—¡Mierda! Esto se está complicando.

—Y eso no es todo. Ian llamó hace unos días a la prisión de Belmarsh, parece que se acababa de enterar de que Kevin estuvo allí.

La pregunta es: ¿por qué ese interés en su hermano?

—¿Será que no confía en él? ¿Sabrá algo que nosotros ignoramos? Anota que debemos seguir los pasos de Kevin desde que se retiró del ejército. Podría tener algún problema que no sepamos, y su hermano simplemente lo está monitoreando.

—Cuidando, querrá decir usted.

—Correcto.

A Charles Day esa posibilidad no le había cruzado por la mente.

—Pero… ¿tomarse tanto trabajo como para enviar a una mujer a vivir con él?

—¿De qué otra forma se puede estar más cerca de un hombre? —preguntó Brennan con ironía.

—Averiguaré sus antecedentes, tiene razón, no podemos dejar cabos sueltos. La recopilación de datos que hice fue básicamente de su trayectoria como miembro del ejército.

—A mí me parece extraño que haya ido a refugiarse en la selva peruana.

—No es precisamente la selva, es…

—Da lo mismo —dijo Brennan haciendo un gesto con la mano—. Se alejó de su país, solicitó la residencia en otro que no tiene nada que ver con el nuestro, es un cambio radical.

—Cuando hablé con él no noté nada raro, es más, me pareció más cuerdo que muchos aquí. Creo que lo que él quería era apartarse de todo lo relacionado con la guerra. La gente se cansa.

—También los problemas con las mujeres pueden producir ese tipo de huidas. ¿Se le conoce alguna relación en los Estados Unidos?

—Ahora que lo menciona, él y Daniel Contreras eran amigos inseparables. A mí me llamó la atención que de un momento a otro pidiera su cambio al cuerpo de desactivadores de bombas.

—Ya ves... Ahí está. El tipo no es tan cabal como pensabas. Investiga qué sucedió allá.

—¡Eso ocurrió hace dos años! Muchos de los hombres han regresado, otros se han retirado…

—Ya te arreglarás para averiguarlo, Charly, no podemos darnos el lujo de pasar por alto esa información.

—Prosiguiendo con el informe, el Rastreador está en la guarida del lobo. Espero que pronto tengamos alguna noticia de él y que no sea a través de YouTube.

—Charly, en un barrio tan insignificante como Badaber, en el que no hay edificios, colinas, montes, ríos o cualquier cosa que sirva de camuflaje, ¿cómo es posible que el Sentinel le haya perdido la pista?

Al escucharlo Day cayó en la cuenta.

—Cierto. No es posible que se haya quedado en un garaje. Y si no salieron por donde entraron…

—Hay otra salida. Es lo único que se me ocurre.

—Y tiene que ser bajo la superficie. La entrada al garaje pudo ser una treta. Quizá haya túneles o salidas ocultas.

—No lo creo. Ese lugar ha sido registrado hasta sus cimientos, recuerda que es una zona de terroristas y el ejército pakistaní la tiene controlada. Tenemos que ver la grabación del Sentinel de ese día —pidió Brennan.

—La tengo. Espere un momento.

Day abrió su maletín y sacó el ordenador portátil. Buscó el archivo y puso a correr el vídeo.

Un hombre alto y delgado miró hacia arriba. Era Kevin Stooskopf con barba y salwar kamiz blanco. Enseguida se dirigió a la avenida Charsadda y empezó a caminar a buen ritmo hasta llegar a Bakhshi Pull, atravesó unas callejuelas y se detuvo ante una casa cubierta por una enredadera. Entró a ella y después salió con otros tres hombres. Subieron a una furgoneta blanca, cerrada. Dos iban en la parte de delante y dos atrás, uno de ellos era Kevin. Hicieron un recorrido caótico y después enfilaron hacia Badaber, condujeron por una zona paupérrima de casas en ruinas y se detuvieron frente a un garaje, que más parecía un desguace, por la cantidad de coches semidestruidos que rodeaban el lugar. La grabación permaneció estática un buen rato, y alejó un poco la toma. Pocos coches circulaban en esa zona. La gente que se podía observar iba a pie. Pasó cerca de la entrada del garaje un hombre, tirando de una mula que cargaba cachivaches.

—Estuve todo el rato observando, no perdí de vista ni un detalle —dijo Day con la mirada fija en la pantalla, al igual que Brennan.

—No me parece que en ese sitio exista un sótano, o algo como un cuartel general. Es poco probable, es una zona yihadista, sí, pero también muy vigilada.

—Usted sabe que no podemos creer en la buena fe del gobierno de Pakistán para vigilar a los terroristas.

—Lo sé, pero usemos el sentido común. ¿Te parece ese un lugar donde se albergue una célula terrorista de medianas proporciones? Creo que deben de haber salido por otro lado.

Day hizo un gesto con el dedo.

—Hay un movimiento veinte metros más allá, debajo de la chatarra. —Señaló.

—Sale un coche color tierra. —Brennan dio una palmada en el aire con fuerza—. Ahí va nuestro hombre.

Esperó que la toma continuara abierta para poder seguirlos. Pero no fue así. Se enfocó otra vez en el garaje. Salió un hombre sin camisa con unos vaqueros y se dispuso a quitar los asientos de un coche. La furgoneta blanca seguía dentro.

—Necesito una toma ampliada de ese día a esa hora.

—Me comunicaré con Tampa. Ellos guardan todos los archivos, espero que exista alguna toma abierta.

—Debe existir. El Sentinel está preparado para monitorear varios blancos. Varios puntos —se corrigió Brennan.

Mientras Day se comunicaba con Tampa, Brennan seguía con los ojos puestos en el garaje. Si no fuese porque el asunto era importante habría delegado el trabajo, pero se trataba de algo serio. ¿Un miembro del Departamento de Estado era un traidor? No podía creerlo, se dijo, pensando en Ian.

—Me la enviarán en unos segundos —anunció Day.

—¿Qué papel juega Ian Stooskopf en todo esto?

—No lo sé. Y por supuesto no voy a preguntarle. Pero en estos momentos se encuentra vigilado, nos enteramos por nuestro contacto que dentro de tres días viajará a Peshawar. Estuvo hablando por teléfono con una mujer y parece que llevará algo que interesa mucho a los que están allá.

—Tu espía debe ser muy buena.

—Ni se lo imagina —asintió Day.

—¿Desde cuándo está vigilado?

—Desde hace cinco días. Sus movimientos han sido rutinarios, yo diría que demasiado. Es como si se oliera que lo seguimos.

—¿Se le ha intervenido el teléfono?

—Por supuesto, pero no ha recibido llamadas extrañas. Casi todas, de su secretario. Ian parece un ermitaño, solo hoy hizo un movimiento fuera de rutina: la llamada de esta tarde. No fue registrada; parece que usó un teléfono diferente, algún celular bajo otro nombre. Y también esta tarde fue a una oficina de ayuda humanitaria.

—Pensé que habíamos acabado con ellas. Después de lo del 555 de la calle Grove cualquier organización con fines benéficos es sospechosa. Más, si es internacional.

—Usted sabe que eso es jurisdicción del FBI.

—Es inaudito. Después del 11-S todas las agencias internacionales de Inteligencia colaboran entre sí, pero aquí, en los Estados Unidos de Norteamérica, el FBI no comparte información con la CIA. ¿Hasta cuándo? Y si ellos me preguntasen acerca de lo que estamos haciendo, yo tampoco debería decirles nada. ¿Ves cómo están podridas las cosas? Todos desconfiamos de todos. Y con razón. La prueba es Ian Stooskopf. Vaya apellido. Podrían haberse buscado algo más simple.

—Ya tengo la grabación de ese día —dijo Day sin hacer mucho caso del mal humor de Brennan—. La veremos en la pantalla grande.

Ambos se sentaron frente a la pantalla que descendió automáticamente hasta cubrír la pared izquierda de la oficina de Brennan. El coche color tierra, después de salir bajo la chatarra, dio unas vueltas sin rumbo fijo antes de enfilar hacia la autopista Kohat, la N55 rumbo a Peshawar. Dieron vuelta a una rotonda y tomaron la autopista hacia Islamabad en dirección a la ruta Hospital. Poco después cogieron la carretera Nowshehra y luego de un brusco giro a la izquierda se dirigieron hacia el distrito de Charsadda. Pasaron un enorme cementerio y siguieron hasta una zona de campos de cultivo con alguna que otra edificación, hasta detenerse frente a una sencilla casa con un patio interior grande. Alguien abrió el portón y el coche color tierra entró. Diez minutos después volvió a salir y esta vez regresó por la autopista a Peshawar y enfiló hacia Badaber; el trayecto ida y vuelta tomó noventa y ocho minutos.

Day se comunicó con Tampa de inmediato.

—Nuevas instrucciones para el Sentinel. —Le dio las coordenadas y se volvió hacia Shannon—. Creo que hemos dado con un nuevo enclave terrorista. La zona es idónea, tranquila, probablemente debajo de esa sencilla fachada exista un fuerte —aventuró.

—Creo que es allí donde está el Rastreador.

—Esperemos que sea así y que no tengamos que tomar medidas extremas.

—¿Se refiere a...?

—Lo sabes, Charly, si llegara a peligrar la vida del presidente, nos veríamos obligados a bombardear el sitio.

—¿Con Kevin dentro?

—Una vida puede salvar muchas otras, ya lo hemos hablado varias veces.

Day asintió. Era el procedimiento. Aunque lo primero era

asegurarse de que el lugar era, efectivamente, un bastión terrorista. Y la única manera de comprobarlo sería manteniendo la vigilancia las veinticuatro horas de cada día.

Capítulo 32

En medio de la oscuridad, con las extremidades a punto de quedar paralizadas por el frío, Kevin supo que debía actuar antes de que le flaqueasen las fuerzas. Había perdido el sentido del tiempo; le era imposible calcularlo pero tampoco tenía mucha importancia en esos momentos. La consigna era permanecer con vida, y es lo que haría. Estaba mentalmente preparado para no dejarse vencer. Parecía que hacía mucho hubiera estado Zahir allí socorriéndole con un poco de agua que, según él, le ayudaría a soportar las poco más de veinticuatro horas que debía pasar en ese lugar. Veinticuatro horas que se habían vuelto interminables en medio de la oscuridad y la soledad. La deshidratación y el frío empezaban a hacer estragos en su mente y solo a fuerza de voluntad y poder mental se mantenía consciente. En los primeros momentos de su confinamiento había palpado de manera instintiva la zona de la pared donde sobresalía el collar que sujetaba su cuello; estaba férreamente incrustado a una base de metal y no tenía forma de agarrarlo para tirar de él. La posición de espaldas le impedía usar de manera eficiente la fuerza de sus brazos, sin embargo, comprendió que era su único recurso. Si no hacía algo, moriría. Escarbó con las uñas la base pegada a la pared hasta lograr que sus dedos entrasen y empezó a tirar del collar con todas sus fuerzas. El frío contrae, el calor expande, repetía mientras lo hacía, para darse ánimo. Sintió que aflojaba, ya su cuello podía separarse de la pared algunos centímetros. Con renovado vigor introdujo más los dedos entre la placa de la base y la pared y haló con fuerza, una, dos, tres veces. Descansó unos momentos y prosiguió de manera sistemática. La operación le aumentó el calor corporal y este, a su vez, le dio bienestar. Siguió con la misma operación hasta quedar exhausto. Después de recuperarse dio el último tirón, esta vez con todas sus fuerzas, hasta arrancar de cuajo la base de hierro.

Recuperó la movilidad, pero aún tenía el collar en el cuello sujeto por una especie de pasador en la parte de atrás. Cuatro gruesos tornillos de quince centímetros que sujetaban la base a la pared estaban ahora en el aire colgando de su cuello. Los destornilló y los guardó entre sus ropas; le servirían de arma llegado el momento.

Caminaba por la habitación para estirar los músculos cuando sintió unos pasos. Se apresuró a ocupar su lugar y empezó a recitar un azalá en murmullos, con los ojos cerrados y la cabeza al frente, como si aún la tuviera pegada a la pared. El olor de un viejo conocido llegó a su olfato: Daniel Contreras.

Daniel Contreras se dirigió al cuarto por los pasillos que él asociaba con una ratonera. Más por curiosidad que por cualquier otro motivo, deseaba saber quién era el próximo infeliz que moriría por capricho de El profesor. Descorrió la mirilla y no pudo ver nada, solo escuchó las oraciones que repetía el hombre sin cesar. Está vivo y aún con fuerzas, increíble, se dijo. Entró a la habitación congelada y encendió la luz mortecina de un bombillo pegado al techo.

Kevin seguía sus rezos, con los ojos cerrados, mientras trataba de encontrar sentido a la presencia de Daniel, libre para moverse en aquel lugar. Dedujo que era un traidor, no cabía otra explicación. Permaneció quieto, sintiendo cómo el otro se aproximaba.

Daniel se acercó para ver con mayor claridad el rostro del prisionero. Al distinguirlo, con sorpresa le pareció reconocer a su antiguo compañero. ¿Kevin? ¿Era posible que fuese él? Debía cerciorarse. Entonces, una mano férrea lo sujetó del cuello mientras la otra le tapó la boca.

—¿Qué rayos haces tú aquí? —le preguntó Kevin—. ¿Vine a rescatarte y me encuentro con que eres uno de ellos…? ¡Traidor!

Daniel dejó de hacer el intento de zafarse. Sabía que sería inútil. Le hizo un gesto con la mano y Kevin aflojó el cuello y dejó libre su boca.

—Estamos en el mismo bando —dijo con dificultad—. No he traicionado a nadie. Bueno... sí. Es largo de explicar. Mientras crean que estoy de parte de ellos tendremos una oportunidad.

—Deseo creer que es así pero algo me dice que no.

—Créeme. No diré a nadie que te has liberado solo Dios sabe cómo, aunque más parece cosa del demonio. Ahora debo ir a mi cuarto, Zahir sabe que estoy aquí y no deseo que piense que te conozco, sería arriesgado para ambos. Tendremos oportunidad de hablar, te lo aseguro. Sigue con tu papel y yo haré el mío.

—Dame agua.

—Está bien, pero quédate quieto.

—Voy a confiar en ti, Daniel.

—Me lo debes.

Kevin no respondió.

Daniel salió y llenó con agua del grifo una jarra. Se la llevó y Kevin tomó todo el contenido sin detenerse a respirar. Después le devolvió la jarra y Daniel salió en silencio tras apagar la bombilla. Camino a su cuarto, vio la luz del de Zahir todavía iluminada. Sus problemas de sueño eran conocidos, una razón para cuidarse de él. Quiso pasar inadvertido pero la puerta se abrió.

—¿Cómo está? —preguntó Zahir.

—Dentro de lo que cabe, bastante bien; está orando.

—Es un hombre resistente y piadoso. Iré a darle una ojeada.

Daniel se despidió y retomó el camino a su cuarto. Esperaba que Kevin estuviera alerta y conociéndolo, sabía que sería así. Si existía un hombre al que le confiaría su vida, era a él. Un sentimiento cálido invadió su pecho. Volver a encontrar a su antiguo amigo había disipado sus resquemores. La única culpable era Nasrim, cada vez lo tenía más claro. Con Kevin allí, todo sería más fácil.

Cuando Zahir abrió la puerta y encendió la luz, ya Kevin sabía que era él. Continuaba con la espalda recta pegada a la pared. Su cuello sujetaba con fuerza la placa a la pared, mientras él musitaba con los ojos cerrados sus oraciones como si estuviera en trance. Contaba con que la débil luz que despedía el bombillo ayudase a que no se fijara en algunos detalles.

—Espero que hoy te saquen de aquí.

Kevin dejó de rezar y abrió los ojos.

—Yo solo quería servir a la yihad, no era necesario que me tratasen así, pero Alá me acompaña y me está permitiendo resistir.

—Toma agua, debes estar sediento —dijo el hombre alargándole un vaso que Kevin agarró con ansiedad y tomó el contenido de un solo trago.

Zahir le sirvió más. También le dio un trozo de pan.

—Manana… manana, habibi… —agradeció Kevin mezclando el idioma pashtún con árabe.

—No me lo agradezcas, todo lo contrario, tú no deberías estar aquí. Quiero que quede claro que tu lealtad debe ser hacia mí por encima de todo. ¿Me comprendes? Estás aquí encerrado en contra de mi voluntad, hablaré con El Profesor para que te saquen, no te traje para que murieras.

—Pero él parece tener otros planes, Zahir. No podrás hacer nada.

—Ya lo veremos.

Capítulo 33

Zahir fue a su cuarto y, como siempre, no pudo conciliar el sueño. Envidiaba a los muchachos de la tropa que roncaban como cerdos, hubiera dado cualquier cosa por dormir toda una noche completa. Faltando poco para la madrugada, le llegó el sueño, pero no podría aprovecharlo, debía levantarse al igual que todos para las oraciones matutinas. Después del desayuno fue a la estancia de al-Zawahirí.

—El hombre va para los tres días en el cuarto, ¿no crees que es momento de sacarlo?

—Da orden de que lo lleven al patio. Quiero que sirva de ejemplo.

—¿Qué piensas hacer? —preguntó Zahir, sospechando lo peor.

—Es un infiltrado. Estoy seguro.

—Lo investigué. Hoy me llegó más información, todo parece estar en orden, es un hombre valioso que puede servir a la causa. Hasta Baryala lo conoce.

Al-Zawahirí no respondió.

Kevin se hallaba recostado. Con la oreja pegada al piso, oyó las pisadas que se acercaban. Se sentó pegado a la pared, como si todavía tuviese la placa sujetando el grillete a su cuello, justo al tiempo que se abrió la puerta y se hizo la luz. Los hombres lo encontraron orando en susurros con los ojos cerrados.

—¿Así que todavía tienes ánimo para hablar? Vamos a llevarte ante El Profesor para que converses con él —dijo uno de ellos con una risita.

Se acercaron con intención de soltar el grillete pero Kevin de un salto quedó frente a ellos. El más delgado de los dos trató de sujetarlo. Kevin le clavó con fuerza un tornillo en el hombro. Al otro le dio un golpe certero en el cuello y cayó desorientado, tosiendo. Un par de patadas en el estómago a cada uno sirvieron para dejarlos en el suelo sin ganas de levantarse. Abrió la puerta, salió y volvió a colocar la tranca de metal que servía de cierre. Deshizo el camino que lo había llevado allí sin titubear y fue directo a la estancia de El Profesor.

—Assalam alaikum ¿Quería verme? —preguntó desde el umbral.

—¿Qué haces aquí? Dije que te llevaran al patio.

—Sus hombres parecen incapaces de cumplir las órdenes, señor.

Zahir se le acercó y observó con cuidado la faja que rodeaba su cuello. Enseguida supo lo que había pasado. Con una sonrisa miró a al-Zawahirí.

—Aquí lo tienes. Keled Jaume vino por su cuenta. Espero que no haya acabado con los dos que fueron a buscarlo.

—Estarán bien cuando los saquen del cuarto. Un poco doloridos, quizá. ¿Podrían quitarme este collar?

Zahir sacó una llave de entre sus ropas y procedió a liberarlo del incómodo grillete.

—Ve a ver qué sucedió con ellos —ordenó El Profesor a uno de sus guardaespaldas.

—¿Quién eres? —preguntó al-Zawahirí.

—Mi nombre es Keled Jaume, ya se lo dije, señor.

—¿Crees que esta es la mejor manera de comportarte en mi casa?

—No, señor, le suplico que me perdone; yo solo quería trabajar para usted, no vine para ser encerrado.

—¿Crees poder cuidar de mí mejor que mis hombres?

—Mucho mejor. Es la voluntad de Alá, él me ayudó a soportar el encierro.

—Eso es cierto —dijo Zahir, a quien la situación parecía estar divirtiéndolo—. Yo pasé un par de veces por ahí y lo escuché orar.

—Fue lo que hice todo el tiempo. Alá es grande.

Al-Zawahirí lo observó en silencio.

—¿Cómo sé que no estás mintiendo? ¿Dónde aprendiste a luchar así?

—Me entrené. Y soy fuerte. Quiero ir al frente de batalla, no tengo miedo a luchar, señor.

—¿El frente? Nosotros no luchamos en frentes de batalla,

¿acaso no lo sabes? Ya veo que no tienes idea. Nuestra lucha es diferente... Llévalo a que se asee, hiede a camello —ordenó a uno de los hombres.

—Y denle comida —subrayó Zahir, mientras le guiñaba un ojo a Kevin.

Demasiado bueno para ser verdad, pensó El Profesor. Eficiente, piadoso, fuerte y quién sabía si leal... Y, además, inocente como un pichón.

—Sigue sin gustarme, aunque reconozco que podría ser valioso —dijo con terquedad.

—Estoy seguro de que necesitas a un hombre como él, alguien que esté dispuesto a enfrentarse con quien sea y a sacrificar su vida por ti, Ayman.

—Veremos. A quien tengo en mente ahora es a Osfur Abyad.

—Nasrim dijo que vendría. Llegará pasado mañana.

Arregla todo para que nos veamos en Namak Mandi. No quiero que conozca este lugar, no es de los nuestros, aunque él diga que sí lo es.

—Será una buena prueba para Keled Jaume.

—No pienso llevarlo, primero debe aprender maneras, es un insubordinado.

—Sé que te agradó lo que hizo, Ayman, no lo niegues.

—¿Cómo se llama el traidor?

—¿Te refieres a Daniel Contreras?

—Sí, ese. Quiero que él lo prepare todo, sus tácticas son buenas, hay que reconocerlo. También sería bueno que visite a Nasrim, no debemos dejar que la llama del amor se apague. —Sonrió El Profesor.

—¡Bien pensado! —concluyó Zahir.

Poco después daba instrucciones a Daniel Contreras.

—Tengo un plan para ti, Daniel —dijo Zahir.

—Tú me dirás, jefe.

—El profesor ha de ir a Peshawar, va a llegar una persona importante, necesito que te ocupes de todo. Escoge a los hombres que te acompañarán. La reunión se llevará a cabo en Namak Mandi, en la parte trasera de un viejo restaurante. Irán en tres camionetas.

—¿Usted no irá?

—Iré, pero debo ocuparme de otro asunto importante. ¿Conoces la zona?

—Más o menos.

—Está aquí —señaló con un bolígrafo la ruta en el mapa sobre la mesa—. El mensajero que esperamos se alojará en el Pearl Continental, a ocho minutos de Namak Mandi. La reunión será exactamente aquí —indicó—. Después, dos hombres lo seguirán hasta el hotel. Que lo vigilen mientras esté en Peshawar, el resto debe proteger a El profesor.

—¿Temen que pueda jugar sucio?

—Desconfío de todo el mundo, al fin y al cabo es un norteamericano.

—Y yo también.

—Eres un puertorriqueño, que no es lo mismo. Ese país tiene extrañas formas de racismo, un presidente negro en un país de blancos, con la mayoría del gobierno en su contra. Y tú te alistaste para obtener un empleo con una mejor paga, porque de otra manera serías un paria. Sé cómo tratan los norteamericanos a los que no son anglosajones.

—Has visto muchas películas de Hollywood, Zahir.

—Las he visto, sí. Por eso sé cómo piensan.

—No voy a negar que, aunque las cosas están cambiando, un puertorriqueño nunca será un verdadero norteamericano. Ya no quiero saber más de ellos, mi vida está aquí y la mujer que amo, también.

—Respecto a eso, te daré una buena noticia: podrás verla. Una vez dejes todo arreglado, tómate la tarde libre. El regreso se hará a las ocho, a esa hora tendrás que estar con El profesor.

—¿Quién se verá con él?

—Eso no te incumbe, solo procura cuidar de El profesor, ese debe ser tu único objetivo.

—Si he de seguirlo, debo saber al menos cómo es.

—Ya lo verás, no te preocupes.

Capítulo 34

El chófer del consulado metió el pesado equipaje en el maletero del coche; también en los asientos traseros, mientras Ian, como cosa inusual, ocupaba el asiento del copiloto.

—Trajo mucho equipaje, doctor —dijo el chófer.

—Cosas imprescindibles para la escuela, y muchos papeles, ya sabes cómo pesa el papel.

—Sí, doctor. ¿Se alojará en el hotel de siempre?

—Sí.

—¿Desea que lleve las maletas al consulado?

—Tengo que revisar algunos documentos, ya las llevaré yo.

Una vez en la entrada del Pearl Continental, el hombre ayudó a descargar las maletas, el botones las acomodó en la suite, e Ian despidió al chófer.

—Puedo esperar para llevarlo al consulado, doctor.

—No te preocupes, tomaré un taxi. Debo hacer algunas llamadas primero.

—Como usted diga, hasta luego, doctor.

Ian marcó un número. Contestó Nasrim.

—Hola, diles que ya llegué. Los veré en el sitio acordado dentro de cuarenta y cinco minutos.

—¿Todo está bien? —preguntó ella.

—Sí. Todo bien.

—¿Cuándo nos veremos?

—Yo me comunicaré contigo.

—De acuerdo. Hasta luego.

Nasrim colgó. La llamada había sido fría. Más que nunca. Intuía que algo debía estar pasando por la mente de Ian. Lo que hacía era muy arriesgado, pero no era la primera vez.

Arriba, el Sentinel grababa. Vieron a un motociclista llegar a Charsadda y salir minutos después.

Ian dejó pasar el tiempo hasta que abrió la oficina de alquiler de autos y llamó a recepción para que se encargaran del equipaje. El mismo botones volvió a bajar las maletas y las introdujo en el maletero del coche de alquiler. Un hombre vestido a la manera occidental hojeaba una revista sentado en una de las butacas del lobby. No había nadie más. Ian le dio una buena propina al chico de las maletas y salió conduciendo hacia Namak Mandi, un bazar no tan antiguo ni colorido como el Quissa Jawani, pero igual de desordenado. El hombre sentado en la recepción se comunicó con Day.

Ya en la autopista, a la altura de las puertas de Bajori, Ian notó que un vehículo lo seguía, aceleró y rebasó a varios coches, haciendo algunas maniobras arriesgadas, no podía correr el riesgo de que lo atrapasen con esas maletas. De pronto sintió un ruido, miró por el retrovisor y vio que algunos vehículos se habían detenido. Aceleró y se perdió en dirección a Namak Mandi. Al llegar, tocó la bocina tres veces y se abrió un portón, por donde entró. Daba a un callejón techado y cerrado. Ian tomó su cartapacio y salió apenas se detuvo el coche. Reconoció a uno de los guardaespaldas de al-Zawahirí.

—El Profesor lo espera.

—Me temo que ahora no lo podré ver. Saquen las maletas del coche y escóndanlas; me siguen. Debo irme ya. ¿Hay alguna otra salida?

—Sí, por aquí —dijo el hombre.

—Dile a El Profesor que todo está ahí. Cuando pueda me comunicaré con él.

Sin darle tiempo a contestar, entró por donde había señalado el hombre. Subió una escalera y se encontró en la azotea, donde un precario puente techado conectaba con una casa a espaldas de esa calle. Ian lo atravesó y sacó del cartapacio un gorro negro y una bufanda, que usó alrededor del cuello dejando el rostro semioculto. Bajó unas empinadas escaleras que lo llevaron a la calle. Se perdió entre el gentío que ya empezaba a aglomerarse a esa hora y tomó un taxi en dirección al hotel. Se quitó la bufanda y la gorra y los guardó en el cartapacio. El Sentinel había grabado su llegada al local ubicado en Namak Mandi; sus cámaras lo habían seguido desde su llegada al aeropuerto, pero los operadores no notaron que había salido por la parte de atrás en Namak Mandi. También habían grabado a los tres vehículos que salieron de Charsadda.

—Profesor, han traído un coche con unas maletas. El hombre

se fue, parecía estar en apuros, dijo que lo seguían.

Aymán al-Zawahirí arrugó el entrecejo.

—¿Dónde está Contreras?

—Aquí estoy —dijo él, entrando a la habitación.

—¿Qué sucedió?

—El mensajero se fue y nos dejó un coche con las maletas.

—Cerciórate de que todo esté bien. Después tráeme el cargamento.

—¿Se refiere a…?

—¿Qué sabes de bombas?

—No mucho, la verdad, preferiría que viniese un experto.

—Es el momento para que compruebes qué tanto sabes —replicó El Profesor. Estaba seguro de que Osfur Abyad nunca dejaría nada que pudiera dañar el contenido de las maletas, pero Daniel Contreras le producía un rechazo inexplicable. Si no fuese por Zahir…

Daniel fue al coche y lo examinó por fuera. No había detonadores por debajo ni nada sospechoso, aun así abrió la puerta con mucho cuidado y, al no percibir ningún sonido, entró. Se sentó en el asiento del conductor y revisó tanteando por debajo del volante, los asientos, la guantera, la parte posterior. Nada. Solo dos maletas, una sobre otra en el asiento trasero. Abrió con la llave el maletero muy despacio para ver si se topaba con cualquier alambre, cable o sonido que le indicara que había peligro, antes de levantar la tapa del todo. El sudor le corría por la espalda, tenía la frente empapada y no veía bien por causa de la transpiración que opacaba sus ojos. Pensó en Kevin. Él sin duda sabría qué hacer. De bombas solo recordaba lo que le habían enseñado cuando entrenaba para ser un SEAL, hacía ya unos cuantos años. La puerta del maletero se le escapó y se terminó de abrir porque le sudaban las manos. Instintivamente retrocedió de un salto. No sucedió nada. Ahora debía abrir las maletas. El mismo proceso interminable, y el mismo resultado. No sucedió nada. Solo dinero. Mucho dinero en efectivo, jamás había visto tanto. Era incapaz de calcular la cantidad. Dio orden de llevar las maletas al El Profesor.

—Si Osfur Abyad dijo que lo seguían, no podemos dejar esto aquí. No sabemos cuántos son ni lo que están dispuestos a hacer. Carguen todo y llévenlo a la camioneta. ¡Ya! —ordenó al-Zawhirí—. Y tú, ¿dónde estabas cuando él llegó?

—En la ventana de arriba, verificando la posición de los francotiradores —respondió Daniel.

—¿Y no vieron nada extraño? ¿No vieron quiénes lo seguían?

—Nada. No vimos ningún coche o camioneta sospechosa,

no podían ir a pie, si lo seguían tuvo que ser en algún vehículo y no vimos ninguno.

El Profesor hizo una mueca de desagrado. No le gustaba en absoluto la manera de conducirse de Osfur Abyad; no desconfiaba de él, pero le parecía extraño que afirmase que alguien lo seguía sin darles más señas. Debían salir de ese lugar cuanto antes. Subió con cierta dificultad las empinadas escaleras para ir por la misma ruta que había tomado Ian y desembocó en un garaje. Después de completada la carga subió a la camioneta de vidrios oscuros y regresaron a Charsadda. Una oportunidad perdida, caviló al-Zawahirí. Era importante hablar con Ian para afinar los planes, tendría que mandar a por él, cosa que no era para nada conveniente. Él no podía darse el lujo de andar otra vez por ahí, cualquier persona podría reconocerlo y delatarlo, su cabeza valía veinticinco millones de dólares, una fortuna difícil de rechazar.

—Llama a Zahir —ordenó a uno de sus hombres al llegar a Charsadda.

Mientras tanto ingresó a las profundidades del fuerte y se encerró en una habitación con las maletas. Las abrió una por una y esperó a Zahir para que le ayudara a hacer las anotaciones. Tenían dos máquinas contadoras de billetes.

—Zahir no regresó desde que salió con ustedes, Profesor.

—¿Dónde está ese... Keled Jaume ?

—En su cuarto. Está solo, encerrado —explicó Radi.

—Tráiganlo.

—Sí, señor.

Al-Zawaihrí cerró las maletas. Poco después Keled era despertado por Radi.

—El Profesor quiere verte.

Kevin se desperezó. Las ocho horas de sueño profundo le habían sentado bien. Caminó detrás de Radi quien lo llevó al cuarto de seguridad donde estaba al-Zawahirí. Faltando unos metros le llegó a Kevin el intenso olor a papel moneda. Al entrar y ver las maletas cerradas supo lo que había dentro.

—Assalam alaikum.

—Alaikum assalam —le respondió esta vez El Profesor.

—Hablas árabe con fluidez, supongo.

—Sí, señor.

—¿Cómo conociste a Manzur?

—Él me buscó estando en Belmarsh.

—¿Te buscó?

—Creo que lo hace con todo preso nuevo que entra.

—Cuéntame cómo se hicieron tan amigos.

—En una ocasión lo defendí de unos neonazis.

—Ya veo. ¿Dónde está Zahir?

—No lo sé, estuve encerrado.

—¿Acaso te dijo que le debías obediencia ciega? Si así fue, olvídalo. A quien debes obediencia es a mí.

—Por supuesto, señor. Él no me dijo nada, solo dijo que aquí me darían trabajo de guardaespaldas.

—¿Qué tanto estás preparado para sacrificarte? ¿Te dejarías matar por mí?

—Sí, señor.

—¿Te inmolarías por la yihad?

—¿Inmolarme? No comprendo bien, señor —Keled se hizo el tonto.

—¿No has oído hablar de los que se sacrifican a favor de nuestra lucha santa?

—Claro, señor, ahora comprendo, por supuesto que sí. Pero creo que sería un desperdicio, señor, vivo le sirvo más que muerto.

—Sabes que mi cabeza tiene un precio, ¿no?

—Claro que sí, señor, veinticinco millones de dólares americanos. Todos lo saben.

—Por eso debo cuidarme de todos, por eso y mucho más. ¿No te apetecería ganarte ese dinero?

—¿Yo, señor? ¿Y qué haría con tanto?

El profesor soltó una carcajada. El muchacho le parecía gracioso. Zahir entró en ese momento.

—¿Me estabas buscando?

—¿Dónde te habías metido?

—Estuve siguiendo a Osfur Abyad, había mucho dinero en juego como para no cuidarlo. No comprendo por qué no quiso que fuéramos a recogerlo al hotel. Él mismo fue, conduciendo un auto de alquiler, algo demasiado riesgoso.

Al-Zawaihrí le dio una mirada de reconvención.

—Espera afuera, Keled.

—Sí, señor.

—¿Acaso enloqueciste, Zahir? ¿Cómo se te ocurre cambiar los planes? Por culpa tuya se fue, pensó que alguien lo seguía. Yo necesitaba hablar con él.

—No pudimos darle alcance, hubo un accidente a la altura de

Bahori producido por él mismo.

—Parece que nuestro pájaro es más listo que ustedes —repuso al-Zawahirí haciendo un ademán de impaciencia. Eso nos ha costado un tiempo valioso.

—Es un problema no poder usar los celulares. Al menos sabemos que está aquí. Daniel no pudo verse con Nasrim, y es importante que lo haga para mantenerlo animado.

—Daniel Contreras es un farsante. Te lo digo, no creo que esté aquí por convicción. Necesito gente absolutamente fiel. Hasta el tal Keled es más confiable que Contreras.

—¿Ahora confías en él?, ¿qué te hizo cambiar de parecer?

—No lo sé... Tampoco es que confíe demasiado, pero me parece un hombre bastante sincero. Siempre dice lo que piensa. ¿Qué tan bien habla inglés?

—Al parecer a la perfección, fue criado en los Estados Unidos por unos padres adoptivos. ¿Por qué?

—Estoy pensando que puede ser nuestro plan B por si a Osfur Abyad le ocurriese algo o al final desistiera del plan. Necesitamos a un hombre que no despierte sospechas y él me parece adecuado. Ninguno de los de aquí podría expresarse en inglés como un americano, llegado el caso.

Zahir quedó cabizbajo. Él tenía otros planes para Keled Jaume.

—Su aspecto dista mucho del de un yankee.

—Como si el presidente de los Estados Unidos fuese rubio y de ojos azules...

Capítulo 35

Ian llegó al hotel y llamó al consulado para que le enviasen al chófer. Las distancias eran cortas, de pocos minutos, no tardaría en estar allí. Debía enviar un par de maletines bastante pesados con folletines y publicidad de las organizaciones benéficas para repartirlos entre los que estaban dispuestos a contribuir a la noble causa que él patrocinaba en Peshawar. El chofer no se inmutó; acostumbrado al cambio de parecer de sus jefes, se dirigió al Pearl Continental y recogió el encargo. El individuo sentado en la recepción vio pasar una vez más al chófer; se limitó a informar, tal como le habían ordenado.

A miles de kilómetros de distancia, Charles Day supo que su hombre era Ian Stooskopf. Kevin no estaba enfermo ni necesitaba que su hermano lo cuidara. Ahora todo estaba claro. Era un plan maquiavélico que no lograba desentrañar del todo, acostumbrado como estaba a los problemas geopolíticos, no podía saber que esta vez se internaba en cuestiones que iban mucho más allá, sentimientos que su cerebro no alcanzaba a imaginar, porque los sentimientos no formaban parte de su rutina de trabajo. Solo esperaba que el encuentro entre ambos, que era más que probable que se diera en Peshawar, no terminase en una tragedia en la que los Estados Unidos salieran perdiendo. ¿Qué informar a Brennan? Era más de lo que cualquier cerebro hubiera podido imaginar. Se habían preocupado de cubrir todos los flancos pero no estaban preparados para algo así. No podía ocultarle un detalle tan importante, era crucial. Un enfrentamiento entre hermanos no estaba previsto en ningún manual de instrucciones.

Con andar pausado, porque las piernas empezaban a pesarle de manera extraordinaria, Charles Day hizo un esfuerzo y se encaminó lo más rápido que sus extremidades podían en esas circunstancias a la oficina de Brennan. Se sentía responsable por la operación; si hubiese investigado más a Kevin, el motivo por el que pidió el retiro… si se le hubiera ocurrido investigar a su hermano… ¿Pero cómo demonios iba a sospechar que el desgraciado era el traidor?

Salió del ascensor casi arrastrando los pies. Entró a la oficina de Brennan sin anunciarse, como cosa inusual, lo que atrajo la atención de John Brennan.

—¿Sucede algo? —preguntó al ver su cara.

—Lo peor. Lo que sospechábamos: Ian Stooskopf es el traidor. Está confirmado.

Brennan se acomodó en el sillón repetidas veces, como si todas las posturas le resultasen incómodas.

—No era que su hermano necesitase cuidados, deseaba mantenerlo vigilado, como si…

—Exacto. Esperaba que en cualquier momento lo fuéramos a necesitar. Eso da un giro extraño a todo. Hasta podría decirse que deseaba que su hermano se viera involucrado para deshacerse de él. Debe tenerlo todo calculado, y quién sabe si a estas horas Kevin ha sido delatado por Ian.

—Me niego a admitir que así sea —respondió Day—. ¿Por qué odiaría tanto a su hermano?

—¿Y si ambos están involucrados? ¿Y si fue un plan bien orquestado entre los dos? ¡Acabemos con todo de una vez! Vamos a detener a Ian Stooskopf. Lo tienes vigilado, supongo.

—Eso es correcto. Pero no sabemos si Kevin está involucrado. Yo lo conozco, él puede ser de todo menos un traidor. En este momento su vida corre peligro, es probable que aún no se hayan visto.

Day llamó al hombre que estaba en el lobby del Pearl Continental.

—Pide refuerzos y arresta a Ian Stooskopf.

—Justo acaba de subir a su habitación, envió algunas cosas en el coche del consulado.

—¿Estás seguro de que está en su habitación?

—Sí, señor.

—Ve, cerciórate. Me quedaré en línea.

El agente esperó el ascensor, marcó el quinto piso y fue a la habitación quinientos cuatro. La estaban aseando. Sospechó lo peor.

—No hay nadie —informó a Day.

—¡Mierda!

—¿No lo tenías vigilado?

—Yo y otros más, señor, pero parece que ha burlado la vigilancia. Señora, ¿usted vio salir al huésped de esta habitación? —

preguntó a la camarera que aseaba la habitación.

—Lo vi entrar pero no lo vi salir. Estaba limpiando otro cuarto.

—Pero… ¡qué haces! ¡No pierdas más tiempo y trata de ubicarlo. Da una orden a todos los aeropuertos para que lo detengan, reparte sus fotos entre la policía, los agentes, el consulado y donde se te ocurra.

—¡Maldición! Llamaré al teléfono anotado en la pared del Fruit Market —dijo Day a Brennan.

—¿Y qué ganarás con ello? Ni siquiera sabemos de quién es el teléfono.

—Si él lo anotó para que lo tuviéramos es por algo.

—Está bien. Pero si mañana no sabemos nada de nuestro hombre daré orden para que lancen misiles sobre Charsadda, es el nido donde se esconde al-Zawahirì, estoy seguro.

—Cálmese, jefe. No tenemos pruebas de que él esté allí. Sabemos que Kevin llegó allí y que las camionetas que fueron en dirección a Namak Mandi llevaban a alguien para encontrarse con Ian Stooskopf. Lo primero que haremos será detener a Ian.

—Si es que no se ha escapado ya. ¿Quién es la mujer del velo verde?

—No lo sabemos. Tal vez alguien que Kevin conoció cuando estaba por la zona.

—Demonios… ¿A quién conoce nuestro hombre en Pakistán? ¡No me digas que no lo sabes! Esa no es una respuesta, dame su expediente, alguien debe aparecer a quien no hemos tomado en cuenta.

Day buscó en su maletín la carpeta de Kevin Stooskopf y se la extendió. Brennan la abrió con impaciencia y pasó las hojas hasta llegar al punto que le interesaba. Aquí dice que su padre tiene una tienda en Peshawar.

—En realidad, ya no. La tienda pertenece a la mujer de servicio de… —Day se dio un golpe en la frente—. Tiene que ser ella.

—¿Quién es «ella»?

—La señora Farah.

—¿Estás seguro? ¿No podría ser otra? Aquí dice que tiene dos hijos de edades aproximadas a las de Kevin. Necesito que averigüen cualquier número de teléfono de los miembros de esa familia. Pero ya.

—¿Y si no está a nombre de ellos? —objetó Day.

—Entonces quiere decir que tienen algo que ocultar.

—Creo que mejor llamamos al número que nos dejó en la

pared. Estoy seguro de que la mujer es la madre, en la grabación se ve a una mujer de edad. Si él nos dejó por medio de ella ese teléfono es porque dado el caso necesitaríamos comunicarnos con ella.

Day empezó a marcar el número. No había vuelta atrás.

Capítulo 36

Para una persona acostumbrada a vivir en estado de alerta es relativamente fácil detectar si algo no es normal. Es lo que a Ian le pareció cuando vio por segunda vez al hombre sentado en la recepción tratando de simular que leía con atención una revista. No era normal. ¿Por qué alguien se sentaría en el *lobby* de un hotel tanto tiempo? Era claro que lo tenían vigilado, y después de lo ocurrido en la autopista no le quedaban más dudas. Si lo habían descubierto tenía que salir lo más pronto posible de allí, no esperaría a que lo detuvieran.

—Lleve las dos maletas al consulado y entréguelas a la señora Miller. Yo debo hacer algunas compras, dígale que me comunicaré con ella. —Le alargó un billete verde.

—Como diga, doctor —dijo el chófer, satisfecho.

De inmediato Ian regresó al interior del hotel y volvió a pasar por el lobby. El hombre esta vez estaba cerca de la salida, al verlo se volvió con disimulo y se sentó. Siguió leyendo la revista. Para Ian fue suficiente. Entró al ascensor y al salir en su piso se topó con una camarera que empujaba un contenedor rodante con sábanas usadas. Salió sin prestar atención a su gesto de extrañeza y fue directamente a su habitación, guardó lo estrictamente necesario dentro de maletín y volvió a salir, esta vez llevaba un gorro negro que cubría íntegramente su cabello claro y un par de anteojos ahumados completaban su nuevo atuendo. Entró al ascensor de servicio que había visto usar a la camarera y salió por la cocina, un portón que daba junto a unos enormes contenedores de basura. Caminó rápidamente, paró un taxi y fue directo al aeropuerto. Debía salir de Pakistán cuanto antes, haría uso de uno de sus varios pasaportes absolutamente legales. Escogió uno de nacionalidad francesa; se desenvolvía bien en ese idioma. Encontró un vuelo a Dubai. Una vez allí tomaría otro para los Estados Unidos, el lugar donde menos lo buscarían. Estaba seguro de que si no detectaban su salida pensarían que seguía en Pakistán.

Mientras esperaba el vuelo llamó a Nasrim desde un teléfono prestado.

—Querida, he sido detectado, hay un hombre apostado en el hotel y estoy seguro de que no es de los nuestros. Estoy saliendo de Pakistán. Dile a nuestro amigo que cumpliré lo acordado, voy a regresar a mi país; que el plan sigue adelante y, muy importante: estoy seguro de que mi hermano está entre ellos. Diles que verifiquen a cualquier sujeto nuevo que haga contacto con ellos, dales las señas de Kevin.

—Supongo que no te volveré a ver... Quiero ir a América.

—No digas tonterías, ¡qué harías tú allá...! Me temo que no volveremos a vernos, quiero que sepas que siempre te tuve mucho aprecio, recuérdalo.

—Es horrible despedirnos así, déjame ir al aeropuerto, al menos.

—Correría peligro, además, no estoy en un aeropuerto —mintió—. En este momento ya deben haber dado aviso. Es mejor que no sigamos hablando, cariño, te tendré presente hasta el último momento de mi vida.

Nasrim quiso responderle, decirle que lo amaba, pero ya Ian no la escuchaba. Él tenía otras urgencias.

Seguidamente se comunicó con Abdulah Baryala.

—Estoy saliendo para Dubai, las cosas se complicaron. Debo hablar contigo.

—Justo estoy en Dubai. Te espero.

Entregó el teléfono a un muchacho joven, junto con varios billetes pakistaníes. Fue camino a su vuelo, el último que salía hacia Dubai.

Ese día Nasrim no pudo concentrarse en la reunión de profesores que había convocado, tampoco asistió al ensayo de los alumnos de cuarto año como había prometido. Sentía que le habían arrancado una parte de su vida. Siempre había guardado la esperanza de que algún día Ian la llevaría con ella, pero ahora tenía la certeza de que él tenía otro plan, uno que jamás se lo había dicho con claridad pero que con palabras veladas le había dado a entender.

Zahir se fijó en la pequeña pantalla del móvil. Reconoció el número. Una alarma se encendió en su cerebro. Hizo una seña a El Profesor y contestó.

—Hola.

—Tenemos un problema. El amigo está saliendo del país ahora, lo están siguiendo —dijo Nasrim.

—Dile que no se preocupe que éramos nosotros quienes lo estábamos siguiendo.

—¿Dejaron ustedes a un hombre en el lobby del hotel? —preguntó ella.

—No.

—Entonces sí lo detectaron, como él dijo. No creo que se equivoque, en estos momentos debe estar lejos. Dígale a El Profesor que los planes siguen como acordaron, que regresa a su país.

Nasrim sintió que se le quebraba la voz.

Zahir se dio cuenta pero no dijo nada.

—Daniel Contreras irá a tu casa hoy por la tarde.

—No deseo verlo.

—Lo tendrás que recibir, y espero que te comportes bien con él.

Ella colgó. No le dijo lo que Ian le advirtió acerca de Kevin porque el odio que empezaba a fermentar en su interior crecía de manera irracional, sencillamente le importaba poco todo lo que ocurriera con al-Qaeda y el resto del mundo de ahí en adelante. Era consciente de que había sido usada de una manera vil. Ian siempre la utilizó y, a través de ella, a Daniel y a Kevin.

Zahir fue al encuentro de Daniel.

—Tienes libre la tarde para ir a ver a Nasrim —soltó sin más preámbulo.

—Vaya, pensé que el asunto estaba olvidado.

—Nunca olvido mis promesas, Daniel —dijo Zahir mirándolo fijamente—. Espero que tampoco olvides las tuyas.

—Por eso hago pocas promesas, Zahir.

Zahir asintió lentamente varias veces, como si tratara de asimilar sus palabras. Pensó en Keled Jaume. Pensó en todo lo que tenía en mente en esos días y si de alguna manera el percance con Osfur Abyad lo cambiaría todo.

—Toma. Llévate la camioneta y aprovecha para llenar el tanque. —Le dio las llaves y unos billetes—. Tu misión es averiguar hacia dónde fue Osfur Abyad.

—¿El norteamericano que estuvo aquí? ¿Y cómo podría saberlo Nasrim?

—Lo sabe, solo pregúntale y tráeme respuestas.

—¿Y quién es? Nunca lo supe.

—Ya te enterarás.

El gesto casi imperceptible que Daniel hizo con los hombros, Zahir lo tomó como aprobatorio. Después de todo quizá se diera cuenta de que era mejor no saber demasiado, pensó. Al regresar junto a El Profesor lo encontró con Keled Jaume. Cuando lo vio vestido como el resto de los guardaespaldas, con una izaba negra fuertemente enrollada alrededor de la frente y traje de campaña con chaleco de lona de muchos bolsillos, supo que había sido aceptado.

Permanecía imperturbable al lado de El Profesor como si toda la vida hubiese sido su guardaespaldas. Y Kevin, si de algo estaba seguro, era de que su olfato lo había situado en el lugar en que se encontraba. En esos momentos no debía pensar como Kevin Stooskopf. Debía pensar, sentir y hablar como Keled Jaume, pero al mismo tiempo desdoblar su personalidad para centrarse en el verdadero objetivo de su misión: Daniel Contreras. Lo tenía ubicado, solo debía encontrar el momento para hablar con él a solas, pero parecía que cada vez que tenían la oportunidad él desaparecía por un motivo u otro.

—¿Qué sabes de bombas, Keled? —preguntó El profesor.

—Que explotan.

Al-zawaihirí lanzó una carcajada. Le causaba gracia la manera ingenua como Keled soltaba las respuestas.

—¿Nunca has manipulado alguna?

—No, señor. He visto de lejos cómo los desactivadores hacían explotar bombas en los campos de Afganistán, cuando estaba con la ONU. También las granadas.

—Esos son juegos de niños. Aquí tenemos a gente que de verdad sabe de bombas.

—¿Qué tienes en mente? —preguntó Zahir.

—Algo muy interesante —masculló El profesor—. Quiero que me informes de lo que Contreras averigüe hoy —dijo seguidamente.

—Por supuesto, lo envié con esa intención.

Kevin escuchaba absorbiendo todo como una esponja. ¿Adónde enviaron a Daniel? ¿Qué debía averiguar? ¿Y de quién?

—Desconfío de las mujeres.

—Creo que ella nos ha dado suficientes muestras de lealtad, Ayman. Lo que me preocupa es lo que Osfur Abyad vaya a hacer y si cumplirá su palabra.

—Ya ves. Confías en una mujer, pero no confías en nuestro aliado.

—Bueno, no es que desconfíe, temo que no pueda lograrlo

porque ya lo han detectado.

—Se las arreglará, ya lo verás, es el mejor alumno que he tenido.

Kevin parecía ensimismado en el pequeño Corán que tenía en las manos, pero sus oídos captaban todo. Finalmente escuchaba algo que tenía sentido para él: Osfur Abyad. ¿Y quién sería la mujer?

—¿Qué estás leyendo, Keled? Recítame lo que acabas de leer —ordenó al-Zawahirí.

—«Si dudáis de lo que le hemos revelado a Nuestro siervo traed una sura similar, y recurrid para ello a quienes tomáis por salvadores en lugar de Alá, si es que decís la verdad».

—¿Sabes lo que significa?, ¿o solo memorizas lo que lees?

—Cuando el profeta Muhammad recitó el Corán, los hombres se conmovieron por su tono sublime y su extraordinaria belleza, señor, pero sabían que él era incapaz de leer o escribir, así que pusieron en duda que el Corán fuera la palabra de Alá. Entonces Alá los desafió a producir un texto que pudiera rivalizar con el suyo, y esas fueron sus palabras.

—Vaya… ¿dónde aprendiste teología islámica?

—No he estudiado teología islámica, solo me he informado, me gusta leer.

—Bien, bien… Ve afuera, debo hablar con Zahir.

—Espero que estés convencido de que Keled es un hombre piadoso —dijo Zahir.

—Me parece que lo es. Eso no está en duda, de quien desconfío es del traidor de Daniel Contreras. Ya cumplió su cometido enviando información para que sea escuchada por los gringos. Fue una idea de Osfur Abyad que nunca comprenderé. Estoy seguro de que puso en alerta a toda la CIA y demás agencias.

—Dijo que sería un buen plan porque atraería la atención sobre al-Qaeda.

—Y sobre él mismo, por lo que veo. Si no, ¿cómo es que lo detectaron?

—A veces no comprendo su forma de actuar, pero no vas a negar que siempre tiene razón, ha resultado ser muy efectivo.

—¿Tienes algo planeado para Contreras?

—Será un «hombre-bomba».

—¿Dónde?

—En la embajada norteamericana. Para algo nos ha de servir.

—Recuerda que es el nexo con Nasrim.

—Cualquier otro puede servir. Incluso Keled Jaume.

—Tenemos muchos hombres, ¿por qué tendría que ser él?

—Tiene algo que inspira confianza. Con las mujeres hay que ser cuidadosos.

Capítulo 37

Daniel detuvo la camioneta frente a la tienda de los Farah. La madre de Nasrim acomodaba mercancía en uno de los estantes cuando él entró.

—Assalam alaikum, señora Farah.

—¡Alaikum assalam, Daniel!—exclamó ella correspondiendo al saludo. Miró a Daniel y fue a su encuentro—. ¡Gracias a Alá, mis ruegos fueron escuchados! ¡No sabes cómo me alegra que no te haya sucedido nada malo, muchacho!

—Nada malo, señora Farah, gracias a Alá. ¿Se encuentra Nasrim?

—Sí, está arriba; ven, sube conmigo.

Una vez en la planta alta invitó a Daniel a tomar asiento mientras ella iba al cuarto de Nasrim.

—Hija, ¿a que no adivinas quién está esperando en el salón?

—¿Quién? —preguntó ella, mientras un rayo de esperanza se alojaba en su pecho.

—Daniel.

Su rostro se volvió a cubrir de tristeza. Tenía los ojos enrojecidos.

—No deseo ver a nadie.

—Nasrim, ¿acaso no te alegra saber que está vivo? ¿Qué te ocurre?

—Dile que estoy enferma, no puedo verlo, madre.

Su madre la observó de manera indefinible. Nunca la había comprendido y en ese momento, menos. Salió del cuarto y fue al salón donde Daniel aguardaba extrañamente tranquilo.

—Se siente mal, Daniel, la has de perdonar, hijo, no sé qué le sucede, pero creo que de verdad está enferma.

—No se preocupe, señora Farah. Esperaré un rato a ver si se mejora.

—¿Dónde estuviste todo este tiempo? Vimos el vídeo de tu captura por televisión.

—Es una larga historia que no creo que usted deba conocer. Nasrim la sabe y si no se lo ha dicho debe tener sus motivos.

Ella tenía un nudo oprimiéndole el pecho. Necesitaba hablar con alguien, pero no sabía si debía hacerlo. La llamada del americano hacía unas horas la había inquietado.

—¿Sabes algo de Kevin?

—¿Por qué lo pregunta?

—Porque ustedes eran muy amigos.

—Lo somos.

Ella trató de ver en sus ojos algún indicio que le dijera que podía confiar en él.

—¿Lo son?

—A pesar de todo, sí, señora.

La madre de Nasrim bajó la voz.

—¿Te ves con él?

Daniel asintió en silencio.

—Dile que Osfur Abyad es su hermano. Es todo lo que puedo decirte, es necesario que él lo sepa —dijo casi en un murmullo.

—¿Cómo lo sabe usted?

—Recibí la llamada. Dile solo eso. Yo misma no sé quién me llamó, pero ese número lo tiene Kevin, él tuvo la idea.

Daniel necesitó unos minutos para reponerse de la sorpresa. Una sombra empezó a oscurecer el panorama. Nasrim estaba metida en todo ello hasta el cuello. ¿Sabría quién era Osfur Abyad? Debía hablar con ella, era imperativo.

—Debo hablar con Nasrim.

—Ella no sabe nada…

—Ella sabe mucho más de lo que usted cree, señora Farah, necesito información vital de su parte.

—Kevin me dijo que no la involucrara, ella no sabe lo del número telefónico.

—La vida de Kevin corre peligro si no hablo con Nasrim —se le ocurrió decir a Daniel.

—Ven vamos a su cuarto y espero que quiera salir.

Daniel fue por el pasillo y se paró frente a la puerta, al lado de la madre de Nasrim.

—Nasrim, soy Daniel. Abre, por favor, necesito hablar contigo.

—No deseo hablar contigo, Daniel.

—No se trata de mí. Se trata de Ian.

El silencio impregnó el ambiente. Daniel supo que había captado su atención y que sus sospechas eran ciertas. La puerta se abrió y mostró a una Nasrim desmejorada, tenía los ojos hinchados.

—Assalam alaikum.

—Buenas tardes, Nasrim —dijo Daniel saltándose el saludo árabe. Sé quién es Ian, Zahir quiere que me digas todo lo que sepas, pues no tuvieron oportunidad de hablar.

—Él regresará a Estados Unidos —dijo ella mientras caminaba hacia el salón.

Su madre bajó a la tienda para que hablasen con tranquilidad, pero sabía que todo estaba muy lejos de estar tranquilo. Le preocupaba que Nasrim estuviera metida en un grave problema, nunca la había visto tan afectada.

—¿Estás segura?

—Lo estoy. Solo hablamos por teléfono, no lo vi; dijo que lo habían detectado y que haría lo posible por llegar a su país y seguir lo que habían planeado.

—No comprendo cómo entrará a los Estados Unidos, todos los aeropuertos deben estar en alerta.

—Él sabe cómo.

—Dime, Nasrim, ¿por qué estás tan perturbada?

—Son muchas cosas, Daniel.

—Me da la impresión de que no te alegra nada verme. Comprendo que ya no me ames, pero tu tristeza me abruma.

—Yo te quiero, Daniel, no digas eso.

—Lo disimulas muy bien, Nasrim. No debes sentir obligación alguna hacia mí. Si no me amas. lo comprenderé. ¿Está bien? —dijo Daniel, levantándole la barbilla con un dedo—. Solo dime que estarás bien.

Al sentir su ternura Nasrim aflojó sus tensiones. La mirada de Daniel era la que hubiera querido encontrar en los ojos de Ian. Una lágrima solitaria rodó por su mejilla.

—Estaré bien, Daniel.

—Es por Ian, ¿verdad? ¿Lo amas a él? Si es así, lo comprenderé.

—Sí, Daniel. Lo amo, lo amo desde siempre. Desde que

éramos niños, pero él no parece darse cuenta. Por él hice cosas que no me hubiera atrevido a hacer jamás.

—Lo sé, querida mía, por amor uno hace todo. Lo sé mejor que nadie. Yo también lo hice. Renegué de mis principios por ti, pero no te preocupes, he comprendido que tenías razón, Occidente es un cáncer que se mete en el alma de otros pueblos para beneficiarse, un cáncer que carcome todo lo que toca y una vez que logra sus objetivos particulares se retira dejando a sus aliados a la buena de Dios —mintió Daniel.

Nasrim por primera vez lo miró a los ojos como antes.

—¿Cómo puedes decir eso? ¿Acaso no te das cuenta de que somos nosotros los que estamos equivocados? Siglos de odio y venganza que no nos han llevado a ningún lado, siempre dirigidos por los señores de la guerra, hoy es Ayman al-Azawahirí, luego Abu Bakr al Bagdadi, mañana quién sabe y nosotros, los pueblos siempre estaremos igual, en la pobreza, la ignorancia…

—Y si eras consciente de todo, ¿por qué ayudaste a Ian?

—Porque lo amaba. Pero ya no más. Lo odio con todas mis fuerzas y espero que se mate con lo que vaya a hacer en la Casa Blanca. Y, si es posible, que lo agarren primero. Ese hombre no merece el amor ni el respeto de nadie; jugó conmigo siempre dándome falsas esperanzas, ahora lo entiendo, ¡perdóname Daniel! ¡No quise hacerte daño!

—Cálmate, ya… shhhh… No me hiciste daño, en todo caso, lo hiciste por amor y puedo comprenderlo, querida Nasrim, pero ¿te das cuenta de la gravedad de lo que me estás diciendo? ¿Cómo puedo informarle eso a Zahir sin ponerte en peligro?

—Ya no me importa. Si quieren pueden venir por mí o tú mismo llevarme y que me apedreen hasta morir por ser una traidora. ¿No comprendes que no tengo ningún motivo para vivir?

—Claro que tienes motivos. Eres hermosa y joven, puedes volver a enamorarte.

—Si no lo hice de ti, que eres el mejor hombre que haya conocido, no creo que pueda hacerlo.

Daniel guardó silencio. Debía concentrarse, no podía dejarse arrastrar por sus sentimientos, ya no. Y menos, con ella; una mujer demasiado complicada. Lo que debía hacer era asegurarse de que todo aquello no fuese una trampa, tenía que seguir actuando.

—Imaginaré que no escuché lo que dijiste, Nasrim, no deseo ponerte en peligro.

—Como quieras, Daniel. Estoy en tus manos.

—¿Es todo lo que tienes que decirme? Debo informar a Zahir.

—Es todo —respondió Nasrim con firmeza. Ahora ella no confiaba en Daniel.

—Está bien. Debo irme, ¿necesitas algo?, ¿te sientes mejor?

—Gracias por todo, Daniel. Eres un buen hombre, perdóname por no amarte.

—Solo una cosa más, Nasrim. ¿Por qué te acostaste con Kevin? —Era una pregunta que la tenía atravesada en la garganta desde siempre.

Nasrim lo miró con sus preciosos ojos de color indefinible, su belleza rompía el corazón.

—Ian me lo pidió. No me preguntes por qué, yo misma nunca pude responderme.

Se dieron un casto beso en los labios y Daniel bajó. Se despidió de la madre de Nasrim, quien lo miró con sus ojos expresivos. Había escuchado toda la conversación, todavía le costaba asimilarla. Él se le acercó y le dijo bajo, al oído: «Si la vuelven a llamar, dígales que Kevin está bien. Que ya nos hemos visto, que Osfur Abyad está camino a América».

—Adiós, señora Farah.

—Que la paz y las bendiciones de Alá te acompañen, hijo mío.

Daniel mantenía grabada en la retina la imagen de Nasrim. Jamás había visto a una mujer de semejante hermosura, pero comprendía que no sería para él. Ni para Kevin. Una agridulce satisfacción llenó sus pulmones al respirar con ansias como si le faltase el aire. «Ni para Kevin», repitió esta vez en voz alta.

Capítulo 38

El Sentinel seguía los pasos del vehículo que conducía Daniel Contreras. La orden era hacerlo con todo lo que se moviera desde Charsadda.

Charles Day creyó reconocerlo, pero no estaba seguro, no tenía sentido. Se suponía que era un prisionero que debía estar pudriéndose en alguna mazmorra, no paseando tranquilamente en una camioneta por Peshawar. No obstante, al agrandar la imagen cuando salió de la tienda de los Farah y congelarla, no le quedaron dudas. Era él. ¿Qué demonios estaba pasando? Hora y media antes había hablado con la señora Farah en el teléfono que anotó en el Fruit Market. La presencia de Daniel allí no podría haber sido más oportuna. Se preguntaba si ella le habría dicho lo de Ian. Quiso hacer un mapa mental de lo que estaba ocurriendo, pero era una especie de rompecabezas sin solución. No había forma de comprenderlo de manera lógica, sin embargo su intuición le decía que las cosas iban bien encaminadas, que Kevin hallaría el modo de hacerles llegar un mensaje, y que la única forma de saberlo era volviendo a llamar a la señora Farah. Tenía que enterarse qué había ido a hacer Daniel Contreras allá.

La madre de Nasrim sintió vibrar el teléfono en el bolsillo de su piyam. Fue a un rincón de la tienda y contestó.

—¿Puede hablar? —preguntó Day.

—Sí.

—¿Alguna novedad?

—Estuvo aquí un amigo de Kevin. Le dije que Osfur Abyad es Ian, el hermano de Kevin.

—¿Es un hombre confiable?

—Sí, es su mejor amigo.

—¿Por qué fue a…?

—Lo siento, debo cortar.

Desde las escaleras Nasrim preguntó:

—¿Con quién hablabas, madre?

—Murmuraba, hija. Murmuraba porque no tengo con quién hablar. Ya ves que cuando estás aquí es como si no estuvieras. ¿Hiciste las paces con Daniel?

—Nunca estuvimos peleados, madre.

—No fue lo que me pareció. ¿Por qué no querías recibirlo?

—Me sentía mal, es todo.

—¿Puedo saber por qué?

—Cosas, madre, cosas… A veces pienso que nací en el lugar equivocado.

—Que Alá no te escuche decir esa blasfemia, hija mía, él quiso que fueras quien eres, él jamás se equivoca. Me pareció escuchar el nombre de Ian cuando hablabas con Daniel, ¿lo has visto?

—No madre… hace mucho tiempo que no sé nada de él.

—¿Y de Kevin?

—¿A qué vienen tantas preguntas, madre?

—Al ver a Daniel, pensé que vendría con Kevin. Quiero mucho a ese muchacho, es como si fuera un hijo más, ya lo sabes.

—¿De qué hablabas con Daniel, madre?

—De ti, hija mía, ¿de quién más?

Madre e hija se miraban de manera inocente, pero cuidaban cada palabra. Sabían que las mentiras son difíciles de sostener. Nasrim prefirió no hablar más y se dedicó a observar la mercancía nueva. Para ella ya nada tenía sentido, su relación con al-Qaeda era por Ian, si él desaparecía de su vida todo carecía de interés, su trabajo en el colegio, las obras sociales, la tienda, su madre… Qué destino cruel el mío, se dijo.

Day empezaba a componer el rompecabezas, satisfecho por saber que Kevin estaba en contacto con Daniel. La llamada a la señora Farah no había sido infructuosa y, aunque no tenía mensaje alguno de Kevin, al menos sabía que estaba bien, en contacto con Daniel Contreras y que sabría la verdad para actuar en consecuencia. Si lograban escapar, la misión habría concluido.

La atención de la agencia debía centrarse ahora en Ian Stooskopf. Todos los aeropuertos estaban sobre aviso y hasta ese momento ninguno había reportado nada. Lo más probable era que estuviese en Pakistán. Pero ¿dónde? No podía decirle a Kevin que capturase a su propio hermano y, en todo caso, después de que lograsen escapar del cerco de al-Qaeda, ni él ni Daniel Contreras podían permanecer más tiempo allá, todos sabrían a esas alturas quiénes eran.

La preocupación de Daniel Contreras era cómo darle la noticia a Kevin. Pasó por una tienda donde vendían calzones, pantalones, camisetas y toda clase de chucherías, donde compró un bolígrafo y papel. Buscó un lugar apartado, apoyó el folio sobre el capó y escribió en letras grandes: «Todo está ok. Iremos al consulado. Avisen. Osfur Abyad va camino a USA». Miró al cielo, esperaba que el dron que estaba seguro seguía sus pasos tanto como los de Kevin, captaría el aviso y lo haría llegar a su destino. Después de romper el papel en añicos, lanzó el bolígrafo a unos matorrales. Fue a llenar de combustible el tanque y regresó a Charsadda.

Al llegar entregó el cambio a Zahir, y se encontró con su mirada.

—No vayas a pensar que tuve que ver en eso, Daniel. El Profesor fue quien tomó la decisión y no hubo forma de hacerle cambiar de parecer.

—¿Qué sucedió?

—Anda con él para que te lo diga.

Lo que menos esperaba Daniel era que todos los planes se vinieran abajo, pero supo que así sería cuando escuchó las palabras de al-Zawahirí.

—Ha llegado el momento de demostrarnos tu lealtad, Daniel Contreras, pero antes dime qué averiguaste.

—Osfur Abyad está camino a su país. Los planes siguen adelante, llegará hasta las últimas consecuencias. Es todo lo que pudo decirme Nasrim, con ella solo hablé por breves segundos al teléfono.

Kevin, que se encontraba al lado de El Profesor, parpadeó por un segundo.

—Bien, buen trabajo. Ahora te diré lo que haremos. Irás a la embajada de los Estados Unidos en Islamabad, dirás que eres el soldado secuestrado por nosotros, presentarás tus documentos —le enseñó los que tenía en la mano—, y una vez dentro alguien accionará un botón. Irás a reunirte con Alá y dejarás un buen recuerdo entre los americanos.

Daniel estaba preparado para todo menos para ser un suicida. Se le heló la sangre. No quiso mirar hacia el lugar donde estaba Kevin para no traicionarse, y el frío que empezó a cubrir su frente lo paralizó.

Kevin dio un paso al frente y se dirigió a El Profesor.

—Señor… esta es la prueba que he estado esperando durante todo este tiempo, permíteme ser yo quien ocupe el lugar de este hombre. Te lo pido por la grandeza de Alá.

Todos quedaron en silencio. A nadie, ni siquiera a Daniel, se le hubiera ocurrido que aquello podría suceder. El Profesor estaba tan sorprendido que por un momento quedó en silencio.

—¿Qué dices, insensato? ¿De verdad deseas morir? ¿Qué hay de aquello de que vivo me sirves más que estando muerto?

—No será una muerte sino un premio, señor. Y si es por una buena causa, me ofrezco con gusto.

—Necesitamos que sea un norteamericano, Keled, tú no tienes documentos que lo acrediten.

—Puedo hacerme pasar por uno de ellos, ustedes saben que yo me crié allá, con seguridad los podré convencer, solo deme la oportunidad y lo haré.

—No permitiré que este hombre ocupe mi lugar —dijo Daniel.

Al-Zawhairí miró a uno y a otro. Zahir había enmudecido. Si tuviera que escoger, no elegiría a ninguno de los dos. Ambos eran valiosos y estaba seguro de que podrían servir para sus planes mejor que los demás.

—Pienso que esto es una locura, Ayman, en este momento necesitamos hombres y me parece que sería un desperdicio… —trató de argumentar Zahir.

—Está bien. Keled, tú serás el elegido, pronto estarás en el paraíso.

—Gracias, señor —dijo él—. Solo dígame cuándo será para prepararme.

—Mañana. Puedes ir a tu cuarto para rezar tus oraciones desde ahora, sé que eres un hombre piadoso.

—No. Me opongo, no permitiré que alguien ocupe mi lugar —dijo Daniel con terquedad.

—Pues así será, y no puedes evitarlo. Ah… puedes acompañar a los hombres que lo llevarán a Islamabad —repuso Ayman al-Zawahairí.

Capítulo 39

Day recibió el aviso de lo captado por el Sentinel. Era más de lo que podía haber esperado, le pareció una decisión conveniente escapar de Charsadda e ir a refugiarse en el consulado americano de Peshawar, daría orden de inmediato para que cuando se presentasen no hubiera problemas. Pero la segunda parte del mensaje cambiaba todo. ¿Cómo era posible que Ian regresara a los Estados Unidos? Se dirigió a la oficina de Brennan para informarle de lo que estaba ocurriendo

—Dos noticias. Una buena y otra mala —dijo al entrar.

Brennan dejó de hablar por teléfono al ver la mueca de contrariedad de Day. Hizo un gesto con la mano indicándole que se sentara.

—Te llamaré luego —dijo. Y colgó—. Te escucho.

—Daniel Contreras fue a casa de los Farah, al salir se detuvo y envió un mensaje, sabe que el Sentinel está al acecho, lo que quiere decir que Kevin se lo debe de haber dicho.

—O pudo suponerlo —interrumpió Brennan.

—Como sea, el mensaje fue: «Todo está ok. Iremos al consulado. Avisen. Osfur Arbyad va camino a USA».

—¿Cómo podría?

—Debe tener algún pasaporte con otra identidad, el cual podría pasar por legítimo, créame. Ahora los hacen absolutamente creíbles. Tendría que haber cambiado su apariencia, lo cual tampoco es muy difícil y ya han pasado varias horas, lo más seguro es que esté fuera de Pakistán.

—¡Maldición!

—Según veo, el aeropuerto más cercano con vuelos hacia Occidente está en Kabul. Aunque también podría haber ido a Dubái. He alertado a todos los acropuertos, pero sin un nombre y sin saber su apariencia lo veo difícil.

—El tipo es una mierda. ¿Qué se propone? ¿Por qué demonios se unió a los terroristas? Daré alerta máxima en la Casa Blanca, no hay ningún evento en estos días que aglomere a gente importante, excepto el día de Acción de Gracias.

—¿Acción de Gracias? ¿No es el día que el presidente junto a su familia hace el perdón al pavo?

—Sí. Pero es un asunto sin mayor trascendencia, una reunión familiar con poco público, más que nada para cumplir la tradición, después las fotografías son repartidas a las diferentes agencias de prensa.

—Pero estará toda la familia reunida. Creo que podría ser un buen día para atentar contra ellos, ¿no lo ve así?

El nubarrón que empezaba a formarse en la mente de Brennan se iba transformando poco a poco en tormenta.

—No lo sé… en todo caso, ¿cómo lo haría? Tendría que entrar a la Casa Blanca, y ese día la seguridad estará a tope.

—Bueno, yo solo digo… El hombre ha demostrado que es astuto. Es inteligente. Todos sus movimientos durante estos años han sido perfectos, si no hubiera viajado a Pakistán, nunca nos habríamos dado cuenta de nada.

—¿Y ya sabes para qué lo hizo?

—Según parece llevó un número excesivo de maletas, las cuales fueron llevadas a un lugar en Peshawar, el Sentinel vio dónde las dejó. También vimos que poco después las camionetas que habían salido de Charsadda regresaron, es probable que con el cargamento de maletas, lo más probable, con dinero en efectivo. Usted sabe las restricciones que existen con las transferencias de grandes cantidades en los bancos de Pakistán y Afganistán, todo dinero debe ser estrictamente justificado, tanto si entra como si sale. Ian Stooskopf les servía de mensajero y han debido de estar muy necesitados de dinero para que él tuviera que ir. Al ser miembro del Departamento de Estado tiene inmunidad diplomática, al igual que su equipaje.

—Es un pez gordo. ¿Cómo dos hermanos pueden ser tan diferentes?

—Pueden. Todos los hermanos lo son —dijo Day pensando en su hermano, un asiduo huésped de las costosas clínicas de rehabilitación. Un drogadicto que no sabía qué hacer con el dinero ganado en la bolsa. Era un cerebro, pero uno con adicción a las drogas.

—Parece que Kevin logrará terminar el trabajo con suerte.

—Eso espero, si es que logran escapar de Charsadda.

—Seguro que sí. Si Daniel Contreras tiene acceso a un vehículo, de allí al consulado no hay una distancia tan grande. Supongo que están sobre aviso.

—Sí, señor, en el consulado tienen sus fotos, nombres, toda la información necesaria para evitar errores.

—Bien. Debemos ocuparnos ahora del que se hace llamar Osfur Abyad. El tipo es una mierda… —repitió con desprecio Brennan.

—¿Cómo crees que Daniel Contreras supo que Ian Stooskopf estaba en camino a los Estados Unidos?

—Debe de habérselo dicho la señora Farah.

—¿Y por qué no te lo dijo a ti antes? Tú hablaste con ella dos veces.

—Cierto. Quiere decir que ella no lo sabe.

—¿Qué otra persona pudo estar allí?

—La hija. Podría ser el contacto con Ian Stooskopf.

—Investígala, ella debe saber más de lo que Daniel Contreras pudo haberle sacado. Necesitamos saber a qué se dedica, dónde trabaja, si lo hace, y con quiénes trata.

—Sí, señor —respondió Day con vivacidad.

Aquello volvía a complicarse, el rompecabezas otra vez se desarmaba. Fue a su oficina para trabajar con más tranquilidad y ya sin la presión de su jefe se comunicó con la CCT de Islamabad. Solicitó información de Nasrim Farah. En menos de diez minutos tenía lo que necesitaba saber:

Nasrim Farah trabajaba en un colegio construido con fondos de una organización benéfica norteamericana que eventualmente enviaba dinero a través de transferencias bancarias para cubrir los gastos de personal y los servicios. También recibían fondos de empresas pakistaníes de diversa índole. Nasrim era la subdirectora y la que daba la cara en los medios. Según aparecía en la historia del colegio, el consulado norteamericano de Peshawar era uno de los muchos patrocinadores, porque deseaba que se enseñase inglés como segunda lengua en la institución y el representante era Ian Stooskopf. Había hecho donaciones de equipos de computación y libros en inglés, diccionarios y algunas cosas más.

Day llamó al colegio y pidió hablar con la directora. Al principio un poco reticente, no quiso contestar preguntas vía telefónica de un desconocido, pero cuando llamaron del consulado para confirmar que la persona que había llamado era en efecto quien decía ser, se mostró más receptiva.

—Charles Day otra vez, señora Sultán, buenas tardes.

—Buenas tardes, señor Day, disculpe que no lo haya atendido antes.

—No se preocupe, solo queremos verificar el buen funcionamiento de su colegio. Dígame, señora Sultán, ¿qué cargo ocupa la señora Nasrim Farah?

—Es la subdirectora, también tiene a su cargo la tesorería y da clases de computación.

—¿Considera usted que es una persona eficiente?

—Por supuesto, es muy colaboradora —respondió la mujer. No podía hablar mal de quien le había dado el puesto de Directora.

—Según tengo entendido fue la fundadora del colegio. ¿Por qué cree usted que no figura como directora?

—No sabría decirle, la verdad es una pregunta que algunas veces me hago. Supongo que es para tener más libertad.

—¿Más libertad?

—Bueno, ser directora equivale a estar presente todo el tiempo en la institución, cumplir un horario rígido según las normas de…

—¿Quiere decir que la subdirectora no tiene horario?

—Nasrim Farah cumple con su horario académico, pero tiene que salir a solucionar problemas diversos, ella es la que hace las compras grandes para la escuela y la que visita a los patrocinadores, usted sabe.

—¿Conoce usted al señor Ian Stooskopf?

—Sí, por supuesto, es nuestro gran benefactor, que Dios lo cuide y lo proteja.

—Así es, señora Sultán, también nos alegramos de que nuestro enviado especial haga una buena labor en favor de la educación en su país.

—¿Podría decirme si el señor Stooskopf frecuentaba el colegio?

—Venía por aquí a veces, pero con quien más trataba era con Nasrim. Las reuniones las hacían en el consulado, siempre. Él venía de manera ocasional cuando había que inaugurar alguna obra.

—¿En estos momentos se encuentra la señora Farah en el colegio?

—Ella estuvo aquí temprano pero se retiró porque debía atender una emergencia.

—Oh, ¿no sabe de qué clase?

—No, señor. Pero debe de haber sido algo grave, porque

salió apurada.

—Espero que no haya sido algún evento familiar.

—Esperemos que no, señor Day.

—Muchas gracias por su cooperación, señora Sultán. Buenas tardes.

Day se fijó en la hora de Pakistán: 4:12pm. Llamó al consulado en Peshawar y pidió hablar con Jon Danilowicz, el cónsul.

—El señor Danilowicz no se encuentra en estos momentos, ¿en qué puedo servirle señor Day? —contestó la secretaria.

—¿Cuál es su nombre?

—Soy la señora Miller, secretaria del cónsul.

—Necesito información acerca de la señora Nasrim Farah. Todo lo que pueda decirme de ella.

—¿Me podría decir algo más específico? En el consulado no trabaja nadie con ese nombre.

—La señora Farah es subdirectora del colegio Malala Yousafzai, tengo entendido que el consulado fundó ese colegio.

—Lo siento, no tengo esa información y, créame, trabajo aquí desde hace años. El cónsul no podría darle mejor información, él fue nombrado en octubre pasado. ¿Está usted seguro de lo que dice? Nosotros hacemos donaciones a muchas instituciones, tal vez ese colegio esté entre ellas, pero solo eso.

—¿Conoce a Ian Stooskopf?

—Por supuesto, es asesor de la Secretaría de Estado, de vez en cuando viene a Peshawar.

—Se supone que por medio de él se fundó el colegio.

—Si fue así, debió ser a través de otra institución.

—De manera que jamás vio a Nasrim Farah, pensé que las reuniones las hacían allí.

—Yo estoy enterada de todo lo que ocurre en el consulado, señor Day, y le aseguro que nunca he visto reuniones del señor Stooskopf con alguien llamada Nasrim Farah.

—¿Dónde se encuentra él ahora?

—Se suponía que vendría hoy pero envió un material con el chófer. Le dijo que vendría después, pero no ha aparecido por aquí.

—¿Qué clase de material?

—Folletos que usualmente repartimos entre las empresas para recaudar fondos.

—Cuando iba a Peshawar, ¿pasaba mucho tiempo fuera del consulado?

—Bueno... el señor Stooskopf solía salir mucho, créame que para mí fue una sorpresa cuando nos informaron que tenía orden de captura. Todos aquí estamos conmocionados.

—Supongo que sabe que su hermano, Kevin Stooskopf, y Daniel Contreras están en manos de al-Qaeda.

—Sí, señor, todos sabemos que en cualquier momento harán el intento de escapar y vendrán al consulado, estamos preparados, hemos pedido el apoyo de la CCT. Justamente el cónsul salió para su casa y regresará más tarde, según dijo pasará aquí la noche porque no sabemos en qué momento ocurrirá.

—Muchas gracias, señora Miller. Mantendremos una línea abierta con ustedes y la CCT. Por favor, infórmenme de cualquier movimiento relacionado con Kevin Stooskopf y Daniel Contreras.

Ian Stooskopf estaba resultando una caja de sorpresas, caviló Day. ¿Cómo pudieron pasar inadvertidas sus andanzas en Peshawar? Estaba claro que Nasrim Farah era su cómplice, la relación venía desde mucho tiempo atrás, probablemente desde la niñez. Daniel Contreras encajaba con ellos porque Kevin era su amigo y tal vez habían incursionado en Peshawar y de esa manera conoció a los Farah, suponía, pero no lo tenía muy claro. Esperaba llegar a saberlo si lograban escapar. Tenía frente a él su foto. Una mujer de una belleza abrumadora. ¿Habría sido la causante de que Kevin pidiera su cambio al escuadrón de desactivadores de bombas? ¿Qué papel jugaba Daniel Contreras? ¿Por qué fue a casa de los Farah, él, precisamente? Demasiadas preguntas sin respuesta. Daniel Contreras tenía mucho que aclarar.

La idea de poner el nombre de Malala Yousafzai al colegio que supuestamente el consulado norteamericano había ayudado a instalar era para despistar. La niña héroe había sido víctima de un ataque talibán por defender su derecho a la libertad de estudiar y los derechos de la mujer. Los miembros de al-Qaeda jamás estarían de acuerdo con sus ideas, tampoco con que una mujer, en el caso de Nasrim, se involucrase tanto en su yihad. Estaba visto que cuando les convenía se saltaban las normas que tanto predicaban. Tenía un grave problema entre manos, no había recibido noticias del paradero Ian Stoosfopf, lo cual le daba muy mala espina.

Capítulo 40

Ian salió sin ningún contratiempo de Pakistán. Su nueva personalidad, Fabrice Pinaud, tenía características físicas diferentes a las suyas. El peluquín castaño oscuro y las lentillas marrones hicieron un cambio dramático. Al mirarse en el espejo del baño del aeropuerto, se gustó más como Fabrice que como Ian. Siempre había envidiado la mirada profunda de su hermano y su abundante cabello, así como el color eternamente bronceado de su piel.

Conocía bien el aeropuerto de Dubái, había estado en varias oportunidades en sus lujosas instalaciones, de manera que fue directo a comprar un pasaje a los Estados Unidos. Su pasaporte de la Unión Europea como ciudadano francés pasó la prueba; había tenido cuidado en que figurara el sello de entrada y salida de Pakistán, de manera que no esperaba mayores contratiempos. Dos individuos sin el uniforme de la aerolínea revisaban los documentos de cada una de las personas que iban entrando a la zona de embarque, mientras conversaban jocosamente con Abdulah Baryala. Extendió con tranquilidad su pasaporte. Ellos lo revisaron, examinaron su cara para ver si coincidía con la de la foto y le dieron paso. Era probable que en cada vuelo tuviera que pasar por lo mismo. De haber surgido algún problema, Baryala lo habría solucionado, era muy influyente en Dubái.

Baryala le hizo una imperceptible seña de complicidad y después de un rato se sentó a su lado en la sala de espera. Ian no se sorprendió de que lo hubiera reconocido sin dificultad, conociendo su extraordinaria perspicacia.

—Pude comunicarme con el doctorcito. Le dije que se tranquilizara, que cumplirás tu palabra, porque así será, ¿cierto? Él tiene algunos planes que Z no imagina, pero tendrá que cambiar de domicilio, no puede seguir en la casa de huéspedes.

—Dime, Abdulah, ¿sabías que mi hermano Kevin está en

Pakistán? —preguntó Ian como si no hubiese prestado atención a lo que acababa de escuchar.

—¿Tu hermano?

—Estuvo en Belmarsh. Creo que se infiltró en las filas del doctorcito. —El rostro moreno de Baryala se tornó lívido—. Ya veo que no lo sabías.

—¿Y quién es tu hermano? ¿Tu hermano se llama Mike Stone?

—No. Se llama Kevin. Es el único que podría echarlo todo a perder. Es un especialista. Temo decir que el mejor.

—Supongo que ya se lo comunicaste a Nasrim.

—Pierde cuidado. A estas horas deben de tenerlo prisionero.

Baryala miró a Ian y sintió un escalofrío. Jamás había conocido a un ser tan frío y carente de sentimientos. Se despidió y se retiró, no era conveniente que lo vieran a su lado, aunque Ian se llamase Fabrice Pinaud. Debía cerciorarse de que esa información la tenía El Profesor y que Keled Jaume no era quien decía ser.

El vuelo más próximo era el de Qatar Airways, salía a las 23:30 y hacía una parada en Qatar antes de llegar a Montreal. Desde allí tendría que arreglárselas para ir de alguna manera hasta Washington; sabía que todas las fronteras estarían sobre aviso, pero nadie se imaginaría que debían buscar a Fabrice Pinaud.

Todos los pasajeros fueron entrando al avión y sus documentos volvieron a ser revisados, y esta vez sin disimulo. Tenían una foto que comparaban con cada uno de los que iban entrando al túnel. Ian volvió a pasar sin contratiempo, y si hubieran tenido perros que olfateasen el miedo (algunos aeropuertos los tenían), tampoco habrían podido detectarlo en Ian. Simplemente no sentía nada. Tal vez aburrimiento y cierto malestar por esas horas de retraso, pero solo eso. Caminó entre los dos agentes como lo haría cualquier francés en esa situación.

Durante el vuelo tuvo tiempo de recordar a Nasrim y sus palabras mezcladas con sollozos que él había sido incapaz de interpretar, porque era incapaz de sentir emociones. ¿Cuándo lo supo? Al morir su madre.

Si alguna vez tuvo un nexo con un ser humano había sido ese. Ella fue la única que lo comprendió; en cierta forma eran muy parecidos. Elvira Malaret fue una mujer criada en un ambiente exquisito. Culta, delicada, una persona que detestaba la mediocridad. Ian recordaba a su madre cada día de su vida, y mientras ella estuvo presente trató de que estuviese orgullosa de él. Estudió diplomacia porque su madre se había enamorado de un diplomático. Pensó que, al parecerse a él, ella lo amaría mucho más. Y así había sido. Recordaba las miradas de reconvención de su madre cuando todos mostraban afecto y preferencia por Kevin, un muchacho tosco, fornido, con aires de superioridad y afán de protegerlo; ¿de qué?, se preguntaba. Él no necesitaba ser protegido por nadie. Le bastaba su inteligencia para sobrevivir en ese mundo que el resto de la humanidad parecía no comprender. Mientras su hermano hacía uso de los demás debido a su encanto, él sabía manipularlos mediante la utilización de su mente privilegiada. Y lo hacía tan bien que nadie parecía notarlo, excepto su madre. Era quien mejor lo conocía, y lo aceptaba tal como era. Las mujeres en su vida fueron simples instrumentos, jamás tuvo relaciones duraderas ni amigas. No se trataba únicamente de las mujeres. No tenía amigos. Tenía contactos. Y era suficiente para él. Pero las mujeres en especial le producían antipatía. Una forma de ser que desde pequeño fue arraigando en su cerebro al tratar con el mundo islámico en el que se crió, pese a que su padre había intentado en varias oportunidades disuadir una predilección que poco a poco se iba incrustando en su mente.

Nasrim fue la única mujer más parecida a una amiga que él tuvo. Desde pequeños, su actitud sumisa creó entre ellos un lazo invisible que Ian no pensó que le serviría después para sus planes. Un plan cronometrado milimétricamente para hacer desaparecer de la faz de la tierra a su hermano. Gente como Kevin lo único que hacía era dañar el mundo. Jamás pudo comprender su ingreso a la academia militar, un semillero de soldados que incubaba la nación más poderosa de la tierra para inmiscuirse en asuntos internos de otros países. Ellos ya habían visto lo que sucedía cada vez que los Estados Unidos entraban en una nación. Ocurrió en Vietnam, en Afganistán, en Angola… en la Segunda Guerra Mundial, con un presidente genuflexo que accedió a la repartición de tierras más monstruosa de la Historia. Y, si no fuera por el espíritu indomable del pueblo japonés, los estragos de las bombas atómicas arrojadas en esa nación estarían vigentes hasta el presente. Pero sabía que Japón no era Angola ni Afganistán ni ningún país tercermundista. Pero lo que nunca pudo perdonar a su hermano era el sufrimiento que le ocasionaba a su madre tenerlo en el frente. Estaba seguro de que ella enfermó de cáncer por tratar de ocultar el dolor y la angustia que le producía saber que Kevin estaba en Irak, Afganistán o cuando sospechaba que tenía alguna misión especial. Bastaba verla cada vez que él regresaba. Se aferraba a él y lloraba hasta que no le quedaban más lágrimas, mientras Kevin le acariciaba la espalda para calmarla y le decía: I love you mom, I missed you… Y sin embargo volvía al frente como si no le importase lo que producía en ella. En aquellos momentos lo odiaba más que nunca, porque se daba cuenta de que lo que su madre sentía por él, Ian, era compartido con Kevin. ¿Sufriría ella igual si él fuera a la guerra? Aun así la amó en silencio.

Al morir ella sintió el vacío. Ya no tenía el apoyo que siempre le había brindado, a su padre le era absolutamente indiferente, por más que ese día en el cementerio lo abrazó con una fuerza inusitada. Se resistió al abrazo de Kevin, como si de un latigazo se tratase, y juró vengarse. Después de su madre ninguna mujer fue capaz de producir alguna clase de sentimientos en él.

El contacto humano le producía repulsión, y las veces que tenía que acostarse con una mujer, prefería hacerlo con ropa para no ser tocado. No obstante, le producía placer ser él quien las tocara. Y, más que nada, observarlas. Todavía recordaba la desnudez de Joanna, su cuerpo alejado de las líneas estériles de las modelos, sus pechos rotundos y sus ojos que parecía que acabaran de despertar de un sueño profundo. Cuando le dijo que se desnudase, lo hizo con la obediencia que a él le gustaba. Una desnudez apacible, sin la estridencia estúpida de las mujeres que pensaban que debían hacer movimientos forzados como si estuviesen en una plataforma con un tubo para strippers. Ella tuvo el suficiente sentido común como para captar lo que él quería. Se quitó una a una cada prenda y la fue doblando sobre una silla. Quedó de pie frente a él esperando una orden y él le dijo que se echara en la cama y no se moviera ni lanzara ninguna clase de gemidos. Odiaba los gemidos. Estuvo con ella de todas las formas posibles, acarició su cuerpo hasta saciarse y, cuando acabó, la mandó a dormir en el sofá del salón. Era la mujer que había escogido para su hermano; en realidad no la había escogido, había llegado a él por obra de Alá.

Todo esto recordaba Ian durante tantas horas de vuelo en las que apenas probó un par de bocados de las comidas que sirvieron. No tenía apetito, estaba en un estado de trance, decidido a hacer lo que tenía que hacer y sabía que era por una buena causa, la mejor de todas: un mensaje al mundo de que los Estados Unidos no eran invulnerables y que debían dejar de meter sus narices donde no les habían llamado. Su hermano, mientras tanto, tendría su castigo, a esas horas todos sabrían que era un agente norteamericano. Estaba seguro de que Nasrim les había dado el mensaje. Y si no había sido así, al menos Baryala se habría comunicado con al-Zawahirí.

Conocía lo suficiente a su hermano como para saber que iría por Daniel, haciendo uso de eso que estúpidamente llamaban «honor». No dejaría a Daniel en manos de al-Qaeda. Asintió con satisfacción por su plan. Quién sabía cómo terminaría la vida de Kevin… pero aquello ya no le interesaba, lo único que en esos momentos importaba era hacer lo que debía. Antes de quedar dormido recordó las palabras de Nietzsche: Cuando miras al abismo, la profundidad del abismo mira hacia ti. Exactamente como se sentía, yendo hacia un abismo que lo esperaba, y qué el ansiaba.

Capítulo 41

Daniel Contreras entró al cuarto que ocupaba Kevin poco después de la medianoche. No tuvo necesidad de despertarlo porque él yacía en la colchoneta, pero no dormía.

—Kevin… —llamó bajo.

—Keled. Jamás me llames de otra forma aquí.

—Está bien. ¿Cómo piensas que nos libremos mañana?

—Cuento con desactivar la bomba antes de que explote. No tengo otro plan. Ahora quiero saber, ¿por qué andas suelto como una liebre? ¿Estás con ellos o con nosotros?

—Estuve con ellos, no te voy a mentir. Todo lo hice por Nasrim, pero ella no me quiere, así de simple. Ya lo había entendido antes de que llegaras; ahora no hay tiempo para eso —apuró Daniel—. Osfur Abyad es tu hermano Ian. Me lo dijo hoy la madre de Nasrim, recibió una llamada al teléfono que según ella tú conoces.

—Es imposible.

—Si no me crees, de todos modos te enterarás. También pude confirmarlo con Nasrim, pero ella no lo dijo así de claro, solo sé que Ian y ella estuvieron en contacto desde hace mucho y está enamorada de él. Temo por su vida, ¿sabes?

—Si es una terrorista, tienes razón, su vida está en manos de la justicia. Pero no puedo creer que ellos estén enamorados, ¿cómo pudo suceder?

—No dije que estuvieran enamorados. Dije que ella es quien lo ama.

—Muy típico de Ian. Él es incapaz de amar a nadie. ¿Y qué sucedió? ¿Ahora ella ya no es terrorista?

—No soporta el hecho de que tu hermano la haya utilizado. Parece que le creó falsas esperanzas… Creo que desea vengarse.

—No puedo concentrarme ahora en Nasrim. Lo prioritario es urdir un plan para mañana. Escucha con atención: mañana por todos los medios, trata de crear una situación difícil. Cuando me coloquen la bomba, que supongo será un chaleco, diles que quieres ir conmigo, que te esposen a mí si es posible, inventa cualquier motivo, insubordínate, golpea a alguien, enfurécelos como para que deseen que explotes con la bomba. Es la única forma que veo que podamos escapar juntos.

—¿Estás seguro de que podrás desactivar la bomba?

—Si es de las normales, sí. Cuento con eso y no veo por qué deban ponerme una bomba con una conexión sofisticada, nadie sabe que soy un experto.

—Y si no puedes, ¿moriríamos juntos?

—Tal cual. Juntos hasta la muerte, suena muy romántico.

—Sospecho que fue lo que siempre quisiste —dijo Daniel.

—Ni lo sueñes —advirtió Kevin mostrando una delgada fila de dientes que relució en la oscuridad—. ¿Qué puedes decirme de Zahir? Tiene una actitud extraña.

—Creo que quiere tumbar a al-Zawhairí. Está reclutando adeptos, especialmente a los nuevos.

—Ya veo.

—Debo irme. Saldremos mañana después de las oraciones, el problema es que en Washington piensan que mañana nos escaparemos al consulado de aquí, en Peshawar, y a donde iremos será a la embajada, en Islamabad. Ojalá actúen rápido y den el aviso, porque no quiero que los nuestros nos maten.

—Maldición. Antes de que te vayas, debes conseguir un cortador de alambre, sin eso no podré hacer absolutamente nada.

—Veré qué puedo hacer.

—¡Unas tijeras, un cuchillo, un cortaúñas, lo que sea, Danny!

—Y ojalá no me revisen cuando...

—Te lo metes en el culo si es necesario, ¡pero lo necesito!

Daniel salió rápidamente, conocía a Kevin y sabía que no era bueno hacerlo enfadar. ¿Dónde rayos encontraría un cortaúñas?

Kevin sabía que Day se daría cuenta de que algo extraño ocurría si veía salir vehículos en dirección a Islamabad. El Sentinel monitoreaba día y noche esa guarida, por ese lado no se preocupaba mucho. Solo le molestaba que algo pudiera salir mal y fuese el factor desencadenante para que todo se fuera al diablo. Dio vuelta en la colchoneta y procuró no pensar en Ian pero le fue imposible. Su cerebro empezó a armar el rompecabezas que a Day se le había hecho tan difícil. Todas las piezas encajaban, solo faltaban las últimas. Ian tenía en mente un atentado contra el presidente y lo haría a riesgo de su vida, lo conocía bien, siempre había sido un hombre fatalista. Todos en la familia sospechaban que tenía cierto grado de autismo, pero nadie quiso reconocerlo abiertamente; menos su madre, quien escudaba su reticencia de someterse a un tratamiento especial, amparándose en la fachada de normalidad que aparentaba Ian y su incuestionable inteligencia. Y en cierta forma había tenido razón, pues su comportamiento era bastante normal, había llegado a ocupar altos cargos en el gobierno. Su coeficiente intelectual era superior a la media con creces, lo que lo hacía más peligroso. Kevin supo que si salía vivo de la embajada tendría que hacerse cargo de su hermano. Y debía ser de inmediato.

Zahir podría convertirse en un aliado e involuntariamente ayudarlos. Había detectado que lo necesitaba, y probablemente a Daniel también, pero apenas se diera cuenta de que ambos eran unos infiltrados sería capaz de matarlos sin miramientos.

Procuró apartar de su mente a Nasrim y también a Joanna y dejarlas en un rincón de su ocupado cerebro, pero no podía. Daría lo que fuera por estar al lado de Nasrim, ¿qué le sucedía? Creía que después de tres años ya la había olvidado, pero no era así y la imagen de la última vez que la vio volvía inclemente, aun a sabiendas de que ella no lo amaba... Pero guardaba muy dentro un resquicio de esperanza, tal vez después de que su hermano desveló sus intenciones, él... Sacudió la cabeza. Todo era una locura. Ojalá pudiera verla una vez más, solo una vez... ¡Dios! Se sentó y se agarró la cabeza como si quisiera poner en orden sus ideas. No podía darse el lujo en esos momentos de flaquear y anteponer sus sentimientos al deber. Un gemido salió de su garganta al exhalar el aire que había inhalado tratando de serenarse. Un sollozo que escondió avergonzado de sí mismo.

Daniel tenía acceso al cuarto de armas, pero sabía que allí no había herramientas. Irónicamente no necesitaban armas sino un artículo tan simple como un cortaúñas. Algo más grande podría ser difícil de camuflar entre sus ropas. Fue a los baños y estuvo un buen rato parado frente a la ventanilla después de orinar. Al salir se topó con Zahir.

—¿Tampoco puedes dormir?

—No tengo sueño y me duele el dedo gordo del pie, tengo una uña encarnada.

—Ah... yo sé cómo es eso, muchacho. ¿Qué te parece lo de mañana?

—Una muerte inútil. Creo que Keled podría servir más vivo

que muerto, aunque le agradezco que haya tomado mi lugar.

—Es valiente.

—O loco. ¿No tendrá usted entre sus cosas un cortaúñas? Este dedo me está matando.

—No hijo, no tengo eso. Pero creo que tengo unas tijeras, si te sirven…

—Claro que me servirán.

—Espera, iremos a mi cuarto.

Daniel esperó a que Zahir orinara. Parecía tener dificultades porque tardó un poco. Se lavó las manos y salió.

Le entregó una pequeña tijera de uñas.

—Espero que te sirvan, me la devuelves mañana. Quiero aprovechar que el sueño me está invadiendo.

—Gracias, Zahir. Te dejo con Alá.

Fue al cuarto de Kevin y le entregó la tijera.

—A ver dónde te las metes, campeón —le dijo, y salió rápidamente.

Kevin inspeccionó las pequeñas tijeras y enseguida supo que serían perfectas. Las puso en la liga de sus calzoncillos en sentido horizontal, esperaba que no se le cayeran o estaría perdido. Ajustó la liga lo más que pudo, caminó, saltó, y comprobó que las tijeras seguían firmes.

En Qatar, Ian tuvo un contratiempo. El vuelo tenía un serio retraso porque estaban revisando el avión. Según informaron, tenía un desperfecto. Todos esperaron sin protestar, pues a nadie le habría gustado que el aparato sufriese un accidente en pleno vuelo, pero para Ian el factor tiempo era demasiado importante. Averiguó otros vuelos y no encontró billete, o hacían dos escalas. Prefirió esperar. Paseó por el aeropuerto y aprovechó para retocarse el peluquín y su apariencia en uno de los baños públicos. Al abrir su maletín vio el gorro negro que había utilizado antes y lo arrojó en la papelera. Era preferible evitar cualquier cosa que pudiera levantar sospechas.

Finalmente el avión estuvo listo para continuar el vuelo.

Hacía días que Day no dormía bien, las ojeras le llegaban a la barbilla y su palidez empezaba a ser preocupante. No podía creer que fuese imposible atrapar al hermano de Kevin, no lo habían detectado en ningún aeropuerto pese a haber distribuido su foto. Empezó a dudar de que su intención fuese salir de Pakistán, según había escrito Daniel en la nota. Su secretario estaba siendo sometido a interrogatorios, así como los directivos de la sociedad benéfica a donde había acudido Ian. La DEA, Inmigración y la Secretaría de Estado estaban de cabeza al enterarse de la doble personalidad de Ian Stooskopf y en los alredededores del rancho de su padre había vigilancia permanente. Day desconocía el paradero de Joanna Martínez, parecía que se la hubiera tragado la tierra. Hasta llegó a pensar que tal vez estuviera muerta, víctima de Ian, porque a esas alturas ya le creía capaz de todo. Su interés en ella residía en que pudiera tener contacto con él, o darles a ellos alguna pista sobre su paradero. Distribuyó su foto y la Interpol dio sus señas a las aduanas de todos los países. Finalmente obtuvo información: había salido del Perú con otro nombre el mismo día que Kevin, pero en dirección a Venezuela.

—Maldita sea. De todos los países tenía que haber escogido ese —dijo para sí Day.

No era posible lograr una cooperación con Venezuela, la DEA había sido expulsada de allí hacía unos años, el panorama se veía verdaderamente negro. Necesitaba con urgencia un topo. Uno que estuviese involucrado en el tráfico de drogas, pues Joanna tenía antecedentes registrados en Inmigración. Una vez supo que Ian era un terrorista, ató cabos y supuso que ella había sido utilizada como conexión con Kevin. ¿Dónde encontrar a la persona indicada? En Colombia. Los narcos se conocían, y probablemente estaban enterados de las correrías de Joanna. Habló con la DEA y expuso el problema, por suerte tenían un agente encubierto que de vez en cuando iba a Venezuela. Tendría que hacer una labor de hormiga, no tenían idea del paradero de Joanna, tal vez con un poco de suerte lograsen dar con ella para obtener alguna información. Day movió la cabeza pensando en Kevin. Qué metida de pata, ir a involucrarse con la espía enviada por su hermano…

Capítulo 42

Después de las oraciones, un especialista en bombas rodeó el pecho de Kevin con una tira de explosivos que sujetó firmemente. Él se dejó hacer con pasividad mientras murmuraba pasajes del Corán. Se fijó en el artefacto, que era bastante simple, con un solo detonador conectado a cada uno de los bloques de explosivos y un temporizador el cual echarían a andar, suponía Kevin, una vez que lo dejaran frente a la embajada. Él sabía que aunque se accionase a control remoto, si él cortaba a tiempo el cable del detonador, el mando a distancia dejaría de funcionar por falta de electricidad. Así de simple. Y eso lo podría hacer en un instante, pues sabía dónde estaba el cable. Lo haría hasta con los ojos cerrados. Siguió rezando.

—Debes dirigirte a la caseta y convencerlos de que te dejen entrar. Diles que eres norteamericano. Una vez dentro del edificio ya sabes lo que tienes que hacer. ¡Alá es grande! —exclamó Zahir.

—¡Alá es grande! —repitió Kevin, y los demás también lo hicieron.

El Sentinel vio la camioneta que salía de Charsadda.

Day seguía la ruta en pantalla y le pareció extraño que fuesen tantos hombres, cinco en total, todos armados, excepto Kevin, que parecía que caminaba hacia el vehículo con cierta dificultad en los brazos. Agrandó la imagen y la congeló. Podría jurar que Kevin tenía algo debajo de su chaleco, ¿Un chaleco antibalas? Imposible, ¿por qué él y no los otros? Esperó con el teléfono en la mano para saber hacia dónde se dirigían. Tomaron la autopista Peshawar-Islamabad rumbo a Kashmir, un trayecto largo, calculó que tardarían dos horas y media o tal vez un poco más si se dirigían, como él intuía, a Islamabad. Una hora después ya no le quedaban dudas. Iban a la capital de Pakistán.

Kevin, con los ojos bajos, no dejaba de orar. Daniel

Contreras, sentado al lado de Kevin, extrañaba su Ipod. Cada vez que salían a enfrentar una operación riesgosa —y casi todas lo eran en las fuerzas especiales—, tenía los auriculares pegados a los oídos con los veintinueve minutos de Reign in Blood, los tambores de la batería aporreando su cerebro, y las endiabladas guitarras eléctricas a un ritmo frenético como si de verdad fuesen camino a derrocar el cielo, y así se sentía el sonido contundente que iba encendiendo su espíritu hasta llegar a borrar cualquier vestigio de humanidad para poder enfrentar la muerte un día más, una hora más, un minuto más. Casi todos los soldados lo hacían, cada cual con su canción, siempre heavy metal, excepto cuando llegaban al lugar y debían utilizar los auriculares para comunicarse con el comando. Pero entonces sus mentes ya estaban envenenadas, dispuestas a cualquier cosa. Era la única manera de sobrevivir, y así habían transcurrido todos esos años, sometidos a esa droga mental que acallaba las conciencias, pensando siempre que lo que hacían era lo correcto y su deber estaba antes que nada. Una lucha para conservar la paz. Que la muerte que los rodeaba, los cadáveres destrozados y el olor a polvo mezclado con sangre, sudor y lágrimas solo formaban parte de una obra de teatro… A fuerza de voluntad empezó a reproducir mentalmente el sonido y se trasladó a aquella época, no hacía mucho, en realidad; antes de que creyendo estar locamente enamorado se olvidase de todo. Kevin lo miró de reojo y reconoció ese rostro en estado catatónico, sabía que se preparaba para algo, y lo que sea que fuere tenía que salir bien, no tendrían otra oportunidad.

Ajeno a esos pensamientos, Zahir estaba al lado del conductor, escuchaba las oraciones de Kevin y de vez en cuando miraba al resto de los hombres. Tenía la leve sospecha de que Ayman al-Zawahirí le ocultaba algo, pero su cerebro no podía concentrarse. Debía pensar en lo que harían dentro de escasos minutos. Estaban ya por el Hotel Serena Islamabad, próximos a Khayaban-e-Suhrwardy y luego debían doblar hacia la izquierda. Después de un corto trecho, el conocido edificio de la embajada se alzaba frente a ellos. Solo había que cruzar la calle y llegar a la caseta de vigilancia, a la altura de la acera. Uno de ellos activó el temporizador y le dijo a Kevin:

—Llegó tu hora: Allah-u-Akbar!

—¡Ala es grande! —repitió Kevin, y bajó.

Cuando Charles Day supo que se dirigían a la embajada de los Estados Unidos en Islamabad se comunicó directamente con la oficina del embajador Olson, le explicó la situación a grandes rasgos y Brennan directamente ordenó que los hombres en la caseta de vigilancia dejaran pasar a cualquiera que se acercase aunque tuviera apariencia de talibán, yihadista, afgano, árabe o terrorista. Y si iba acompañado por otro de similares características, mejor, que eran de los suyos. El Sentinel vigilaba desde arriba y cualquier movimiento en falso lo detectaría de inmediato. El embajador Olson por su parte puso a todos los hombres disponibles en alerta por si ocurría algo imprevisto. Ya los francotiradores estaban ubicados en los sitios estratégicos cuando Kevin bajó de la camioneta.

De pronto en un alboroto salió otro hombre del vehículo. Daniel Contreras. Con la cara de perturbado que le producía Angel of Death que tenía en ese momento en la cabeza, se puso a gritar.

—¡Yo soy el que debo ir, no Keled! ¡Yo fui el elegido!

—¿Acaso te volviste loco? —gritó a su vez Zahir— ¿Quieres que nos detengan a todos?

—Déjame ir en tu lugar, Keled, ¡tú eres un traidor, no mereces el honor de morir por Alá!

Forcejeó con Kevin. Los demás no se atrevieron a sacar sus armas estando a veinte metros de los militares norteamericanos que resguardaban la embajada, y que para ese momento, ya enterados de las órdenes de Washington, solo aguardaban a que el asunto se resolviera entre ellos. Habían desplegado la vigilancia fuera de los perímetros de la embajada, justo a la entrada, en la avenida Khayaban-e-Suhrwardy. Zahir y los demás estarían acorralados al salir.

—No podemos perder más tiempo, dijo Zahir. Espósalo a Kevin y que reviente con él, es un cretino, vámonos, no podemos hacer más. ¡Ya! Esto está demasiado tranquilo. ¡Vámonos! —ordenó.

Kevin y Daniel quedaron unidos por las muñecas. Se encaminaron con paso decidido hacia la caseta sin que los guardias opusieran resistencia mientras escuchaban el motor de la camioneta alejarse por el corredor arbolado.

—¡No disparen, soy norteamericano, mi nombre es Kevin Stooskopf, él es Daniel Contreras, también norteamericano!

Sin perder tiempo se llevó la mano a la cintura y sacó la tijera. Uno de los guardias preparó su arma de asalto y se dispuso a disparar.

—¡Maldición! ¡No lo hagas! ¡Tiene que desarmar una bomba! —gritó Daniel.

Kevin ubicó el cable principal y lo cortó con tal fuerza que la pequeña tijera se rompió. Arrojó la parte que le había quedado en la mano y siguió caminando hacia la caseta.

—¿Alguien tiene una navaja? ¡Pronto! ¡No sé qué truco tenga esto! —gritó.

—¿Estás seguro? ¿Tú crees que pueda haber un truco? —preguntó Daniel.

—No lo sé. Cuando me lo pusieron, el chaleco ya estaba preparado, nunca se sabe.

—Oh, Dios mío…

—Mejor sigue con tu música de batalla Danny. Te dará más valor.

Arrojaron una navaja desde la caseta, nadie quería arriesgarse. Kevin la cogió al vuelo y empezó a cortar la tela de lona gruesa dando tajos hasta soltar la presión que ejercía, mientras el brazo izquierdo de Daniel, esposado al derecho de Kevin, se movía siguiendo un ritmo endiablado. Parecían estar llevando a cabo un baile apache. Al tratar de separar el pesado chaleco con los explosivos, Kevin vio un cable saliendo del temporizador conectado a un ramillete de cables que a su vez conectaba con cada bloque de explosivo. Vio el reloj: solo quedaban siete segundos. Miró al cielo y luego a Daniel. Éste supo que algo no iba bien.

—¡Apártense todos! ¡Al suelo! Es hora de que empieces a rezar, Danny —dijo, agarró el cable principal y lo cortó con la navaja.

No sucedió nada. Se terminó de quitar el chaleco y lo arrojó lejos. Se dio media vuelta para correr y de pronto una explosión sacudió la zona. Kevin y Daniel salieron volando hasta dar con el vidrio a prueba de balas de la caseta. Resbalaron hasta el suelo y se miraron.

—No te atrevas a preguntarme si estoy bien —dijo entre dientes Daniel.

Les quitaron las esposas y los hicieron pasar, estaban eufóricos, ambos se abrazaron como en los viejos tiempos, reían y gritaban. Todos lo hacían.

Zahir escuchó la detonación y los demás también. Pero habían sido detenidos por los militares norteamericanos. Los soldados encontraron las armas que los identificaban como yihadistas, no había manera de escapar.

Day y Brennan seguían la acción a través de las imágenes del Sentinel y también se abrazaron. Hasta que cayeron en cuenta de que El profesor estaba con seguridad en Charsadda. No podían desaprovechar la oportunidad, debían hablar con Kevin para enterarse de los pormenores.

Ayman al-Zawahirí se encontraba satisfecho de haber desbaratado los planes de Zahir de acabar con él para quedarse como jefe supremo de al-Qaeda.

—Nunca aprenderán… —murmuró para sí, mientras se dirigía a su nuevo escondite.

Capítulo 43

Day pidió ponerse en comunicación con Kevin. En la pantalla pudo apreciar el rostro barbado y sudoroso de Kevin, se había desenrollado la izaba y tenía una apariencia más familiar. A su lado se hallaba Daniel Contreras.

—Kevin, necesitamos saber si al-Wazahirí se encuentra en Charsadda .

—Sí, es su escondite, pero quien puede informar mejor es Daniel.

—Así es, señor. Durante el tiempo que estuve allí pude observar que es un lugar donde reclutan a gente de muchos países; una vez entrenados, van a las diferentes células de al-Qaeda. Tienen un depósito de armas y es el sitio donde esconden el dinero que no pueden tener en el sistema bancario. El segundo al mando es Zahir, el encargado de la seguridad de al-Zawahirí.

—¿Quiénes iban en la camioneta?

—Uno de ellos es Zahir. El mayor —aclaró Daniel.

—Supongo que ya sabes, Kevin, que tu hermano es Osfur Abyad.

—Lo sé, y todavía no he tenido tiempo de asimilarlo.

—Al parecer ha salido de Pakistán, en este momento están en alerta todos los aeropuertos. Contreras, ¿qué sabes de los planes de Ian?

—Muy poco, señor, durante el tiempo que estuve allí no tuve acceso a esa información.

—¿Qué relación tenías con la familia Farah? ¿Por qué fuiste ayer a su casa?

—Por orden de Zahir. Nasrim Farah era el contacto de Ian Stooskopf.

—Si te envió a ti debió ser por una razón, ¿cómo es que podías caminar libremente en Peshawar y nunca te comunicaste con nosotros?

—La situación es mucho más compleja de lo que parece, Charles —terció Kevin—. Daniel tenía libertad para moverse dentro del fuerte, como llaman al sitio de Charsadda, pero nunca tuvo acceso a un vehículo hasta el día de ayer. Él tuvo que hacerse pasar por uno más de ellos, pero creo que no se tragaron el cuento, al menos no al-Zawahirí. Cada vez que podía le llamaba traidor, me consta, y si no fuese por Zahir, creo que ya estaría muerto. Zahir tenía sus propios planes, quería hacerse con el mando de la organización. Al llegar yo, Zahir me dio a entender que quien daba las órdenes y a quien tenía que serle fiel era a él. Eso me dio mucho que pensar.

—Ya lo aclararemos todo, por ahora nos interesa que vengan, no es prudente que se queden allá. Un helicóptero los llevará a FOB Fenti, allí abordarán un MC-12 que los llevará a Qatar, desde donde tomarán un vuelo a Londres. Solo tienen que pedir los pasajes en taquilla.

—¿Yo también, señor? —preguntó Daniel.

—Sí. Te lo has ganado, Contreras. Pero tendrás que hacer un informe por escrito de toda la Operación Nido de Cuco sin omitir detalles.

—Mis documentos reales están en una caja fuerte en Londres —dijo Kevin.

—Los recuperaremos, no te preocupes.

—Dejé las llaves en una casa de empeños…

Charles Day lo miró de manera extraña.

—Cuando lleguen a Londres te recogerá en el aeropuerto un miembro del MI6. No tendrás que pasar por aduana —resolvió Day—. Me ocuparé de eso, tú mismo irás a recuperar tus documentos. Inmediatamente después proseguirán vuelo a Washington.

—Sí, señor.

—No se diga más. Ahora debo ocuparme de tu hermano —comentó Day.

—Me gustaría ayudar en eso.

—Me temo que no será posible, Kevin. Existe un conflicto de intereses.

—Soy quien mejor lo conoce. Puedo ser útil.

—Cuando vengas hablaremos, espero verte en cuarenta y ocho horas.

Charles Day tenía demasiadas cosas en mente. Repartió

órdenes a diestro y siniestro; no debía olvidar a Ayman al-Zawahirí. Esperaba que obtener los permisos del gobierno de Pakistán para actuar en Charsadda no se demorase tanto como para que huyera; después del impasse ocurrido con la muerte de Bin Laden no podían incursionar en tierra pakistaní sin permiso. Pero se equivocaba; por motivos que nunca pudo comprender, Pakistán decidió hacerse cargo de la situación y fue su fuerza de seguridad la que actuó. Naturalmente no encontraron rastros de El Profesor.

Enfocó su atención en Ian Stooskopf. Mandó investigar cada centímetro de su vida, sus relaciones personales, amistades, contactos, tanto en su versión oficial de asesor de la Secretaría de Estado como bajo su personalidad de Robert Taylor. Su perfil se difundió a lo largo y ancho de todo el país, en cuanta oficina gubernamental existía, y descubrió algunos aspectos interesantes. Él sabía muy bien cómo cuidarse, y aplicó aquello de: ¿Sabes del azúcar granulado que viene en bolsitas? El gobierno las puso ahí para espiarnos. Quien forma parte de las reglas sabe cómo romperlas.

Sin embargo, a nadie se le ocurrió que Ian podría estar vinculado a una empresa que a su vez era afín a una de las compañías más prestigiosas de construcciones de seguridad. Habría sido simple si hubiera actuado la Inteligencia con mayor acuciosidad, si hubieran seguido la pista apropiada que estuvo todo el tiempo ante sus narices en la Organización benéfica situada en Washington, la misma que enviaba el dinero a al-Qaeda bajo toda clase artilugios, uno de ellos, a través de un miembro de la Secretaría de estado. Ya no eran Los Hermanos Musulmanes, ni Fundación Tierra Santa, ni la Liga Mundial Musulmana. Ya era un organismo monstruoso creado con los fondos de los mismos norteamericanos crédulos que limpiaban su conciencia pensando que sus donativos convertidos en alimentos irían a parar directamente a las bocas de los niños hambrientos en África o a los campos de refugiados que se extendían por Asia Central. También participaban empresas que se ocupaban de pervertir las cosechas y transformarlas en alimentos transgénicos que Europa rechazaba y que serían la próxima calamidad endémica de la humanidad de los países del Tercer Mundo. No se salvaba nadie. Políticos, damas de alta sociedad, artistas, diseñadores, deportistas, empresarios, y la lista de gente dedicada a hacer fortuna mediante la industria del entretenimiento, una de las más prósperas, eran los que colaboraban con más entusiasmo. El producto de los donativos era de tal magnitud que los organizadores requerían de una verdadera infraestructura para que los dineros no se desbordasen en las cuentas bancarias.

Algo equivalente a lo que los políticos sudamericanos guardaban en ingentes cuentas en la permisiva Banca norteamericana y mundial.

Todo se había complicado a partir del 1 de julio del 2014. Con el nuevo sistema o aplicación de la ley FATCA, los Estados Unidos controlaban los movimientos de sus ciudadanos residentes, y con el cruce de información salían a la luz todos los activos o bienes que pudieran poseer los extranjeros en su territorio, lo que hacía imposible las transferencias bancarias, pues dejan un rastro indeleble. Había sido uno de los motivos por los que Ian tuvo que correr el riesgo de trasladar el dinero efectivo en valijas diplomáticas.

El factor desencadenante de los atentados a las Torres Gemelas, recordó Day, había sido la investigación de la red SAAR en el año 2000, ubicada en el 555 de la calle Grove en Virginia, una red de más de cien organizaciones benéficas que llegó a recaudar miles de millones de dólares, y nadie supo quién o qué representaban las siglas SAAR hasta mucho después: Saleh Abdul Aziz al-Rajhi. El dato fue encontrado en la libreta personal del secretario de Osama Bin Laden. SAAR era el acrónimo del nombre de uno de los magnates saudíes que figuran en la lista de los hombres más ricos del planeta. Y era el mayor donante de todos. ¿Qué podía ser más noble y purificante que donar dinero a una organización benéfica? Sin embargo la organización había sido detectada, y meses después sucedió la tragedia del 11-S, en la que quince de los diecinueve piratas aéreos eran saudíes. Ninguno de ellos era pobre, ni procedía de un hogar deshecho, tampoco eran incultos, ni estaban desesperados. En el fondo no se trataba sino de educación y principios. Esta vez por la aplicación de la ley FATCA podría ocurrir lo mismo, un atentado monstruoso que al-Qaeda pretendía llevar a cabo desde lejos, a través de un norteamericano.

Day sacaba conclusiones: Ian había sido educado en Arabia Saudí al igual que Kevin. Sin embargo, existía un factor importante: Ian Sooskoopf, según su expediente, poseía un IQ muy por encima de lo normal y según las pruebas psicológicas de su expediente tenía tendencias claramente autistas a las que no se les dio la debida importancia porque su comportamiento era muy normal, y su capacidad intelectual superaba cualquier dificultad. No detectaron, ni se les ocurrió en ningún momento, que podría ser utilizada en contra de su patria.

Pero lo que Day no podía imaginar era que el cerebro monofásico de Ian estaba infestado de ideas que su naturaleza pre-autista consideraba la única verdad: el islam. Sea porque su forma de pensar era machista o por cualquier otra causa válida para él, estaba dispuesto a sacrificar su vida para que la Humanidad comprendiera que el verdadero camino lo marcaban los seguidores de Alá. ¿Cómo podrían los capitales de uno de los "aliados" más contundentes de los Estados Unidos, siendo musulmanes, formar parte de algo equivocado? Para él estaba claro que era el camino a seguir. Ya no se trataba de una quimera, era la guerra santa, la yihad, y su objetivo: la dominación musulmana del mundo.

Day sabía perfectamente que los procedimientos de la CIA eran cuestionables, y en ocasiones él mismo no estuvo de acuerdo con ellos, pero eran necesarios si tenían que actuar para proteger al país. Y en ese momento era la organización norteamericana con mayor poder, con un presupuesto ilimitado y una autonomía de la que carecían las otras agencias. Solo tenía que encontrar el eslabón de la cadena que lo guiase hacia Ian. Para ello necesitaba a Kevin. Estaba seguro de que él sabría guiarlos, pero ¿estaría dispuesto a hacerlo? Tenía mucho que hablar con él, aunque le había dicho que lo dejaría fuera de esa operación. Debía agotar hasta el mínimo recurso disponible.

El sonido del teléfono lo sacó de su abstracción. Miró la pantalla, era el agente que había enviado a Venezuela.

—He ubicado a Joanna Martínez, es amiga de la «novia» de un agregado militar de la cancillería y ya sabes cómo son esas cosas aquí. Se ha dejado ver con ella en varios sitios, incluyendo dependencias del gobierno, así fue como la reconocieron. Asistió a una fiesta en La Casona, equivalente a la Casa Blanca, pero allí no vive ningún presidente sino la hija del presidente que falleció: Chávez. La foto que me dieron ustedes es muy mala, no le hace justicia, pero la pudieron reconocer. Se hospeda en la Urbanización Prados del Este. Estoy yendo para allá.

—Tienes que convencerla de que venga. Dile que te envía Kevin Stooskopf. Levantaré la prohibición de entrada; necesito interrogarla. Si puedes, se vienen hoy mismo, la situación es grave.

—Entendido. Haré lo posible.

Day tenía que agotar todas las posibilidades; Joanna debía saber más de Ian, adónde fueron cuando salieron del aeropuerto de Los Ángeles, quizá estuviera enterada de sus planes. Necesariamente tendría que saber mucho más de lo que había informado a Kevin y Day estaba decidido a averiguarlo.

Capítulo 44

—Pensé que se habían acabado los vuelos incómodos —dijo Kevin, acomodándose en el asiento del Beechcraft C-12.

—Esto es mucho más cómodo que un Hércules, no te quejes.

—Lo dices porque nunca has viajado en primera clase.

Ambos se miraron. Las risas habían quedado atrás, estaban intentando llenar el hueco que había dejado Nasrim entre ellos hacía dos años y sabían que hablar de futilidades no les salvaría de la conversación que debía llegar.

De los dos asientos a cada lado del pasillo, Kevin ocupaba el de la ventanilla y Daniel se sentó en el contiguo.

—¿Por qué lo hiciste, Danny? —inquirió Kevin.

—Creí que así podría ganarme su amor. Era una manera de ganar tiempo.

—Danny, estás hablando conmigo. Pude decirle a Day lo que pensaba y no lo hice.

Después de un silencio embarazoso, Daniel supo que no podía mentir.

—No sé qué me sucedió, Kevin. Si te dijera que durante estos dos años perdí la cabeza sería literalmente cierto. Ya nada me parecía lo mismo, y tu partida empeoró la situación. No, no quiero culparte —advirtió Daniel con un ademán de la mano—. Siempre fuiste para mí un ejemplo, mi guía, un puntal en el que apoyaba mi fe y el valor que requería para salir cada día a enfrentar todo aquello. Nasrim ocupó ese lugar, perdóname, Kevin, sé que soy débil, me arrimé a una mujer que no lo merecía, me jugué todo por ella, y lo peor de todo fue, ¿sabes?, que jamás tuvimos sexo. Eso aumentó el resentimiento que te guardaba, me preguntaba a mí mismo ¿por qué accedió a entregarse a Kevin tan fácilmente? Y me volvía loco. No te imaginas las noches que pasé dando vueltas sin poder dormir.

—¿Nunca hicieron el amor?

—¡No!

—No lo entiendo.

—Apenas ayer supe el motivo: está perdidamente enamorada de Ian, tu hermano. Él es quien la alentó para que se acostara contigo.

—Sigo sin comprender.

—¿Acaso no te das cuenta? Ian ideó todo para que nosotros nos separásemos. Creo que tu hermano no te quiere nada, amigo.

—Pero ¿qué podría ganar él?

—Sabía que al encontrarte lejos yo podría ser influenciado por Nasrim.

—¿Quieres decir que Ian tenía todo tan bien planeado que supo que yo vendría a buscarte en cuanto me enterase de que eras prisionero de al-Qaeda?

—Y surtió efecto, ¿no? Pero eso yo no lo sabía. Para mí fue una sorpresa saber que estabas aquí.

—Todavía me cuesta creerlo.

—¿Nunca notaste nada raro en tu hermano? Esas cosas se perciben, Kevin.

—Bueno, él nunca fue muy expresivo, pero era así con todos, excepto con mamá.

—Y ahora está envuelto en una operación que parece tan importante como el ataque a las torres en Manhattan. Por lo que he podido escuchar, habrá un atentado contra el presidente y Nasrim lo confirmó al decirme que Ian iría rumbo a la Casa Blanca.

—Imposible, todos lo están buscando, además, no veo cómo podría hacerlo —replicó Kevin, tratando de defender lo indefendible.

—¿Comprendes por qué Day te quiere fuera? No puedes actuar en contra de tu hermano.

Tal vez Day tuviera razón, caviló Kevin. ¿Se atrevería a disparar contra él si lo tuviera enfrente y no hubiera más opción? Solo si fuese necesario. ¿Necesario para quién? Su hermano estaba enfermo, de eso no tenía dudas. Siempre sospechó que su carencia de emociones se debía a algún trastorno psicológico pero no quiso admitirlo, mucho menos delante de sus padres. ¡Demonios, era su hermano!

—Danny, tienes que tratar de hacer memoria y recordar cualquier dato que hayan dejado escapar relacionado con lo que pensaba hacer Ian. Ahora que sabes todo te será más fácil deducir a qué se referían. Tú tenías acceso a Zahir, ¿nunca conversaban? ¿No escuchaste nada raro cuando hablaban él y al-Zawahirí?

—No.

—Piensa, Danny, piensa, a veces escuchamos algo y no prestamos atención.

—No soy como tú Kevin, ya me conoces, soy un poco despistado.

—No estás ayudando, Danny.

—Zahir y al-Zawahirí no parecían llevarse bien, pese a que uno dependía del otro. Las conversaciones que tuve con Zahir siempre trataban de la época en que empezó el movimiento yihadista, cuando eran muyahidines. Según él, la mejor etapa. Creo que no simpatizaba con El Profesor. Cuando hablaban de Ian se referían a él como Osfur Abyad, ahora lo sé; nunca por su nombre, y en especial a mí me mantenían al margen de dichas conversaciones. Sin embargo, la gente que llevaba más tiempo allí y con quienes trataba de manera frecuente, de vez en cuando hablaba de un evento que quedaría en el recuerdo de todos, más aún que el atentado del 11-S.

—Pero eso ya lo sabemos, matar al presidente de los Estados Unidos sería un acto simbólico tremendo. No sería el primer presidente norteamericano asesinado, pero sí por causa del terrorismo. Tiene que existir algún otro factor que no hemos tomado en cuenta. ¿Más gente involucrada en el propio gobierno?

—Indudablemente tendría que ser así, si no, ¿cómo te explicas que pudiera tener acceso a la Casa Blanca o a donde sea que en ese momento se encuentre el presidente? Deben pertenecer al entorno cercano a él.

—Es una lástima que con tanto tiempo como estuviste con ellos no hayas podido sacar nada en claro —objetó Kevin con evidente desagrado.

—A menos que…

—¿A menos que qué?

—Una vez escuché a al-Zawahirí discutir con Zahir por la enorme cantidad de dinero que había invertido un hombre importante de Arabia Saudí en un proyecto de construcción en los Estados Unidos a través de Osfur Abyad, pero se refería a unos años atrás, hablaba «de hace tres años y había llegado el momento»; parece que la construcción después de terminada no había tenido utilidad.

—Quién sabe a qué se refería. Los sauditas tienen inversiones en muchos lugares del mundo, enormes centros comerciales, edificios, hoteles… cuando hable con Day debo informarle acerca de esa conversación.

—Pudiera ser una construcción para el presidente —sugirió Daniel.

El silencio que siguió fue largo. Kevin se sentía desilusionado de Daniel, a él no le cabía en la cabeza que por una mujer pudiera llegarse al extremo de ser un traidor. Era algo que no podía perdonarle, aunque no deseaba delatarlo, ni pensaba hacerlo.

Daniel por su parte, sentía vergüenza. Nunca se había visto en esa situación delante de su amigo, pero a pesar de ello tenía una sola idea incrustada en su mente: ¿por qué con Kevin, sí y con él, no? Aquello le seguía produciendo tal escozor en el alma que no lo dejaba en paz. Seguía interesado en Nasrim aunque sabía que ella nunca lo amaría. Su naturaleza básicamente romántica se aferraba al sufrimiento, él sabía que era masoquismo, pero hasta cierto punto lo disfrutaba. Disfrutaba poder sentir. Tantos años frente a escenas desgarradoras habían mermado su capacidad de sufrir y ese sentimiento que le atenazaba el pecho cada vez que pensaba en ella le producía el efecto de una droga a la que se resistía y al mismo tiempo se sentía atraído.

—Kevin, ¿cómo fue con Nasrim?

—¿De qué hablas?

—Estuviste con ella. Cuéntame, por favor.

—No deberías seguir pensando en ella. Olvídala, es lo mejor.

—No comprendes… necesito saber. ¡Es un favor que me debes!

—No te debo nada. Siempre creí que te debía algo pero no es así. Cuando fui a verla no sabía que ustedes se amaban. En realidad ni siquiera era cierto, porque ella nunca sintió nada por ti ni por mí, Danny.

—Por favor… solo dime qué pasó ese día. ¿Qué sentiste, qué sintió ella?, ¿fue…?

Kevin dio un profundo suspiro. No sabía qué decirle, si le decía la verdad era probable que Daniel se sintiera peor. Si no le decía nada, seguiría sufriendo como un condenado a muerte. ¿Podía la amistad superar la más violenta de las barreras? Eligió mentir.

—Ese día fui a su casa sin decirte nada porque presentía que tú en algún momento me tomarías la delantera, y yo, no sé por qué, estaba seguro de que ella me prefería a mí. Sé que me comporté de manera egoísta, Danny, no sé qué me sucedió. El ambiente en el que nos desenvolvíamos era tan… estéril de sentimientos. Necesitaba estar con ella, no sé si porque encontré en Nasrim un nexo con el pasado en el que fui tan feliz, o porque ella se mostraba conmigo tan cautivadora, lo cierto es que estaba loco por ella, como supongo lo estabas tú, pero en ese momento, y quiero ser sincero contigo, no me importó. Cuando le dije que la amaba ella reaccionó de una manera inesperada. Dijo que lo sentía mucho, que le hubiera gustado compartir mis sentimientos pero que estaba enamorada de ti. Entonces yo en un arranque de celos, de desesperación, de rabia, la besé. Ella se resistió pero seguí adelante. Ya nada ni nadie podía detenerme, enloquecí, Danny, le arranqué la ropa y la penetré como un salvaje. No sé qué me sucedió, jamás había hecho algo así. Ella no reaccionó como esperaba. Probablemente supo que no podía defenderse y me dejó hacer. Se comportó como una muerta, una miserable muerta, ni siquiera soltó un gemido de dolor, nada, ¿comprendes? Absoluta indiferencia. Me miraba con sus enormes ojos en los que no podía caber más desprecio. Eso fue lo que ocurrió, amigo, es la primera vez que pienso en ello con detalle, pues desde ese momento quise olvidarlo. Por eso me fui a desactivar bombas, porque no podía vivir con la vergüenza de mirarte todos los días a la cara. ¿Estás satisfecho ahora? Eso es lo que sucedió.

—El amor puede llegar a enloquecernos, Kevin. Lo siento.

Pero no era cierto. No lo sentía, si bien en un momento dado él le había sugerido a Nasrim que estuviese con Kevin, porque creía estar tan seguro de su amor que no importaría que él tuviese esa especie de regalo de su parte, muy en el fondo deseaba que aquello no hubiera ocurrido. Pero eso no cambiaba nada. ¿O era ella quien lo había sugerido? Ya no estaba seguro de nada. El amor que nublaba su mente en aquellos días lo hizo olvidarse de todo. Hasta de sus principios.

—Lo último que me dijo antes de que saliera de su vida para siempre fue que no te dijera cómo habían sido las cosas. No lo comprendí hasta después, cuando regresé a la base y…

—Ya no hablemos más de eso —propuso Daniel.

Kevin sintió el fuerte apretón de su mano sobre la suya y supo que todo estaba como debía ser. A Daniel le rodaban un par de lágrimas sobre el rostro. Conmovido, al mismo tiempo que sentía que su fuero interno se apaciguaba por no tener ya que imaginar más cómo había sido el encuentro de Nasrim con Kevin. Pero entonces comprendió que no había sido idea de Ian, ella no lo había hecho por él sino porque Kevin la había forzado. ¿Por qué Nasrim le mentiría? ¿Por qué le dijo que lo había hecho por Ian? Una pregunta que quedaría en el aire, sin respuesta, y se conformó. Empezaba a cerrar ese capítulo de su vida. Quiso hacerlo. Fue a la ventanilla del otro extremo de la fila de asientos. Tenía ganas de salir del avión para respirar, después de muchos años deseó que no hubiera más guerras, había dado lo mejor por su patria, pero en el amor se sentía derrotado. Empezó a escribir el bendito informe para presentarlo a Charles Day y pediría su baja.

Kevin miró de reojo cómo Daniel escribía afanosamente. Satisfecho, pero sin reflejar sus sentimientos, comprobaba que las mentiras piadosas era las que hacían que la gente siguiera viva. Si le hubiera dicho a Daniel que cuando tuvo en sus brazos a Nasrim sintió por un momento que ella le entregaba no solo su cuerpo sino parte de su alma y que en esos instantes él había sido el hombre más feliz… no quería ni pensar en los resultados. Solo él sabía todo el sufrimiento que llevó a cuestas durante dos años. Y que aún en ese momento si la tuviera delante no sabría escapar de ella. Le pesaba admitirlo, pero todavía la amaba como un loco. Hizo bien en no acercarse a Nasrim mientras estuvo en Peshawar, pero pudo sentir su aroma, y ese solo recuerdo le rompía el corazón. Joanna llegó a sus recuerdos como una ráfaga. ¿Qué sentía por ella? Entonces comprendió que el deseo de ninguna manera es amor. Pero ese no era el momento para pensar en ello.

Tras unas horas de sueño despertó, al sentir que el avión empezaba a descender. Reconoció desde el aire la base aérea de Al Udeid, al oeste de la capital de Qatar, Doha, una base avanzada del Mando Central de los Estados Unidos. Un helicóptero los trasladó al aeropuerto de Qatar desde donde saldrían en un vuelo comercial hacia Londres. Los trámites aduaneros en ese país se pasaron por alto. Qatar alberga la mayor base militar estadounidense de todos los países árabes, a instancias del propio Emir de Qatar, el sheij Hamad bin Jalifa Al Zani, quien se comprometió a pagar todos los gastos militares norteamericanos si accedían a incrementar el número de soldados estacionados allí de manera permanente. Gracias a ello, el director del aeropuerto cursó órdenes a la línea aérea Qatar Airways, propiedad de la familia real, para que los dos distinguidos oficiales norteamericanos ocupasen asientos en primera clase. Aquello se estaba convirtiendo en una costumbre para Kevin Stooskopf. Estuvieron merodeando un rato por el aeropuerto a pesar de que podían usar las lujosas instalaciones que les correspondían. Hacía media hora Ian Stooskopf había estado allí, y cuando Kevin entró al baño y fue a lavarse las manos, percibió el olor de su hermano. Era inconfundible, lo reconocería en cualquier parte. Para Kevin no había olores malos u olores buenos, simplemente cada persona tenía un olor que lo distinguía del resto y dentro de la multitud de olores que se mezclaban en un lugar tan público como un baño, supo que estuvo en ese baño justo frente al espejo donde él estaba parado.

¿Qué personalidad habría adoptado? Kevin cerró los ojos y trató de ponerse en el lugar de su hermano. Si él fuese Ian, sin duda trataría de verse muy diferente. Por su escaso cabello, podría llevar una peluca o un peluquín sin despertar sospechas, y escogería un color más oscuro, un castaño que hiciera juego con unos ojos marrones. El uso de lentillas podría ser otra opción segura; para él debía ser fácil tener varios pasaportes, no necesariamente con la nacionalidad norteamericana.

Alguien accionó la tapa y tiró un papel en el recipiente de la basura; el olor se acentuó. Alzó la tapa y en el fondo encontró un gorro negro de tela. Era el olor de su hermano; ya no le quedaban dudas. Lo guardó en uno de los bolsillos de su uniforme de campaña. Fue a verificar los vuelos que habían salido hacía poco hacia América; el más reciente había sido uno a Montreal. ¿Y si hubiese adoptado la nacionalidad francesa? El idioma oficial de Canadá era el inglés, pero también el francés, y mucha gente lo habla, sobre todo en zonas como Quebec y Montreal. Conocía la manera de pensar de Ian, era meticuloso y ordenado, si había escogido Montreal era por su francés perfecto, aunque no se quedase más que unas horas en ese país.

Una de las ventajas de Qatar Airways era su espléndida primera clase. Un baño privado con ducha para cada uno les permitió aprovechar las horas de vuelo. Kevin se afeitó y después de muchos meses se reconoció en el espejo. Daniel por su parte hizo lo propio.

Una vez afeitado y aseado, Kevin se sintió mejor. Debía procurar que sus amores frustrados no interfiriesen con el objetivo de su misión, para él su trabajo no había terminado. Sentía el deber de llegar hasta el final; por alguna extraña razón se sentía responsable de lo que su hermano pudiera hacer.

Ian despertó media hora antes de llegar al aeropuerto Pierre Elliot Trudeau, de Montreal.

Capítulo 45

En Londres los esperaba un agente del MI6 que los llevó en coche hasta la casa de empeño HTPawnBrokers.

—Buenos días, mam, vengo por unas llaves.

—¿Llaves?

—Le dejé a guardar unas hace poco tiempo, ¿recuerda?

—¿Trae el recibo?

—Aquí tiene.

Kevin le entregó un papel doblado mil veces y vuelto a doblar. La morena lo fue abriendo con la punta de los dedos como si se tratase de algo muy desagradable.

—Vaya, esto apenas es legible.

—Pero usted me recuerda, ¿verdad?

—No. Para nada.

—Santo Dios… mire, vine aquí hace unos… Kevin le quitó el recibo de las manos y se fijó en la fecha desvaída. Justo hoy hace veintiocho días. Mi nombre es Mike Stone. Aquí está.

La mujer lo observó con detenimiento. Fue cuando Kevin cayó en la cuenta de que ya no tenía barba.

—¿Tiene alguna identificación?

—No. Necesito esas llaves para recuperar mis documentos de identidad, creo que se lo había dicho.

—Necesito alguna identificación. Además aquí dice que es un anillo.

—Es una clave ¿recuerda? Me afeité. Imagíneme con barba, haga el intento. Por favor, no ponga más problemas, usted sabe perfectamente que soy yo.

Ella dio vuelta sin decir palabra. Mientras Daniel miraba la escena con regocijo.

—Aquí tiene sus llaves. Son noventa y ocho libras.

—¿Noventa y ocho libras? Usted dijo que si pasaba del mes serían cien. ¡Apenas fueron veintiocho días!

—No me preguntó cuánto sería pasados los quince días.

—No tengo esa cantidad. Espere un momento.

La mujer viró los ojos y se le vio gran parte de la esclerótica. Daniel hizo un gesto con la mano mostrando las palmas.

—Estoy limpio, hermano.

Kevin fue hacia el coche que esperaba por ellos y pidió prestados noventa y ocho libras al agente.

—Apenas tengo veinte libras —le dijo.

—Mire, dentro de unos minutos le devolveré el dinero, solo necesito recuperar las llaves de la caja de seguridad del banco.

De mala gana el hombre contó libra por libra el dinero que extrajo de un cajero automático hasta completar la cantidad exacta y se la dio.

—¡Malditos ingleses…! —murmuró Kevin de regreso al establecimiento.

—Aquí están. Noventa y ocho libras. Las llaves más costosas de la historia.

—No lo creo —dijo ella—. Aquí tiene sus llaves, le deseo que tenga un buen día.

Kevin regresó al coche mientras Daniel reía sin parar.

—¿Tienes una caja de seguridad? ¡Vaya!

—Debemos ir al 167 de la Avenida Edgware —instruyó al agente.

Kevin retiró el sobre con sus documentos y el dinero. Vio la cara de Daniel en el coche y recordó los dos millones de dólares. ¿Se los pagarían? Day los había ofrecido. Esperaba que fuera cierto. Devolvió el dinero al hombre de Vauxhall Cross y dio un suspiro de alivio al tener su verdadera identidad en las manos. Volvía a ser Kevin Stooskopf.

Aunque nunca había hecho el viaje en coche, Ian no vio otra manera de llegar a Washington que alquilando uno. Como Fabrice Pinaud no tuvo mayores contratiempos. Ayudado por el GPS, siguió la ruta adentrándose en la autorruta 520. De ahí en adelante todo fue sencillo. Canadá y Estados Unidos poseen la frontera más larga del mundo: un total de 8.891 kilómetros sin apenas vigilancia. Se puede cruzar en coche, tren, a pie o en bicicleta. Y los ciudadanos europeos de origen francés, como simulaba ser Ian, son tratados como de la casa.

El cruce-frontera al estado de Nueva York es un simple peaje de once carriles, normalmente sin vigilancia, excepto por unas cámaras situadas a la izquierda para que el conductor pueda ser visualizado. Pero ese día había más control de lo normal. Cada peaje tenía dos policías de aduana. La cantidad de coches era muy baja, de manera que Ian llegó rápidamente al control. Observaron su rostro, chequearon el pasaporte e hicieron una comprobación con una foto que llevaban en la mano.

—¿Habla usted inglés?

—Sí, un poco —respondió Ian.

—¿De paseo?

—Así es, quiero ir hasta Nuevo México —respondió con una amplia sonrisa.

—Bienvenido, le deseo buen viaje.

Los vehículos conducidos por mujeres pasaban sin ningún problema, y si tenían niños, mejor aún.

Prosiguió por la Adirondack Northway y luego la autopista 87. La pantalla indicaba que tardaría en llegar a Washington poco más de nueve horas, si el tráfico seguía como estaba, tranquilo. Tenía pensado alojarse en un apartamento de la calle 22 noroeste rentado desde hacía tiempo.

Con lo que no contaba era con el despliegue de seguridad existente en las autopistas que, además, contaban con muchos peajes. Tenía tiempo. Era veinticinco de noviembre y él tenía que ponerse en acción el veintisiete. Se detuvo en un motel tras cuatro horas al volante, y aunque no tenía apetito fue primero al restaurante, tal vez se le ocurriese algo para pasar los peajes sin contratiempo, quizá podría recoger a alguna persona que quisiera llegar a las cercanías de Washington...

—¿Cuál crees que será el plan de Osfur Abyad? —preguntó Kevin a Daniel, evitando mencionar el nombre de su hermano. Se sentía más cómodo tratándolo como si fuese un extraño.

—Sé que lo hará en la Casa Blanca. ¿Cuándo?, nunca lo dijeron, al menos delante de mí. Pero sé que es una fecha emblemática.

—Una fecha emblemática... El día de los veteranos ya pasó, fue el 11. Tenemos el Día de Acción de Gracias, ¿cuándo cae este año?

—No lo sé...estoy un poco desorientado. El año pasado fue el jueves 28 de noviembre, lo recuerdo muy bien porque lo festejamos en la base con un pavo que horneó Hulk, el grandullón, ¿lo recuerdas? De inmediato tuvimos que salir porque anunciaron que había un ataque en

Fenti, en las barracas de mis paisanos.

—Exacto, donde trasladaron a Osama Bin Laden después de muerto. ¿Cómo está Jorge Guzmán? Ese muchacho es increíble. Con él podías conseguir casi cualquier cosa, fui varias veces por allá y me salvó de apuros, aún no sé cómo lo hacía.

—Sí lo recuerdo, a él y los otros ochenta. Había un grupo de cinco portorriqueños y tres norteamericanos en una misión, pero no volví. Deben de haber regresado con el retiro de las tropas.

Kevin miró por la ventanilla del avión, pensativo.

—Maldita guerra… ¿Escribiste tu informe, Danny?

—Debo pasarlo al ordenador en cuanto llegue para presentárselo a Day.

—¿Me permites?

Daniel le alargó los folios.

Kevin leyó las once páginas. Una vez que terminó las rompió en dos partes y se las entregó.

—Tíralas —dijo.

—¿Te volviste loco?, ¿sabes cuántas horas pasé escribiendo esto?

—Lo sé. Pero solo te traerá problemas, Danny, me entiendes, ¿no?

—No.

—Hay demasiadas incongruencias. Debes explicar bien por qué tenías acceso a un vehículo. Por qué nunca trataste de hacer contacto con nosotros, bueno, con ellos. Cualquiera que lea eso —señaló el manojo de papeles rotos—, pensará que fuiste un traidor y lo sigues siendo. Y, la verdad, Danny, yo ya no sé qué pensar.

—¿Cómo puedes decir eso? Me conoces, Kevin.

—Ya no sé si te conozco, Danny. Fíjate que ni siquiera sé cómo es mi hermano.

—Si no crees en mí ¿por qué quieres ayudarme?

—Creo que todos merecemos una segunda oportunidad. Me estoy jugando el pellejo al decírtelo, Danny, pero en tu informe no debe figurar de ninguna manera que tenías acceso a conversaciones o a trato con el enemigo. Debes poner que estuviste todos esos meses encerrado, ¿comprendes? Y que para ver si tenías una oportunidad de escapar te convertiste al islam y les seguiste el juego. No pongas nada más. El día que te eligieron para ir a Peshawar, créeme, sé que te tenían detectado desde arriba, y para acompañar a al-Alzawahirí, fue porque querían tenerte como carne de cañón. Nunca portaste armas de ningún tipo, ¿sí me entiendes, Danny? Ahora sé un buen muchacho y escribe el informe otra vez. También sería interesante que agregases que cuando me viste en Charsadda te arriesgaste más y hablaste con Zahir para que te tuviera más confianza, tendrás que inventar algo coherente y aprendértelo de memoria, Danny, porque serás sometido a interrogatorio, eso es seguro. Y tendrás que justificar cómo es que te permitieron ir a la embajada norteamericana en Islamabad si todos iban armados.

—Gracias, Kevin. La verdad es que no sé en qué estaba pensando.

—Ahora con la cabeza más fría lo harás mejor, tenemos varias horas por delante.

—¿Me dejarías acompañarte a buscar a tu hermano?

—No. Es algo que tengo que hacer yo solo —respondió Kevin de manera tajante.

Capítulo 46

El atestado restaurante tenía un penetrante olor a fritura. Ian buscó con la vista alguna mesa vacía pero todas estaban ocupadas. Una joven lo vio y quitó su bolso del asiento frente a ella; una pesada mochila. Él se sentó y ella siguió sorbiendo un milkshake con la pajilla. Al cabo de un rato vino la mesera y dejó el menú. Ian notó que la chica lo miraba largo rato sin pedir nada. Supuso que no tenía dinero.

—¿Me permites invitarte?

Ello lo miró con desconfianza. Sus ojos volvieron a recorrer el camino hacia el menú y luego de unos segundos asintió con la cabeza sin soltar la pajilla de la boca.

—Escoge lo que quieras.

—¿En serio?

—Sí, en serio.

Pidió una hamburguesa doble con pickles y ensalada de patatas. Ian solo pidió ensalada y té frío.

—¿A dónde vas? —preguntó ella, más animada.

—A Nuevo México.

—Yo también voy en esa dirección.

—¿Tienes coche?

—No.

Ian terminó de tomar el té y dejó el vaso a un lado.

—Puedo llevarte, si lo deseas.

—Gracias. Me quedé sin dinero, me robaron la cartera.

—Tienes tus documentos, supongo.

—Ah, eso sí. Los guardo en uno de los bolsillos de mi mochila.

Abrió uno de los compartimentos y sacó su licencia de conducir. Ian vio que era norteamericana. Justo lo que necesitaba, Alá estaba con él, ya no le quedaban dudas.

—Tú no pareces norteamericano…

—Soy francés.

—Se nota en tu acento.

—Pasaré la noche aquí, vengo conduciendo desde Montreal. Debo descansar.

—¿Necesitas compañía?

—No, por ahora; pero alquilaré una habitación doble, si quieres pasar la noche aquí.

Ella pareció decepcionada. Por un momento quiso probar lo que le habían contado de los franceses, pero el que tenía delante parecía ser la excepción.

—Está bien…

—Fabrice.

—¡Qué lindo nombre! Me llamo Sibylle —se presentó ella, aunque él ya lo había visto en el permiso de conducir.

Ian estaba empezando a notar el cansancio de tantas horas sometido a tensión. Necesitaba dormir, pero no confiaba en la mujer; empezó a arrepentirse de haber entablado conversación con ella. Llevaba mucho dinero en efectivo y, lo más importante, temía que al quedarse dormido —y tenía el sueño pesado— ella husmeara entre sus cosas y viera los documentos, pasaportes y tarjetas de crédito, entre otras cosas.

—O mejor tomaremos dos habitaciones —rectificó Ian—. Quiero que estés cómoda y yo también lo necesito, llevo muchas horas despierto. No te preocupes, yo las pagaré.

Ella se le acercó.

—¿Eres gay?

—No. Pero estoy muy cansado y necesito dormir.

—¿Siempre duermes tan temprano? Apenas son las siete...

Ian no contestó, caminó en dirección a la recepción del motel y pidió dos habitaciones. Le dio una llave a Sibylle y fue con la suya a su cuarto. Apenas entró, se quitó la ropa y cayó en la cama cuan largo era.

Un ruido en la puerta lo despertó. Miró su reloj: 3:00am. Se levantó con sigilo y al acercarse a la puerta volvieron a llamar.

—Soy yo. Sibylle.

Ian abrió y la vio, estaba con la misma ropa, parecía que no había dormido.

—¿Qué sucede?

—Hay unos policías revisando el hotel. Vine a avisarte por si te interesaba.

—Pasa y quítate la ropa, entra en la cama —dijo él, desvistiéndose.

Ella obedeció y se desnudó. Al escuchar la puerta dejó pasar unos segundos. Volvieron a tocar.

—¿Quién es?

—Policía. Necesitamos hablar con usted, por favor.

Ian abrió vestido en ropa interior.

—¿Algún problema?

El oficial lo miró y vio la foto que tenía en la mano.

—¿Ha visto a este hombre?

Ian se miró en la foto.

—Lo siento. No.

—¿Está usted solo?

—Sí. Bueno, no.

—¿Sí o no?

—Nos conocimos en el restaurante. Está aquí solo un momento, yo…

—¿Nos permite pasar? —preguntó el policía. Hizo una seña a su compañera en la puerta y entró. Sibylle, en la cama, se cubrió con la sábana hasta el cuello—. Ya veo que no está solo. ¿No es usted el que pagó dos habitaciones esta tarde?

—Solo quería hacer un favor a la mademoiselle. Ella ya se iba, de todos modos...

—Buena táctica, ¿eh? —dijo el policía comprendiendo la situación—. Nada mal.

— Pardonnez-moi, je ne comprends pas…

—¿Me permite su identificación?

Ian fue a su maletín y sacó el pasaporte. El oficial lo examinó, verificó la foto, y se lo devolvió. Vio a Sibylle en la cama, asintió y salió.

Ian aseguró la puerta y fue hacia la cama, levantó la sábana y examinó a Sibylle.

—¿No deseas entrar? —preguntó ella.

—Quiero que te bañes. Y aféitate todo, señaló los vellos del pubis. Absolutamente todo.

—¿Qué?, ¿estás loco? No me afeitaré.

—Encontrarás una máquina de afeitar en el baño.

—No lo haré.

—¿Quieres ganar trescientos dólares?

La mujer quedó pensativa por unos instantes.

—Está bien —concedió, por fin—. Si no me hubieran robado la cartera…

Ian cubrió la cama para no tocar el lugar donde ella se había acostado.

—¡Y lávate el cabello! —gritó, volviendo la almohada.

Treinta y ocho minutos después Sibylle apareció con una toalla envolviendo su cabeza. Ian se le acercó, examinó sus axilas, comprobó que se había afeitado el pubis y le quitó la toalla que envolvía sus cabellos. Cayeron sueltos en ondas rubias, cubriéndole en parte los ojos verdes.

—¿Satisfecho?

—Todavía no. Échate en la cama y no hagas ningún movimiento. Ninguno. ¿Comprendes? Tampoco gimas ni hagas ningún tipo de ruido.

Sibylle lo miró con el temor reflejado en sus ojos claros. ¿Con quién se había metido? La asaltaron miles de ideas, pero pensó en los trescientos dólares.

—Oye… creo que serán más de trescientos.

—Te daré cuatrocientos si prometes seguir mis instrucciones al pie de la letra.

—No me harás eso del sadomasoquismo, ¿eh? Mira que lo de Cincuenta sombras de Grey es solo una novela…

—No te haré nada que no te guste. Pierde cuidado. Ahora te pido que no me toques. No me acaricies, deja que todo lo haga yo. No es mucho pedir por ese precio.

Sibylle se alzó de hombros y se extendió en la cama. Era todo lo que requería Ian. El resto lo haría él.

Cuatro horas después Ian se daba un baño mientras ella esperaba exhausta echada en la cama. Jamás le había ocurrido algo así, lo más difícil fue retener los gemidos, no recordaba haber tenido tantos orgasmos en su vida. Con todo, no deseaba repetir la experiencia. Llegó un punto en que ya no era placer, sino desesperación. Fabrice le parecía un hombre que no estaba en sus cabales, esperaba que todos los franceses no fueran así. Además, estaba segura de que se ocultaba de la policía. Ni siquiera tuvo oportunidad de revisar sus cosas, se había encerrado en el baño con todas sus pertenencias. ¡Qué hombre tan raro!

Capítulo 47

Kevin y Daniel fueron llevados en helicóptero desde el Aeropuerto Internacional de Dulles hasta Langley, el cuartel general de la CIA. Pronto estuvieron frente al escritorio de Charles Day. Él los saludó efusivamente, en especial a Kevin.

—Sabía que podrías hacerlo —dijo.

—Si no hubiese sido por la ayuda de Contreras, no lo hubiera logrado.

—Dime todo lo que sepas, Contreras.

—Por desgracia, no es mucho, señor. Estuve casi todo el tiempo encerrado en un cuarto de dos por tres. Pedí muchas veces hablar con el jefe Zahir hasta que él accedió y traté de convencerlo de que yo era fiel al islam, para ver si de esa manera podía tener más libertad de movimiento.

—¿La llamada que hiciste antes de que te agarraran fue bajo coacción?

—No. Era necesaria, porque no confiaban en mí y debía resultar convincente. Me arriesgué y di la mayor información que pude.

Charles Day escuchaba a Daniel pero su mente no estaba muy centrada en él.

—Bien, Contreras, necesito un informe por escrito. Te llevarán a una oficina donde podrás poner en limpio todo esto. —Señaló los folios escritos a mano que yacían sobre la mesa.

—Como diga, señor. También quiero decirle que solicito mi baja.

—Hablaremos después, Contreras. Pierde cuidado.

Al salir Daniel, se dirigió a Kevin.

—Ian no parece haber regresado a los Estados Unidos.

—Sé que está aquí. Estuvo en el aeropuerto de Qatar antes de que llegáramos Contreras y yo. El último vuelo hacia América fue uno hacia Montreal. Tiene que estar por llegar a Washington si no lo han agarrado ya.

—¿Cómo lo sabes?

—Por esto. —Puso el gorro negro de lana sobre el escritorio—. Es de él, no tengo la menor duda.

—Tenemos gente desplegada en todas las entradas a la capital y él no ha sido ubicado.

—Ese es el problema. Ustedes están buscando a alguien con otro nombre pero con el aspecto de mi hermano. Yo estoy seguro de que él no solo debe haber cambiado de nombre; también su apariencia y nacionalidad. Habla árabe y francés. Creo que debe andar por ahí como francés, y se debe de haber puesto alguna peluca, recuerde que apenas tiene cabello. Eso cambiaría su apariencia de manera absoluta.

—Demonios… voy a pasar el aviso ahora mismo.

—En algún momento, Contreras mencionó una conversación que escuchó mientras estuvo en Pakistán. Parece que algún jeque árabe a través de Osfur Abyad invirtió muchísimo dinero en una construcción en los Estados Unidos hace cuatro años. Estaba decepcionado porque hasta el momento no había servido de nada. Según Daniel escuchó decir, «había llegado el momento» ¿Sabes de alguna construcción importante?

—No se me ocurre nada. En este país se construye tanto…

—Pero debe de haber alguna relacionada con lo que nos atañe, Charly. Paloma Blanca no solo es el apelativo que usan para mi hermano Ian, sino también para la Casa Blanca, ¿no te parece? Un juego de palabras.

Day sostuvo la barbilla con su índice derecho por un rato y cuando miró a Kevin, éste supo que había encontrado algo.

—Pero sería imposible… Si fuese cierto, ya no podríamos confiar en nadie —caviló en voz alta antes de decir lo que pensaba—. El ala oeste de la Casa Blanca, se inició una construcción en el 2010.

Dio orden a su secretaria de que le comunicaran con la Administración de Servicios Generales.

—Tiene sentido. Si existe alguna vinculación entre lo que se hizo en el ala oeste y al-Qaeda sería terrorífico.

—¿Quién fue el contratista que hizo la remodelación del 2010 en la Casa Blanca? —preguntó Day a la secretaria de Dan Tangherlini, el administrador de GSA que en ese momento no estaba en el despacho.

—Déjeme ver… —dijo ella mientras buscaba en la pantalla—. La remodelación se hizo bajo la administración de Martha Johnson… tres pisos bajo tierra y conexiones con la Casa Blanca, renovación de cañerías, alcantarillado y las instalaciones eléctricas. El adjudicatario fue Larry Gordon y Cía. Services & Construction.

—¿Puede darme sus datos?

—Cómo no. Un momento, aquí dice que Martha Jonhson renunció a su cargo por deficiencia en su gestión por pagos indebidos.

—¿Tiene información del directorio que conforma Larry Gordon y Cía.?

—Espere un momento. Sí, tiene muchos socios, ¿qué está buscando exactamente?

—Páseme la información por favor, todo lo que tenga acerca de la remodelación y de esa empresa. Cuando lo vea, sabré qué es lo que debo encontrar.

—Como usted diga, señor Day. No tengo los planos, solo algunos datos técnicos.

Segundos después Day y Kevin tenían frente a ellos una lista de nombres y empresas.

—Busquemos solo empresas de Arabia Saudí.

—Aquí está: Sulaimán Abdul Aziz al-Rajhi. Ese nombre me suena.

Tecleó el apellido en la pantalla y de inmediato apareció la ficha de Salel Abdul Aziz al-Rajhi, un magnate saudí dueño de una fortuna multimillonaria en la que figuraban empresas de construcción y muchísimas organizaciones benéficas. Uno de los miembros de su organización era Abdul Rahmán al-Moudi, que financiaba a los grupos terroristas más peligrosos del mundo. Condenado a veintitrés años de prisión en 2004, había sido asesor de asuntos islámicos y recaudador de fondos para los partidos demócrata y republicano y consultor del Pentágono por más de diez años.

—¿Veintitrés años de cárcel por financiar a políticos y por trabajar para el Pentágono? —preguntó Kevin.

—No. Solo por asuntos relacionados con impuestos y por conspirar para asesinar al entonces príncipe saudí Abdullah. Pero SAAR son las siglas de Salel Abdul Aziz al-Rajhi.

—Esto es una cloaca.

—Y nunca podremos comprobar hasta qué punto están relacionados los saudíes con el terrorismo internacional. Los políticos son capaces de vender su alma al diablo con tal de estar en el poder.

—Algo se logró al desmantelar la red SAAR, aunque

sigue operando en otros países. Comuníqueme de inmediato con el administrador de la GSA —ordenó a su secretaria por el interfono.

—¿Qué es esto? —preguntó Kevin al mirar la agenda que tenía Day al lado del ordenador.

—El perdón del pavo. Será mañana, un día antes del Día de Acción de Gracias. Ya hay vigilancia desplegada en toda la zona.

—Te sugiero que la ceremonia se haga puertas adentro.

—Tienes razón, será lo mejor.

—La administradora al habla, señor Day —anunció la secretaria.

—Buenos días, hablo con…

—Soy la administradora adjunta de la GSA, Denise Roth.

—Señora Roth, le hablo de la Agencia Central de Inteligencia, soy Charles Day. Necesito los planos finales de la construcción que se inició el 2010 en el ala oeste de la Casa Blanca, es un asunto de seguridad nacional.

—Voy a comunicarme con el departamento de licitaciones y le informo. Para esa época yo no estaba a cargo, empecé en marzo de este año.

—¿Quién estaba…? —Charles se detuvo. Sabía que sería inútil preguntar—. Se lo agradecería, es urgente, por favor.

Hizo un gesto negativo con la cabeza mirando a Kevin.

—No puedo perder más tiempo, tengo que ir al ala oeste de la Casa Blanca. Debo encontrar lo que sea que construyeron además de los tres pisos de sótano.

—Kevin, deja que se ocupe la agencia, no sabemos cuántas personas están en esto.

—Es solo Ian, estoy seguro. Y si lo conozco, ya debe estar en Washington.

—Si algo sale mal serás responsable.

—Lo sé. Te prometo que solo investigaré el terreno y te avisaré.

—Toma. —Le dio un teléfono satelital—. Tienes mi número en él. Estaré pendiente, no lo olvides.

—Necesito cambiarme de ropa, con este uniforme llamo demasiado la atención.

Day abrió el vestidor y le dijo:

—Escoge lo que pueda quedarte bien, somos de la misma altura.

Kevin cogió unas sudaderas color plomizo, pantalones y

zapatos deportivos. Un chaleco con bolsillos para guardar el teléfono

—Calzamos igual. Oye, esos son nuevos… —reparó Day.

—Mejor.

—Toma —dijo Day alargándole una correa de seguridad con un arma—. Está cargada. Espero que no tengas que usarla.

Kevin se la puso y verificó la Beretta.

—Eso espero yo también.

—De todos modos desplegaré la vigilancia.

—Lo harán huir, Charles, deja que lo haga a mi modo.

En ese momento sonó el teléfono.

—Charles Day al habla. —Tapó la bocina y dijo—: Vete antes de que me arrepienta.

—¿Señor Day? Llegaremos en veinte minutos. Traigo a Joanna Martínez —dijo la voz al otro lado del teléfono.

Capítulo 48

Day agradeció que Joanna y Kevin no se vieran. Necesitaba hablar con ella a solas. Confiaba en Kevin, estaba seguro de que daría con su hermano, pero no confiaba en Ian. Dispuso que todo el perímetro de la Casa Blanca estuviese custodiado por agentes vestidos con ropa deportiva, como la que usaban los turistas.

Ian llegó al 547 de la calle 22 Noroeste, a unas doce calles de la Casa Blanca. Debajo de una de las casas de dos plantas de aire renacentista que se agrupaban cerca de la esquina, se ubicaba la entrada a un semisótano debajo de una escalera de hierro. Vio a Sibylle adormecida a su lado. Le había sido útil para pasar los peajes, pues todos buscaban a un hombre solo, pero cuando empezó a ponerse preguntona, le tocó la cabeza y supo que llevaba peluca, tuvo que invitarla a un refresco. Por suerte siempre llevaba consigo pastillas para dormir. La ayudó a salir del coche sosteniéndola como si estuviera ebria, abrió la puerta, la llevó a rastras hasta el dormitorio y la dejó en la cama. Sería peligroso dejarla con vida, si algo saliera mal, cantaría como un jilguero. Le clavó la navaja en el cuello a la altura de la yugular y empezó a manar la sangre a borbotones. Dejó de prestarle atención y se dedicó a lo suyo.

Volvió al coche y sacó el maletín que cargaba desde Pakistán. Se quitó la peluca, la sustituyó por un gorro de lana de color marrón oscuro, se cambió la ropa por una más cómoda y tomó las llaves y la cámara fotográfica. Lo demás lo encontraría en el túnel.

Caminó las doce cuadras que lo separaban de los alrededores del ala oeste de los jardines de la Casa Blanca, su plan era pasar la noche dentro del túnel para poder llegar hasta el Grand Foyer. Ya había hecho antes el recorrido y sabía que podía volver a hacerlo. Al llegar vio gente en los alrededores, algunos tomaban fotos de los jardines. Él también empezó a tomar fotos, se unió a un grupo que parecía pertenecer a un tour y caminó un trecho en dirección al lugar donde debía estar la fila de ligustros. Los vio, habían crecido bastante y formaban ya un tupido muro que ocultaba una pared de ladrillos de noventa centímetros de altura que a simple vista parecía un ornamento y tenía una caída en curva por el lado posterior. Cualquiera pensaría que se trataba de la terminación de algún ducto de aire, pero no tenía rejillas.

Atardecía, y en esa época del año oscurecía temprano. Miró la hora: 6:38pm. Las luces de los jardines iluminaban tenuemente, el viento arreciaba. Se subió el cuello de la caffarena de lana y miró alrededor. No había mucha gente por esa zona, y los pocos que de vez en cuando pasaban no parecían prestarle atención. Se deslizó con cuidado entre el muro de ligustros y la parte plana del ornamento de ladrillos y la palpó hasta encontrar uno que se hundió al ejercer presión. El muro se deslizó hacia abajo; una vez dentro volvió a cerrarse.

Encendió la luz y contempló el largo pasillo iluminado de un metro de ancho por ciento treinta centímetros de altura. Una capa de polvo cubría el piso de cemento. En la pared unos nichos contenían dos bolsas plásticas herméticamente cerradas. Abrió una de ellas y sacó una cobija que extendió en el piso. Tendría que permanecer allí hasta el día siguiente, cuando irrumpiría directamente en el Grand Foyer, el hall principal de La Casa Blanca, donde generalmente se llevaban a cabo los eventos importantes. Si había calculado bien, el perdón del pavo debería hacerse en la parte de afuera, le daba igual dónde se llevara a cabo. Solo sabía que toda la familia presidencial estaría reunida. El presidente, la primera dama y sus hijas. El túnel desembocaba debajo de la Sala Roja. Una puerta extraordinariamente bien encajada con el piso de madera cubierto, por una enorme alfombra. Al lado, el Grand Foyer.

Sacó de otra bolsa una Glock18C. Revisó el largo cargador y lo instaló, quería tenerlo todo preparado. Apagó las luces y se dispuso a descansar. Pronto el sueño invadió su mente, el silencio, la oscuridad y el cansancio de las últimas horas hicieron el resto. Quedó profundamente dormido.

Kevin llegó a los alrededores de la Casa Blanca quince minutos más tarde. Fue directamente al lugar donde se suponía que habían hecho la excavación para las modificaciones y las nuevas instalaciones. Todo lucía tan normal como si nunca se hubiese trabajado en la zona. Aguzó sus sentidos y trató de identificar olores. A esa hora el aroma a césped y a vegetación se intensificaba, pero estaba dispuesto a reconocer a Ian a como diera lugar. Juraría que estaba cerca, lo presentía, como cuando jugaban a las escondidas las raras veces que él se sumaba a los juegos con Shamal. A Ian le disgustaba demasiado perder, no era un buen compañero, nunca perteneció a un equipo, siempre fue solo él. A Kevin le divertía hacerlo enfadar, lo tomaba a broma sin sospechar que para Ian no existían las bromas sino los atentados a su amor propio.

Examinó cada rincón de los jardines, cualquier lugar que pudiera ser sospechoso, cada montículo, especialmente las alcantarillas. Pero eran lugares demasiado evidentes. Sabía que de existir alguna entrada tendría que estar lo suficientemente camuflada como para pasar inadvertida, o suficientemente obvia como para no despertar sospechas. De pronto le llegó un vago olor conocido, pero el viento le hacía perder el rastro, supuso que provenía de algún sitio que Ian había tocado, pues el aroma iba y venía pero estaba allí. Se acercó a unos matorrales, pero el olor se desvaneció; caminó unos pasos a su izquierda y vio el extraño contorno de ladrillo que le pareció a primera vista una manera de disimular un extractor. Se suponía que había varios pisos debajo del suelo, no era nada raro que hubiese extractores. Sin embargo, al acercarse al muro formado por el arbusto recortado delante de la cara plana, donde debería encontrarse una rejilla si fuese un extractor, vio que simplemente era una superficie de ladrillos. El olor de Ian se intensificó pese a la fuerte brisa. Se escurrió entre la pared y el arbusto y pegó la nariz a los bloques; no le cupo más dudas: Ian había estado allí. Olió cada uno de los ladrillos con los ojos cerrados, y en uno de ellos el olor de su hermano era tan intenso como si lo tuviera frente a él.

Tocó con insistencia el sitio donde predominaba el olor esperando encontrar en los bordes algún indicio de que tal vez el ladrillo estuviese flojo, pero las ranuras estaban tan lisas como las del resto; se le ocurrió entonces presionarlo. Y ocurrió el milagro.

La superficie se deslizó hacia abajo y Kevin supo que su hermano estaba dentro, ya no le quedaban dudas, su aroma llenaba el ambiente. La entrada se cerró y quedó a oscuras.

Afuera los hombres que le seguían el rastro por órdenes de Day lo perdieron de vista de repente.

Dentro, Kevin avanzó agachado unos cuantos pasos y escuchó la respiración acompasada de Ian en la oscuridad.

Kevin no se movió. Se mantuvo en cuclillas, paralizado, no sabía cómo actuar. Por un momento le vino la imagen de su hermano pequeño, siempre indefenso, mirándolo calladamente con sus ojos intensamente azules como si intentara decirle algo que su boca se negaba a pronunciar. Sintió una profunda pena por su futuro, ¿qué sería de él? No soportaría verlo encarcelado, porque sería así si él lo delataba. ¿Y si no lo hacía? ¿Y si, en lugar de entregarlo, lo sacaba de allí antes de que cometiera cualquier barbaridad que tuviese planeada? Era lo mejor.

Decidido, Kevin tocó a Ian.

—Ian… despierta, soy Kevin.

Su hermano parecía estar sumido en un sueño tan profundo que no se movió.

Aquel maldito sitio debía tener alguna luz, razonó. Tanteó las paredes y encontró el conmutador, lo encendió. Entonces Ian se movió y arrugó los ojos tratando de enfocarlos. Buscó sus anteojos a tientas y se los puso.

—¿Qué haces aquí? —le increpó.

—Es lo que me deberías explicar tú, Ian.

—No tengo que darte explicaciones.

—¿Qué pretendías hacer? ¿Acaso estás loco?

—Tú no tenías que estar aquí —dijo Ian moviendo la mano derecha como si buscase algo entre la cobija.

Kevin notó el movimiento y se adelantó. Sujetó su muñeca justo cuando Ian tenía empuñada la Glock. Ian hizo fuerza y trató de apretar el gatillo.

—Ni se te ocurra, Ian, sería un grave error.

—No me toques, maldito. Te odio. ¡Te odio! ¿Acaso no lo comprendes?

—Suelta el arma, no me obligues a hacerte daño.

—Puedes hacerme todo el daño que quieras, mátame, si quieres.

—No digas tonterías.

—Para ti siempre fue tontería cualquier cosa que yo dijera, tú, un ignorante, limitado a recibir órdenes de tus superiores… —dijo Ian con desprecio.

Ian sabía que no podría hacer lo que lo había llevado hasta allí. Lo único que le quedaba era hacer que Kevin lo matase, quedaría con la culpa por el resto de su vida. Movió el dedo índice haciendo un esfuerzo para disparar y sintió la mano de Kevin como una tenaza en su muñeca, luego un dolor tan profundo como si le hubiera cortado la mano de cuajo. Kevin quitó la cobija y vio la Glock cargada. Ian la había soltado. La agarró y la puso fuera de su alcance.

Vámonos de aquí, Ian, olvida toda esta locura, no diré nada.

—No hace falta que lo digas. Ya todos saben quién soy, no trates de engañarme, Kevin, si salgo de aquí iré a pudrirme en una cárcel, lo mejor que puedes hacer por mí ahora es pegarme un tiro y acabar con todo de una vez.

—Jamás haría algo así, eres mi hermano, te quiero, Ian, yo te ayudaré, diré que todo fue un error, nadie sabe que estás aquí. Hagamos como que esto no ha sucedido, ¿vale?

—Lo cierto es que sí está sucediendo, Kevin, y no me harás pensar de otra manera. Este sistema al que tanto defiendes es el más asqueroso del mundo. Tu vida no vale nada para ellos, tú expones tu pellejo y ellos juegan a la guerra, quieren dominar el mundo con su basura. Para ellos todo es un show, no hace falta más que ver la televisión. Abre los ojos, Kevin, por una vez en tu vida.

—¿Y acaso aquellos en quienes tú crees son mejores? También quieren dominar el mundo para someterlos a sus bárbaras creencias, a la degradación del ser humano, ¿de qué me hablas, Ian?, ¿a qué viene tanta moral? Para ellos la vida no vale nada.

—Qué sabes tú… ves la superficie del mar y crees que conoces el océano —dijo Ian con una mueca en la que se reflejaba el profundo desprecio que le inspiraba su hermano. Mátame de una vez y acabemos con esto.

—No. Vamos a salir de aquí y, ya que no deseas recapacitar, no tengo más remedio que entregarte. Será lo mejor para todos.

Ian alzó los hombros con indiferencia.

—Como desees. No me importa.

Se acercó a él con los brazos abiertos tomando a Kevin por sorpresa. Pensó que lo iría a abrazar, algo inaudito proviniendo de Ian. Pero su hermano de una manera veloz metió la mano dentro del chaleco y le sacó el arma. Kevin instintivamente se estiró y golpeó la cabeza contra el techo, y antes de pudiera reaccionar, Ian se pegó un tiro en la sien al tiempo que gritaba: «¡Allahu Akbar!».

—Wa aleikum assalam wa rahmatullah wa barakaatuh… Y sobre ti la gracia de Dios y sus bendiciones —murmuró Kevin.

Sostuvo arrodillado el cuerpo de su hermano, tenía la mirada puesta en sus ojos mientras daba su último estertor. Lloró sobre su cuerpo. Lloró como jamás lo había hecho, al tiempo que lanzó un alarido mirando al techo como si fuese el cielo del Alá de Ian.

—¡Aquí lo tienen, maldito! ¡Se salieron con la tuya!

Estuvo mirando a Ian por mucho tiempo, las lágrimas dejaron sus ropas húmedas mezcladas con la sangre de su hermano. ¿Para qué tanta lucha?, se preguntó. Tal vez su hermano tenía razón. Rebuscó en sus bolsillos y halló un aro con dos llaves. Llamó a Charles Day.

—Day, aquí Kevin. Puedes respirar tranquilo, mañana el presidente podrá hacer el show de los pavos sin novedad.

Capítulo 49

A la noche, recogieron el cuerpo de Ian, sin ruido de sirenas. Borraron todo vestigio de lo ocurrido y el presidente no se enteró de nada. El túnel hacia el Salón Rojo fue clausurado rellenándolo con alambre de púas. Demasiados túneles y pasadizos secretos tenía ya la residencia presidencial para agregarle uno más que, sin dudas, era conocido por gente indeseable.

Day alojó a Kevin en el mismo hotel donde estaba Daniel; pensó que estar junto a su mejor amigo podría apaciguar sus ánimos, que por momentos se tornaban violentos, afectado por la muerte de su hermano. Prefirió que Joanna estuviese en otro lugar, conocía bastante bien a Kevin y sabía que no era el momento apropiado para un encuentro. Ella no había aportado nada nuevo a la investigación, únicamente le había dado la dirección de Ian en Los Ángeles, lugar que fue registrado y donde no encontraron nada. Nadie supo la existencia del 547 de la calle 22 Noroeste en Washington. El caso Ian Stooskopf se cerró y en eso los de la agencia eran buenos. Les tocaba una misión más difícil: remover las agencias del gobierno hasta sus cimientos. Paralizaron la remodelación que pensaban hacer para finales del 2014 en otro de los jardines adyacentes a la Casa Blanca, hasta investigar a fondo a los nuevos contratistas.

Al entierro de Ian asistieron muy pocos: Kevin, su padre, Daniel y Day.

—Parece que Ian no era muy popular —musitó el padre mirando alrededor.

—Tú sabes cómo era Ian, papá. Él prefería la soledad.

—Todavía no comprendo cómo pudo sufrir del corazón sin que yo jamás lo notase —dijo apesadumbrado.

—No te sientas culpable. Ahora está al lado de mamá, es lo

265

que siempre quiso, ¿recuerdas lo unidos que estaban?

—Siento que le fallé, Kevin, tal vez si hubiéramos prestado más atención a su autismo..., pero tu madre nunca quiso que lo viera un especialista y yo me rendí muy rápido, no se le notaba apenas...

—Nada de lo que sientas ni digas cambiará nada, papá. Fue un buen hijo, buen hermano, es así como debemos recordarlo.

—Tú que estuviste sometido al peligro estás ileso, y él, que no quería saber nada de guerras... mira cómo terminó. Un infarto de miocardio... quién lo diría. Hijo, me alegra mucho que hayas salido de todo eso, ¿cómo anda tu finca en Perú?

—Bien, papá, todo está bien, es otro mundo.

Se despidieron con un sentido abrazo, Jeff Stooskopf entró a la camioneta y se alejó en dirección a su rancho. Day se acercó a Kevin y caminaron alejándose de Daniel.

—Tengo una noticia de Pakistán.

—¿Qué sucedió?

—Se trata de Nasrim. Fue arrestada, la íbamos a traer aquí después de unos trámites administrativos, pero la mataron ayer. Hoy están preparando sus funerales.

Kevin había estado muchas veces en su vida en situaciones límites. Pensaba que ya lo había sentido todo, pero lo que creyó escuchar de los labios de Day hizo que se quedara en el sitio sin poder dar un paso más. Simplemente no podía moverse. La pequeña esperanza que guardaba en su pecho se desvaneció, la vida se le antojaba un túnel oscuro sin ninguna luz al final. La idea que había empezado a germinar en él, que no querer nada con Daniel se debía a que sentía algo por él, ya no importaba. Al final su hermano había ganado la partida. Se le hacía difícil respirar, miraba al frente con la mirada perdida en ese punto negro en el que parecía haberse convertido su vida. Todo tenía solución menos la muerte.

—¿Qué dijiste?—murmuró.

—¿Te sientes bien? —indagó Day, sorprendido por su reacción—. Sé que se conocían desde niños... disculpa, debí ser más cuidadoso.

Kevin permaneció inmóvil como si sus pies se hubiesen clavado como raíces sobre la grama del cementerio. Trató de disimular el dolor que empezaba a concentrarse en un punto de su pecho, pero esta vez le fue imposible. Su palidez lo delataba.

—Desgraciados... —dijo, como dirigiéndose a alguien en la lejanía. En ese lugar inexistente que divisaba con insistencia—. ¿Cómo pudieron?

—Sí… Fue gente de al-Qaeda. Dejaron una nota sobre su cuerpo: «Traidora». Sabes que no podemos confiar en las autoridades paquistaníes. Hay infiltrados por todos lados.

No quiso decirle en qué forma murió. Había sido torturada, le habían arrancado los ojos, la lengua y cortado las manos. Day empezaba a comprender algunas cosas, pero no dijo nada. Era inútil enterarse de lo que había sucedido entre ellos, y sospechaba que Kevin jamás se lo diría.

—¿Qué hay de su madre? —pudo articular Kevin con dificultad.

—Hablé con ella. Le dije que la CCT la custodiaría y la llevaría al consulado norteamericano. Que la podríamos traer al país y otorgarle protección. Eso también incluiría a Shamal, su hijo, porque es probable que también corra peligro allá.

Kevin asintió.

—Pero la señora Farah no quiso. Dijo que ya no importaba si a ella también la mataban. Y que ayudáramos a su hijo.

—¿Hablaste con Shamal?

—Hablé con él en estos días, yo buscaba información respecto a Nasrim, pero él la conocía menos que nadie. Le pregunté hoy temprano y tampoco quiere venir, por no dejar sola a su madre.

—Odia a los talibanes, por eso trabaja en la CCT —comentó Kevin.

—Dos hermanos con puntos de vista diferentes. Como casi todos —concluyó Day.

Y era cierto, pensó Kevin. Finalmente pudo suspirar, pero el dolor seguía en algún lugar dentro de él, como si lo horadase, abriéndose camino para llegar al corazón.

—Dime, Charly, ¿qué le hubiera sucedido a Nasrim de no estar muerta?

—Tendríamos que tratarla como una terrorista, Kevin, ya sabes cuál es el procedimiento. Su conexión con Ian era clara. Servía de nexo con al-Qaeda y estaba implicada en la conspiración para matar al presidente.

Kevin asintió varias veces como si tratara de convencerse de que era lo mejor que había podido suceder. Pero por primera vez en la vida se sintió solo. La muerte jamás daba esperanzas.

—Joanna está aquí —dijo Day.

—¿Joanna? Olvidé llamarla.

—¿Tenías cómo hacerlo?

—Te dije que sí, ¿no lo recuerdas?

—Demonios… me estoy haciendo viejo. De todos modos no tenía cómo comunicarme contigo. Mandé a un agente encubierto a buscarla a Venezuela, por suerte dio con ella y ahora está aquí, necesitaba cualquier información que pudiera darme, Kevin. Llegó justo ayer, después de que fuiste por Ian.

—¿Joanna? —repitió Kevin.

Había pensado tanto en el momento en que la tendría frente a él y sin embargo en esos momentos sus sentimientos estaban confusos, no estaba seguro de querer verla. Otra mujer involucrada con su hermano… ¿cómo pudo ser? Preguntas que no se hizo antes se agolpaban en su mente.

—Sí.

—¿Te dijo algo?

—Nada que no supiera, excepto una dirección de tu hermano en Los Ángeles, en donde dice que pasó la noche antes de regresar al Perú con la misión de encontrarse contigo. ¿La quieres ver?

—Sí, claro —respondió Kevin con desgana. No podía evadir ese momento.

—Entonces vamos. Nos está esperando.

Antes se acercó a Daniel que esperaba mirando las tumbas con las manos hundidas en los bolsillos de su chaqueta.

—Danny, nos vemos en el hotel, debo ir a una cita.

—¿Una cita?

—Sí. Después te explico.

Subieron al coche y Day condujo hasta el Embassy Suites en la calle 22. Llamaron a Joanna desde la recepción, porque Kevin se negó a subir a su habitación. Tenía miedo, sus sentimientos eran confusos. Hubiera preferido estar a solas para poder desahogarse de eso que le quemaba el pecho.

—Tengo reunión con Brennan —dijo Day. Espero que te vaya bien, quiero hablar contigo en mi oficina mañana. ¡Ah! Y puedes quedarte con la ropa—. Guiñó un ojo y se fue.

La ropa manchada de sangre que había vestido la noche anterior había sido sustituida por otra de muy buena marca, como toda la que usaba Day. Debía comprar algo con qué cambiarse, recordó Kevin.

Capítulo 50

Se escuchó el conocido tintineo del ascensor y Joanna salió, hermosa, más de lo que Kevin recordaba. Fue directamente hacia donde él se encontraba y lo abrazó. Kevin la sintió temblar, ella buscó sus labios y le dio un beso largo, apasionado, como los de antes, en Satipo. Él se aferró a ella como un desesperado, le hacía falta la cercanía de un cuerpo, de ese abrazo, de cualquier cosa que le quitase el dolor en el pecho.

—¿Por qué no subiste?

—Porque Day llamó a tu habitación —mintió Kevin.

—¿Dónde estuviste todo este tiempo? ¿Por qué me trajeron aquí? ¿Tuviste que ver en eso? —preguntó Joanna.

—No, amor, acabo de enterarme. Tenemos mucho de qué hablar, Joanna, salgamos a dar un paseo.

Salieron abrazados y caminaron siguiendo la calle donde estaba situado el hotel. Joanna, en un gesto muy femenino, se pegó más a él y lo besó de nuevo.

—Te extrañé mucho.

—Yo también.

—No te creo. ¿Qué estuviste haciendo?

—Muchas cosas, amor, pero es preferible no hablar de eso.

—¿Ves por qué te oculté todo? Siempre tú y tus misterios.

—Lo mío era diferente, no podía decírselo a nadie, pero no volveré a aceptar más trabajos de ese tipo. ¿Qué me dices de ti?

—Fui obligada a hacer lo que hice. No podía decirte nada porque tenía miedo. Pero no te traicioné, Kevin. Todo lo contrario. Ese tal Robert Taylor jamás se enteró de nada que pudiera servirle para algo.

—¿Quién era Robert Taylor? —preguntó Kevin, como si le interesara. Su mente se encontraba lejos de allí.

—Un agente de la DEA, pero creo que era corrupto.

—¿Charles Day no te explicó nada?

—No. Él no explica, sólo hace preguntas. ¿Sabes el susto que me llevé cuando me enteré de que era de la CIA? Pero estaba más interesado en Robert Taylor que en mí.

—Ya todo eso pasó, Joanna. Otra vez puedes entrar a los Estados Unidos y no debes preocuparte más por Charles Day o por Robert Taylor.

La tomó de la mano y siguieron caminando. Por momentos, Kevin deseaba que el tiempo se detuviera. Por momentos deseaba regresar a la época de Satipo. Y por momentos prefería estar lejos de todo lo que tuviera que ver con Ian. Joanna presentía que algo había cambiado. ¿Por qué no estaban en la habitación, desnudos, haciendo el amor? En lugar de ello, caminaban hacia quién sabía dónde y por qué. Pero estaba dispuesta a esperar, Kevin era el mejor hombre que había conocido y no deseaba perderlo.

Cruzaron la calle y de pronto los sentidos de Kevin se pusieron en alerta. Ese olor… era el de Ian. No podía creerlo, era una locura. Pensó que podría aparecer en cualquier momento. Miró con disimulo al sitio de donde provenía el conocido aroma. Vio desde la acera una puerta. El número: 547. Debajo, una escalera de metal. Metió la mano en su bolsillo y encontró las llaves que había sacado del bolsillo de su hermano. No era momento de entrar. Debía dejar a Joanna fuera de todo aquello.

—¿Sucede algo? —preguntó ella.

—No. Olvidé algo que debía retirar de la oficina de Charles Day. Te dejaré en el hotel y volveré por ti más tarde.

—¿Otra vez con los misterios? Acabas de decirme que olvidarías todo eso, Kevin, no puedes dejarme así. Explícame de qué se trata.

—No se trata de nada relacionado con ningún trabajo, Joanna. No te preocupes, vendré por la noche a recogerte con mi amigo Daniel, es mi mejor amigo, deseo que lo conozcas, ya ves que no tengo nada que ocultarte.

Joanna había dejado de sonreír. Un déjà vu invadió su ser.

—No me acompañes. Regresaré sola, tú ve adonde tengas que ir.

—Joanna, volveré más tarde con Daniel, te lo prometo.

Ella no respondió, se fue desandando el camino sin volver el rostro para que él no viera sus lágrimas.

Kevin esperó a que se perdiera de vista, se dirigió a la puerta debajo de la escalera y probó la llave con sumo cuidado, procurando no dejar sus huellas en ninguna parte. Abrió, entró y empujó la puerta con el codo para cerrarla. El olor de Ian era más intenso adentro, pero mezclado con el de la muerte. Una puerta daba a la cocina; la siguiente a una habitación vacía y la otra a un dormitorio. En la cama yacía el cuerpo de una mujer. Sus ojos desvaídos de color verdoso miraban al techo, el cabello rubio se esparcía sobre la almohada. En el cuello todavía tenía los restos de sangre reseca que ensuciaban la cama y la alfombra.

Una caja sobre la cómoda llamó su atención, la abrió con otra de las llaves del aro. Dinero, mucho dinero en billetes de cien y cincuenta dólares, envueltos en plástico negro. Dentro de un maletín, algo de ropa usada. También documentos y varios pasaportes, uno de ellos pertenecía a Ian Stooskopf. Otro, a nombre de Fabrice Pineaud.

Con seguridad en pocos días el olor a descomposición empezaría a llamar la atención. Si dejaba los documentos sabrían que eran de su hermano, y ¿para qué ensuciar más su nombre? Ya era suficiente con lo que había hecho o había dejado de hacer.

Cogió el maletín, metió el dinero y los documentos, y fue a su hotel. Lo que acababa de ver le decía claramente que desde que Ian salió hacia la Casa Blanca tenía claro que no regresaría. Su hermano se había convertido en un yihadista suicida y había muerto en su ley; para lo que Kevin nunca estuvo preparado era para enterarse de que, además, era un asesino.

Ya en su habitación registró la ropa y eliminó todas las etiquetas. Las metió en una bolsa dispuesto a tirarlas en el primer contenedor que encontrase en la calle. Algún indigente les daría mejor uso.

Llamó a la habitación de Daniel.

—Aló… —contestó una voz pastosa.

—Daniel, ¿te desperté?

—No...

—Cuando puedas ven a mi habitación.

Un minuto después Daniel tocaba la puerta.

—Dime para qué soy bueno.

—¿Qué piensas hacer ahora que ya no estás en el ejército?

—Supongo que regresaré a Nueva York, alquilaré un apartamento, buscaré trabajo…

—¿De qué?

—Lo más probable es que en seguridad. Es lo único que sé hacer.

—¿No te gustaría montar un negocio?

—Si tuviera dinero suficiente, sí, claro. Tal vez un restaurante con comida de mi tierra, ¿por qué lo preguntas? ¿Tienes algo entre manos?

—Recibí cierto dinero como premio por ir a rescatarte, quiero compartirlo contigo porque sin tu ayuda no lo hubiera logrado.

—¿En serio, hermano? ¡Gracias! ¡Pues claro que no lo hubieras logrado solo, Kevin! —exclamó Daniel soltando una carcajada—. Ni te imaginas cómo te veías rezando en la camioneta todo el tiempo, y yo *psicoseado* con los Slayer…

—Tenías verdadera cara de loco…—respondió Kevin.

—¿De veras cortaste los últimos cables sin saber lo que pasaría?

—Estaba seguro de que no sucedería nada, pero uno nunca sabe…

Ambos reían y se daban golpes, como cuando estaban en el campo. Era la primera vez desde su encuentro que parecía que todo había quedado atrás.

—Daniel, quiero que hagas buen uso de esto. Toma —le extendió varios fajos de billetes.

Daniel soltó un silbido.

—¡Hermano, esto es mucho!

—Son doscientos mil. Yo me quedo con la misma cantidad —mintió.

Daniel lo abrazó, se sentía en deuda.

—No sé qué decir, Kevin, de verdad… ¿qué piensas hacer tú?

—No estoy muy seguro aún.

—Seamos socios.

—No. Yo no sé nada de restaurantes. Prefiero tener un rancho, mi padre vive feliz en uno, necesito tranquilidad.

—No sé si debo aceptar el dinero, Kevin, tú te arriesgaste por mí, te lo has ganado.

—Deja de decir tonterías, quiero que lo tengas y no se hable más.

—Gracias, hermano, gracias por todo. ¿Y qué hay de la chica que me hablaste?

—Joanna está aquí, la veré más tarde, quiero que vengas conmigo para que la conozcas.

—No, hermano, ustedes necesitan estar solos… Habrá tiempo.

—No comprendes, le prometí que te presentaría, es muy difícil de explicar, tuvimos una pequeña discusión, se ha vuelto muy incrédula.

—Siendo así, cuenta conmigo. Los invito a cenar, y yo pago.

—Perfecto. Cuida ese dinero, Daniel, guárdalo en una caja de seguridad del hotel.

—¡Ahora podré alargar mi estadía aquí!

—Anda, ve a recepción y hazlo. No confío en el personal de las habitaciones. Nos vemos abajo. Danny… Day me dio una noticia hoy.

—¿Buena o mala?

—Nasrim se suicidó.

Daniel lo miró como si no comprendiera.

—Lo siento, Danny. Sé que…

—Tal vez es lo mejor que pudo suceder, Kevin. Si no lo hacía, ellos la habrían matado, o hubiera pasado el resto de sus días en la cárcel.

—¿No te importa?

—Esa mujer me hizo mucho daño, amigo. Creí que la amaba, pero ahora sé que todo fue producto de las circunstancias. Una mujer como ella, nosotros allá, lejos de todo, expuestos a la muerte, sin nadie a quien amar… No deseo saber más de todo eso. Nos traicionó. Jugó con nosotros.

Kevin asintió en silencio. Supo que el único que había amado a Nasrim era él.

—Nos vemos abajo —dijo Daniel, y salió.

Capítulo 51

Kevin rompió en pequeños trozos los documentos de Ian y los guardó en uno de los bolsillos de la chaqueta. Apenas pudiera se desharía de ellos. Los hubiera quemado allí mismo, pero estaba seguro de que Day mandaría revisar el cuarto hasta los cimientos cuando se fuera. Lo conocía.

Metió la ropa de Ian en una bolsa y la introdujo en el maletín. Bajó y se reunió con Daniel, caminaron un largo trecho antes de tomar un taxi, no quería coger uno del hotel. En el camino lanzó el maletín en un contenedor y se quedó con la bolsa.

—¿Qué es eso, hermano?

—La ropa que usé cuando murió Ian. Quiero tirarla, pero no aquí.

Daniel lo miró extrañado, sin decir nada. Kevin siempre le había parecido obsesivo.

Al llegar al Embassy Suites llamó desde recepción.

—Soy Kevin, Joanna, voy a subir.

—Te espero.

Joanna arregló su rostro lo mejor que pudo, tratando de borrar cualquier signo de llanto. Kevin subía y esta vez sería todo diferente, pensó.

Apenas sintió el toque en la puerta la abrió. Su sorpresa fue mayúscula cuando vio que Kevin llegaba acompañado.

—Daniel, ella es Joanna. Joanna…

—Encantado, Joanna, Kevin me ha hablado mucho de ti. — En un gesto teatral, Daniel le dio un beso caballeresco en el dorso de la mano.

—Mucho gusto, Daniel.

—No me habías dicho que era tan hermosa —dijo Daniel.

Kevin estaba acostumbrado a la locuacidad de Daniel frente a las mujeres, tenía un encanto y una sonrisa que las encandilaba y Joanna no era la excepción. Necesitaba deshacerse de la ropa de su hermano y también de lo que había quedado de los documentos; debían salir.

—Vayamos a algún sitio a cenar —dijo, pasando el brazo por los hombros de Joanna. No pudo comprender por qué lo hizo, era un gesto evidente de posesión. Por un momento se sintió tonto.

—¿Qué llevas en esa bolsa? —preguntó Joanna.

—Ropa sucia que olvidé dejar en el hotel.

Ella lo miró sin decir nada. No deseaba iniciar otra discusión.

El taxi los llevó, a insistencia de Daniel, a un restaurante de comida colombiana situado en Adams Morgan, un barrio latino; según el chófer, el mejor sitio. Kevin no se opuso, podría ser un buen lugar para deshacerse de la ropa de su hermano y los restos de sus papeles.

Joanna parecía encantada. Se sentía segura con ambos, lo único que deseaba en aquellos momentos era pasarla bien. Un enorme restaurante con pista de baile, atestado de gente, apareció ante ellos. La mayoría, latinos. El olor a comida condimentada hacía casi irrespirable el ambiente y la música inundaba el local, que inclusive tenía un *disk jockey* que animaba a la gente a bailar. Como buen puertorriqueño, Daniel empezó a moverse al compás de la música y tomó de la mano a Joanna, mirando a Kevin, quien con un gesto le dio a entender que estaba bien. Ambos empezaron a mover las caderas al ritmo contagioso de una cumbia, que hizo que Kevin deseara aprender a bailarla, pero se limitó a mirarlos desde la barra. Pidió fósforos al barman, fue al baño y metió la bolsa de ropa en el contenedor de basura. Empezó a quemar los documentos que ya eran confeti en el lavabo, faltaba muy poco para que se extinguieran cuando sintió la presencia de un hombre corpulento con la cabeza rapada a su lado.

—¿Qué mierda haces aquí? Este no es tu basurero, gringo.

—Tranquilo, no hago nada malo, hermano —respondió Kevin en español.

—Así que hablas español, gringuito… yo te voy a enseñar a hablar en tu lengua.

—No quiero problemas, te advierto.

El hombre por toda respuesta lo empujó con las dos manos acorralándolo en la pared.

—Veamos qué tienes aquí —dijo, haciendo el intento de meter la mano en uno de los bolsillos de su pantalón.

Era lo único que necesitaba Kevin. Le pasó el brazo por el

cuello mientras le sujetaba el otro en su espalda, inmovilizándolo. Pero el hombre pudo soltarse y empezó a lanzar golpes con la perfección de un pugilista. Aparecieron otros en el baño y Kevin la emprendió a golpes, repartiéndolos a diestro y siniestro a la velocidad que le daban sus brazos y piernas, mientras La pollera colorá se escuchaba a todo volumen incentivada por el *disk jockey*. Los hombres salían disparados del baño y volvían a entrar al llamado del fortachón que no acertaba a encajarle a Kevin. Lo agarraron entre cuatro y lo arrastraron por el suelo. Algunos curiosos miraban la escena del baño desde lejos para no involucrarse. Cuando Daniel buscó con la mirada a Kevin y no lo vio, percibió la expectación que se empezaba a generar en el fondo, en los baños. Dejó a Joanna en la pista y fue hacia allá porque presintió que Kevin estaba en problemas. Al llegar pegó un grito de guerra como si se dispusiera a entrar en batalla y se lanzó sobre los cuatro que tenían inmovilizado a su amigo. Fue cuando se armó una marabunta de tal magnitud que el dueño del local llamó a la policía.

—¡La policía! —gritó alguien.

Era lo que menos deseaba Kevin y, al parecer los otros tampoco, pues salieron corriendo. Cogió el resto de papeles quemados y los arrojó al inodoro. Vació la cisterna y agarró del brazo a Daniel.

—Vámonos. ¿Dónde está Joanna?

Ella los miraba horrorizada. El *disk jockey* seguía en lo suyo y la mayoría no se había percatado de lo que estaba ocurriendo. Cada uno tomó a Joanna de una mano y corrieron una cuadra. Detuvieron un taxi que pasaba por allí.

—Al Embassy Suites, por favor —dijo Kevin.

Daniel hizo el intento de sentarse delante.

—Lo siento, no puede ir adelante —dijo el chofer, evidentemente latino.

Esta vez se sentaron los tres en el asiento trasero con Joanna en el medio.

—¿Qué fue lo que ocurrió, Kevin?

—Nada. Un loco que pensó que podía asaltarme.

—¿Qué fue lo que tiraste en el inodoro? —preguntó Daniel.

—Unos papeles quemados.

—¿Papeles quemados?

—Ya no quiero hablar más de eso, Danny, ¿okey?

—Ah, no. Ahora mismo me van a decir por qué me llevaron a ese sitio y se pusieron a pelear como dos locos —dijo Joanna.

—Que no fue así, amor, yo estaba de lo más tranquilo en el baño cuando…

—Mira, Kevin, ya estoy hasta aquí —se señaló la frente— de tus mentiras. O me dices qué estabas quemando o aquí terminamos —amenazó Joanna.

—No puedo decirlo.

—Seguro que es secreto de estado —se burló ella.

—Perdone, señorita… disculpe que me entrometa pero hay ciertas cosas que los hombres no podemos decir —interrumpió el chófer.

—Usted se calla. Nadie le dio vela en este entierro.

—Perdón.

—Daniel miró a Joanna, luego a Kevin. Y después a él mismo.

Tenían la cara sucia porque en algún momento se arrastraron por el suelo. La chaqueta de Kevin estaba desgarrada por el hombro y Daniel tenía una manga del suéter colgando. Joanna estaba sudorosa, con el rímel corrido y despeinada como si un ventarrón hubiese pasado por su cabeza. Soltaron una carcajada y no pararon de reír hasta llegar al Embassy Suites.

—No creas que me he olvidado, Kevin —advirtió Joanna.

Más risas. Ni Kevin ni Daniel podían articular palabra porque no dejaban de reír cada vez que hacían el intento de explicarle algo. Kevin sintió que las lágrimas corrían por sus mejillas, comprendió que todo no era más que un desahogo, lo necesitaba, y si hubiera podido hubiera gritado con todas sus fuerzas, para terminar de desprenderse de aquello que llevaba dentro.

El consierge los miró extrañado por su aspecto lamentable.

—Tengo hambre —dijo Joanna. Cenaremos en el restaurante del hotel.

Después de acicalarse lo mejor que pudieron, ocuparon una de las mesas. Una velada más tranquila, salpicada de risas y de miradas furtivas que Kevin supo comprender muy bien. La química entre ellos era más que evidente, aunque trataran de disimular.

Al despedirse de Joanna el beso que Daniel le dio en la mejilla duró varios segundos, mientras le apretaba la mano. El beso de Kevin en la boca fue cortito, casi virginal. No se quedó con Joanna, regresó a su hotel sintiendo que algo se había roto.

—Si quieres puedes ir en taxi, Danny, yo prefiero caminar —dijo Kevin.

—Caminaré contigo, no hay problema.

Lo hicieron un buen rato en silencio.

—Te gusta Joanna, ¿eh, Danny?

—No… bueno, sí, para qué te voy a mentir. Me gusta mucho.

—Y creo que a ella también le gustas.

—¿Lo dices en serio? ¿No te importa?

—No, Danny. Está bien, estamos en paz.

Daniel lo miró y respondió:

—Cierto. Ya estamos en paz.

—El amor es maravilloso mientras eres correspondido. Lo contrario es un infierno —dijo Kevin.

—No quiero que sufras, Kevin, yo…

—Si Joanna te prefiere, dejémoslo así. Yo no la amo, Danny, será muy difícil que llegue a amar a alguien. Anda, ve con ella.

—La cuenta está saldada, Kevin, ya no me debes nada.

Sabía que tenía razón. Metió las manos en los bolsillos del pantalón y se encontró con el aro y las dos llaves. Los arrojó lejos.

Capítulo 52

—Buenos días, Day.

—Demonios, ¿qué te pasó?

—Me golpeé con la puerta —dijo Kevin para no dar explicaciones—. Dijiste que viniera hoy.

—Entre las cosas que tenía tu hermano no encontramos documentos, ni llaves, ni nada. Solo una cámara fotográfica con fotos tomadas esa misma tarde de los alrededores de la Casa Blanca.

De eso Kevin también estaba enterado. No sabía si era una pregunta o una acusación.

—¿Y bien?

—Que me pareció raro que no llevara ni siquiera unas llaves.

—Parece que su intención era matarse después de cumplir con su objetivo.

—Toma, Kevin. —Le extendió un papel impreso—. Es copia de la transferencia del pago que te ofrecimos. Allí tienes todos los datos.

—Gracias.

—Hiciste un buen trabajo, Kevin, para serte franco no pensé que lo lograrías. ¿Qué harás ahora?

—Creo que me quedaré aquí. He aprendido que la tranquilidad la debe tener uno, no importa dónde se encuentre. Conservaré la finca de Satipo por si algún día se me antoja pasar una temporada por allá.

—Déjame saber de ti cuando te instales, podríamos reunirnos y tomar unas copas.

—No hará falta. Ustedes siempre sabrán dónde encontrarme —dijo Kevin.

Day sintió incomodidad por haber sido tan obvio.

—¿Y Joanna?

—Ella es feliz ahora. No me necesita. Adiós Charly, hicimos un buen trabajo.

Kevin dio vuelta y salió de la oficina. Poco después se alejaba de Langley por el largo camino bordeado de árboles. Sus pulmones se impregnaron del olor a yerba fresca como el aroma de Nasrim. El aroma de deseo que saboreó con pasión ese día. Siempre le quedaría la duda. Aquellos pocos momentos que estuvo con ella no podían ser falsos. Eso no. A medida que sus pasos lo alejaban de aquel edificio donde se juntaban todos los poderes y las decisiones más siniestras, su espíritu empezó a sentirse libre. Libre para sufrir sin sentirse culpable, libre para ser débil, porque los hombres también tenían derecho a llorar. Entonces comprendió todo. Contempló el mismo cielo que veía en Afganistán cuando pensaba en Nasrim, las mismas nubes, respiró el mismo aire. Daba igual estar allá que allí. Solo que ella ya no existía y él ya no viviría con la esperanza de volver a verla, de comprobar si no se había equivocado. Es bien cierto que la muerte pone fin a todo.

Vinieron a su mente las palabras de Halabid:

«Todo momento se convierte en pasado. Y el pasado en memoria. No dejes que eso ocurra contigo, eres joven para formar parte de los recuerdos».

Ya todo pertenecía al pasado. Nasrim era solo un recuerdo. Pero aún dolía.

Una semana después una noticia invadió los diarios de Washington. Unos vecinos denunciaron la pestilencia que inundaba uno de los sótanos del 547 de la calle 22. Al investigar a los propietarios del inmueble descubrieron que estaba alquilado a un organismo benéfico sin fines de lucro.

Nota de la Autora

Publicar a través de Amazon me ha deparado experiencias que no había tenido antes. La cercanía y el trato que he llegado a tener con muchas de las personas que han leído mi obra, creo que no hubiera podido conseguirlas de otra manera.

Uno de los momentos más emocionantes fue cuando recibí la carta de un soldado desde la base FOB (Foward Operation Base) Fenti ubicada en Jalalabad, Afghanistán. Contaba que él y otros siete compañeros leían mis novelas en sus ratos libres. Entablamos amistad y de vez en cuando me escribía, algunas veces bajo el fuego de los morteros.

"El rastreador" surgió como consecuencia de ese sabor que me dejaros sus cartas. También recibo mensajes en Facebook de soldados, capitanes, coroneles y generales, todos en ese escenario de guerra tan ajeno a nuestras circunstancias. Llegué a comprender la soledad de los militares que se ven obligados por la naturaleza de su trabajo a permanecer lejos de sus seres queridos, sus familias, sus esposas y sus hijos. Algunos eran divorciados, otros viudos, pero la mayoría sin duda lo que deseaba era el contacto humano que podían conseguir a través de las redes sociales.

Quiero dedicar esta novela a mi querido amigo Jorge L. Guzmán Díaz, quien con sus fotos y palabras me dio a conocer cómo era la vida allá, dedicatoria que hago extensiva a todos sus compañeros, héroes anónimos que luchan, viven y sueñan en esas tierras, lejos de todo.

Reciban un cariñoso abrazo y todo mi respeto,
Blanca Miosi

Otras obras de la autora

Si te gustó esta novela…
Te invito a leer mis otras obras en Amazon:

LA BÚSQUEDA, es la historia de un niño que solo quería ser un Boy Scout, pero que la vida lo transformó en un héroe. Fue prisionero de los nazis en Auschwitz y en Mathausen, pero su historia no termina ahí. Apenas comienza. Tomado de hechos de la vida real.

EL LEGADO, misterio, intriga e historia unidos. La vida del personaje más controversial entre los allegados a Hitler: su astrólogo. El vidente Erik Hanussen. El único que se enfrentó al Führer y osó retar al destino. ¿Y si un desconocido ofrece concederte un deseo?

EL CÓNDOR DE LA PLUMA DORADA, una historia de amor que dio inicio al secreto mejor guardado de los incas. El imperio incaico, su visa, guerras intrigas… Absolutamente documentada. Finalista del Premio Novela Yo Escribo.

EL MANUSCRITO 1 El secreto, La novela que batió todos los récords de venta en Amazon y actualmente a la venta en todas las tiendas digitales, en los primeros lugares. Ahora bajo el sello B de Books de Ediciones B.
Un manuscrito misterioso en el que está escrita la vida de las personas es hallado por un escritor fracasado. Nicholas Blohm comprende que debe ubicar a los personajes de la novela y… se convierte en uno más.

EL MANUSCRITO II El coleccionista. Un mensaje oculto por Giulio Clovio el miniaturista más famoso de la historia, desata la aventura, una búsqueda que se lleva a cabo en pleno siglo XXI.

LA ÚLTIMA PORTADA, relata la historia de Parvati, la hermafrodita. Hombres y mujeres la adoraban. El abandono de la espiritualidad frente a la decadencia de Occidente. Apasionante historia de amor.

EL PISO DE LA CALLE RYDEN, y otros cuentos de misterio, intensos, oscuros, misteriosos…

AMANDA es gruesa, tosca sin modales, pero su mirada enloquece a los hombres ¿Eres de los que todavía busca la felicidad?

EL GIGOLÓ una historia de amor exquisito. Cuando los sentimientos van más allá de lo permitido. Una novela romántica

¿QUIÉN ERA BRIAN WHITE? Un misterio que nace desde su concepción. Un amor arrollador que determinará su camino.

DIMITRI GALUNOV El niño encerrado en el psiquiátrico no estaba loco… poseía una de las mentes más brillantes del universo.

Muchas gracias por leerme, si deseas comunicarte conmigo puedes escribirme a:
blancamiosi@gmail.com

O puedes visitar mi página de autor en Amazon:
http://www.amazon.com/Blanca-Miosi/e/B005C7603C/ref=ntt_athr_dp_pel_pop_1

Mi blog:
http://blancamiosiysumundo.blogspot.com/

ÍNDICE

Made in the USA
Lexington, KY
01 May 2016